Diogenes Taschenbuch 21420

de
te
be

# *Mehr Spionagegeschichten*

*Von John Buchan bis Ian Fleming*
*Herausgegeben von Eric Ambler*
*Aus dem Englischen von*
*Peter de Mendelssohn*

Diogenes

Titel der englischen Originalausgabe:
›To Catch a Spy‹
Verlag The Bodley Head, London

Die deutsche Erstausgabe erschien
1984 im Diogenes Verlag
Hinweise am Schluß des Bandes
Umschlagzeichnung von Paul Flora

Veröffentlicht als Diogenes Taschenbuch, 1986

100/86/8/1
ISBN 3 257 21420 0

# *Inhalt*

# *Einleitung*

Das plötzliche Auftauchen der Detektivgeschichte im neunzehnten Jahrhundert ist von dem angesehenen amerikanischen Kritiker Howard Haycraft in befriedigender Weise erklärt worden. Er erinnert uns daran, daß die Aufklärung von Verbrechen im heutigen Sinn des Wortes eine Neuerung des neunzehnten Jahrhunderts war, und fährt sodann fort: Es liegt auf der Hand, daß es keine Detektivgeschichten geben konnte, solange es keine Detektive gab.

Das verspätete Eintreffen der Spionagegeschichte ist weniger leicht begreiflich.

Die Prostitution mag, wie es heißt, das älteste Gewerbe der Welt sein, aber der Beruf des Spions kann nicht sehr viel jünger sein. Es scheint in der ganzen verbürgten Geschichte keinen Zeitabschnitt gegeben zu haben, in dem Geheimagenten in politischen und militärischen Angelegenheiten nicht eine Rolle und zuweilen eine wichtige Rolle gespielt haben. Und doch ist es unmöglich, eine halbwegs beachtliche, vor dem zwanzigsten Jahrhundert geschriebene Spionagegeschichte aufzutreiben. (James Fenimore Coopers *The Spy* [1821] befaßt sich hauptsächlich mit den Loyalitätskonflikten während des amerikanischen Unabhängigkeitskrieges und ist beachtlich nur insofern, als sie unlesbar ist.)

Die übliche Erklärung lautet, daß bis zum Fall Dreyfus

(1894–1899), der die Aufmerksamkeit der Öffentlichkeit in so sensationeller Weise auf diese Dinge richtete, sich niemand besonders für Spione oder Spionage interessierte und sich folglich auch nicht für Geschichten über sie interessiert hätte.

Diese Erklärung scheint mir zu einfältig und mit ihrer Behauptung, die Öffentlichkeit könne sich für Geschichten über ihr unvertraute Themen nicht interessieren, regelrecht albern. Haycraft, der offensichtlich das Bedürfnis nach einer soziologischen Erklärung des Phänomens verspürt, meint, es sei »ein logisches literarisches Nebenprodukt der angesammelten politisch-militärischen Spannungen« jener Zeit gewesen. Er läßt es jedoch hierbei bewenden, und wir müssen jetzt raten, was er mit dem Wort »logisch« meint, und uns wundern, warum die beträchtlichen politisch-militärischen Spannungen der napoleonischen Zeit kein ähnliches Ergebnis zeitigten.

Gibt es eine befriedigende Erklärung? Ich glaube, daß es möglicherweise eine gibt; aber mir scheint, daß sie eher im achtzehnten als im neunzehnten Jahrhundert liegt. Die Bedeutung des Falles Dreyfus in diesem Zusammenhang liegt nach meiner Meinung weniger darin, daß er einen neuen öffentlichen Appetit schuf oder eine ungewohnte Neugier anstachelte, als vielmehr in der Tatsache, daß er eine Diskussion von neuem eröffnete, die seit nahezu hundert Jahren als abgeschlossen galt.

Bis zur Haager Konvention von 1899 waren die Regeln der Kriegführung im allgemeinen vom gewohnheitsmäßigen Brauch bestimmt gewesen, und das bedeutete natürlich nicht sehr viel. Es konnte der Kriegsbrauch des einen Heeres sein, seine Gefangenen zu foltern und umzubringen, während ein anderes dem Brauch folgte, sie in die Sklaverei hinwegzuführen. Die Regeln waren je nach den Spielern verschieden. Im Verlauf des achtzehnten Jahrhunderts, in dem sich Westeuropa in nahezu ununterbrochenem Kriegszustand befand, bildete sich jedoch eine Art gewohnheitsrechtlicher Übereinkunft heraus. Ihre Einhaltung wurde durch den ungeschriebenen militärischen Ehrenkodex verbürgt, der sich aus den Gepflogenheiten des mittelalterlichen Rittertums entwikkelt hatte.

Dieser Ehrenkodex kannte keine Grenzen, er galt für alle, ungeachtet ihrer Nationalität; er stellte eine Disziplin dar, die einem religiösen Glaubensbekenntnis nicht unähnlich war, und wenn er auch häufig widersinnig war (Duelle waren natürlich Angelegenheiten der Ehre), so war er doch noch öfter nützlich und human. Vereinbarungen wie zeitweilige Waffenruhe zur Bergung der Verwundeten, Austausch von Kriegsgefangenen, Waffenstillstandsflaggen und paroles d'honneur konnten nur zwischen Kriegführenden getroffen werden, die sich auf Treu und Glauben und ihre beiderseitige Redlichkeit verlassen konnten. Der Ehrenkodex war etwas durchaus handgreiflich Wirkliches. Der Offizier war ein Mann von Ehre, und seinem Ehrenwort mußte man Glauben schenken. Wenn er log oder betrog, war er entehrt und verdammt. Wie Clausewitz, der doch gewiß kein Romantiker war, es ausdrückte: Man kann seine Ehre nur einmal verlieren.

Was jedoch Spione betraf, so wich der Ehrenkodex in unklare Doppeldeutigkeit aus. Erwischte man einen feindlichen Spion, so hatte man ein reines Gewissen; man war berechtigt, den Elenden am nächsten Baum aufzuknüpfen. Was aber war mit den Spionen, die man selbst beschäftigte? War die Verbindung mit ihnen mit dem

Geist des Ehrenkodex vereinbar? Die militärischen Ehrenmänner konnten sich um diese Frage nur herumdrükken, ohne sich festzulegen.

Napoleon sagte, ein Spion am rechten Ort sei zwanzigtausend Mann zusätzlicher Truppen im Feld wert. Er meinte damit einen seiner eigenen Spione namens Schulmeister, einen Mann von großem Mut, Geschick und treuer Ergebenheit. Aber als der Augenblick kam, um Schulmeister für seine Dienste zu belohnen, war es der gleiche Napoleon – in gewissen Dingen ein ausgesprochener Schicklichkeitspedant –, der ihm die Ehrenlegion mit der verachtungsvollen Bemerkung verweigerte, die einzige angemessene Belohnung für einen Spion sei Geld. Der gleiche Napoleon hatte nicht gezögert, Savary, einen der Mörder des Herzogs von Enghien, in den Adelsstand zu erheben oder den abscheulichen Fouché mit dem Herzogtum Otranto zu belohnen; aber ein Spion war etwas anderes; ein Spion konnte kein Ehrenmann sein.

Und kein militärischer Ehrenmann hätte sich dadurch erniedrigt, daß er Spion wurde, zumindest nicht aus freien Stücken. Der Fall des Majors André veranschaulicht, wieweit diese Unwilligkeit gehen konnte.

Diese Geschichte trug sich im amerikanischen Unabhängigkeitskrieg zu. Die Festung West Point galt damals, mit George Washingtons eigenen Worten, als der »Schlüssel zu Amerika«, und ihre Eroberung durch die Engländer hätte für die Amerikaner den Verlust des Krieges bedeuten können. Als der amerikanische Kommandant von West Point, General Benedict Arnold, insgeheim wissen ließ, daß er bereit sei, die Festung für 20000 Pfund an die Engländer zu verraten, ließ folglich der britische Befehlshaber, Sir Henry Clinton, sich dies nicht zweimal sagen.

Er hatte nichts weiter zu tun, als einen zuverlässigen Agenten zu entsenden, der das Geschäft mit dem Verräter auszuhandeln, die Planung und den Zeitpunkt des Coups zu besprechen und mit seiner Meldung ins britische Hauptquartier zurückzukehren hatte. Mit der Durchführung dieser entscheidend wichtigen Aufgabe betraute General Clinton seinen Adjutanten Major André.

Der von Arnold bestimmte Treffpunkt war ein Haus am Hudson-Fluß nicht weit von der Festung selbst. Geheimagent André begab sich in einem Boot dorthin. Unglaublicherweise trug er dabei seine britische Armeeuniform.

Beinahe unverzüglich ging alles schief. André langte zwar wohlbehalten an dem Treffpunkt an, aber amerikanische Kanoniere längs des Flusses hatten das Boot entdeckt, das die britische Flagge führte. Sie nahmen es alsbald unter Feuer und nötigten es, sich stromabwärts zurückzuziehen. Jetzt gab es für André nur noch einen Weg, um mit den Früchten von Arnolds Verrat ins britische Hauptquartier zurückzukehren: er mußte über Land reiten, und zwar durch ein Gebiet, das von amerikanischen Freischärler-Patrouillen wimmelte, denen der Finger locker am Gewehrhahn saß.

Und doch sträubte er sich sogar in dieser Zwangslage noch immer dagegen, seine Uniform abzulegen, Zivilkleider anzuziehen und somit ein »Spion« zu werden. Er mußte, vermutlich von Arnold, eindringlich dazu überredet werden. Schließlich war er einverstanden; aber auch jetzt nur mit halbem Herzen, denn er zog zwar den Zivilrock an, hielt aber in geradezu rührender Weise an seinen Uniform-Reithosen und Militärstiefeln fest.

Auf dem Ritt zurück wurde er von einer amerikanischen Patrouille angehalten. Die Stiefel erregten Verdacht, und man durchsuchte ihn. Die kompromittierenden Papiere, die er bei sich trug, besiegelten sein Schicksal.

Er kam vor ein Kriegsgericht und wurde als Spion zum Tod durch den Strang verurteilt. General Clinton schrieb an General Washington und verlangte mit der einigermaßen eigentümlichen Begründung, sein Agent habe sich unter einer Waffenstillstandsflagge zum Treffen mit dem Verräter Arnold begeben, daß André als Kriegsgefangener behandelt werde. Washington jedoch, der zwar selbst regelmäßig Spione beschäftigte, aber auch ein militärischer Ehrenmann war, lehnte es ab, sich für ihn zu verwenden.

Die Hinrichtung löste auf beiden Seiten des Atlantiks einige Empörung aus. (König Georg III. betrachtete André als Märtyrer und ehrte sein Andenken, indem er seiner Mutter eine Pension aussetzte und seinem Bruder den Adelstitel eines Baronet verlieh.) André, so wurde argumentiert, sei in Wahrheit kein Spion gewesen und habe nichts Unehrenhaftes getan. Als er sich »verkleidete«, habe er lediglich versucht, der Gefangennahme zu entgehen. Schließlich und endlich, wenn es eine legitime Kriegslist war (und die Engländer erklärten, es sei eine), daß ein Schiff eine falsche Flagge führte, um den Feind zu täuschen oder um nicht gekapert zu werden, warum sollte dann ein Heeresoffizier, der dienstliche Depeschen bei sich trug, sich nicht auch der gleichen Kriegslist bedienen?

André selbst brachte nichts dergleichen zu seiner Verteidigung vor. Vor seinem Tod schrieb er resigniert an General Clinton: »Die Begebnisse, daß ich meine Kleider wechselte und zwischen die Posten des Feindes geriet, welche zu meiner gegenwärtigen Lage geführt haben, liefen meiner eigenen Neigung ebenso zuwider wie Ihren Befehlen.«

Er hätte mit gutem Grund seine Achtlosigkeit oder gar sein Pech bejammern können. Er tat weder das eine noch das andere. Als Ehrenmann konnte er lediglich unentschuldbar schlechte Führung zugestehen. Interessant ist, daß er keinerlei Bedenken hegte, mit einem Verräter zu verhandeln, der für seinen Verrat Geld verlangte; vielleicht meinte er, das sei in Ordnung, da er ja Uniform trug. Paradoxerweise würde ihn, wenn er heute nach der Haager Landkriegsordnung vor Gericht käme, der Artikel 29 von der Spionage freisprechen, da er nicht versuchte, »sich Informationen zu verschaffen«; aber er hätte wegen »kriegsverräterischer« Verhandlungen verurteilt werden können.

Ein guter Spion kann, wie wir bereits gesehen haben, mutig, tapfer, geschickt und loyal sein; aber diese Eigenschaften allein reichen für den Erfolg nicht aus. Er muß außerdem beträchtliche Charakterstärke besitzen. Spionage ist einsame und oftmals niederdrückende Arbeit. Freundschaften kann der Spion nur mit großer Vorsicht und nur mit Berufskollegen schließen. Seine Neigungen und Schwächen, selbst die kleinsten, muß er der strengsten Selbstbeherrschung unterwerfen. Er muß imstande sein, während langer Zeitspannen unter außergewöhnlicher Nervenbelastung zu leben, ohne unter ihr zusammenzubrechen. Vor allem muß er, was die Interessen seines Arbeitgebers betrifft, ein Mann von absoluter Redlichkeit sein. Er stellt in der Tat einen ganz besonderen Typ des Staatsbeamten dar.

Aber so vortrefflich er auch nach Charakter und Rechtschaffenheit sein mag, bleibt doch die Tatsache bestehen, daß der Spion in seiner beruflichen Eigenschaft ipso facto ein Lügner und ein Dieb ist. Er kann sogar noch etwas Ärgeres sein. Es kann seine Aufgabe sein, andere Menschen zu bestechen und zu korrumpieren und mit voller Berechnung ihre Schwächen auszubeuten, um sie zu Verrätern zu machen. Die Tatsache, daß seine Beweggründe nicht die des gemeinen Verbrechers sind, fällt dabei nicht ins Gewicht. Die Beweggründe des öffentlich bestallten Scharfrichters sind nicht die eines gemeinen Mörders, aber das macht es nicht angenehmer, dem Burschen die Hand zu schütteln.

Zumindest sahen die Militärs in früheren Zeiten die Sache so an. Aber es war eine kuriose Art von Hochmut und Überheblichkeit: vor allem war ihnen am Spion zuwider, daß er seine Identität verbarg. Ihre Auffassung bezüglich Verschleierung und Verheimlichung war höchst absonderlich und exzentrisch. Das Wort Camouflage oder Tarnung war damals noch nicht in den militärischen Wortschatz aufgenommen, aber der Gedanke, den es ausdrückte, war bereits bekannt und wurde verabscheut. Während der amerikanischen Kriege kam es wieder und wieder vor, daß den regulären Truppen von Grenzern übel mitgespielt wurde, die unauffällige Hirschlederkleidung trugen und sich wie die feigen Drückeberger weigerten, ins offene Gelände herauszutreten, wo man sie sehen und töten konnte, und sich statt dessen hinter Bäumen versteckten und aus dem Hinterhalt auf die auffällig sichtbaren Rotröcke schossen. Dennoch stießen alle Vorschläge, eine weniger auffällige Uniform (und auch eine andere Taktik) einzuführen, stets auf leidenschaftlichen Widerstand. Sich zu tarnen und zu verstecken, war gleichbedeutend mit Feigheit. Das einzige, schließlich von den

Engländern gemachte Zugeständnis an den gesunden Menschenverstand war der Beschluß, leichte Infanterie-Regimenter für Scharmützel oder Vorpostengeplänkel aufzustellen. Sie trugen grüne Uniformröcke mit schwarzen Knöpfen, die nicht blitzten.

Der Oberst einer Truppeneinheit, die in leichte Infanterie umgewandelt wurde, war über diese Änderung so aufgebracht, daß er eine Bittschrift an den König einreichte und um Erlaubnis ersuchte, der neuen Uniform ein leuchtendrotes Abzeichen hinzuzufügen: jedermann solle wissen, daß seine Leute nicht versuchten, sich wie die Memmen vor dem Feind zu verstecken. Die Berater des Königs begriffen sofort, worauf es ihm ankam, und die Erlaubnis wurde gewährt. Die meisten britischen Regimenter behielten jedoch ihre leuchtenden, blitzenden Uniformen bei, und die Armeen der anderen europäischen Mächte taten das gleiche. Die britische Armee führte erst im Jahr 1884 die Khaki-Uniform für den Dienst im Felde ein. In einigen anderen Ländern hielt sich der Widerstand gegen jede Art von Tarnung noch hartnäckiger. Beim Ausbruch des Ersten Weltkrieges, im Jahre 1914, trug der französische Infanterist noch immer die gleichen scharlachroten Hosen und den blauen Rock, die sein Großvater 1870 getragen hatte. Sie erleichterten den deutschen Maschinengewehrschützen ihre Aufgabe beträchtlich. Die weniger auffällige blaugraue Uniform wurde erst im folgenden Jahr, nach eineinhalb Millionen Mann Verlusten, eingeführt.

Wenn es Menschen dringend darum geht, einen bestimmten Zweck zu erreichen, sie sich aber der Mittel zu diesem Zweck schämen und sie verabscheuen, müssen sie zu einer wortlosen gütlichen Vereinbarung gelangen. Die

Geister treffen sich stillschweigend – und scheiden sich auch stillschweigend. »Wir wissen, es muß geschehen, aber wir werden nicht darüber reden. Wir werden die Befehle und Anweisungen geben, wenn es sein muß – obwohl es besser ist, wenn die Betreffenden, die die Arbeit zu tun haben, sich ihre Weisungen selbst ausstellen –, aber wir können uns nicht beteiligen. Wir wollen nicht einmal wissen, auf welche Weise die Ergebnisse erzielt werden. Unsere Hände müssen sauber bleiben.«

Hieraus ergibt sich für gewöhnlich eine Verschwörung des Schweigens, die von einem Mythos abgeschirmt wird, und so verhielt es sich auch in diesem Fall. Außerdem wurde die schützende Abschirmung noch beständig durch die Sicherungsmaßnahmen verstärkt, die zu jeder Art von Spionagetätigkeit selbstverständlich dazugehören. Das Schweigen war nahezu vollständig.

Der Mythos war sehr einfach, und er herrschte während des ganzen neunzehnten Jahrhunderts in den meisten europäischen Ländern. Er besagte, daß Spionage etwas war, das andere Länder in Kriegszeiten betrieben, und daß, selbst wenn man aus Gründen des Selbstschutzes gelegentlich selbst ein bißchen spionieren mußte, kein Offizier und kein Gentleman je etwas damit zu tun hatte. Spione waren stets hinterlistige, nichtswürdige Ausländer*.

Erstaunlicherweise glaubten die meisten Menschen dies. Romanschriftsteller und Kurzgeschichtenverfasser

* In Amerika hatte der Unabhängigkeitskrieg die Legende vom patriotischen Spion hervorgebracht (ihr Inbegriff war Nathan Hale, der »nur bedauerte, daß ich nur *ein* Leben für mein Land hinzugeben habe«, ehe die Engländer ihn henkten), aber es war eine Legende, die sich nicht hielt. Als die Vereinigten Staaten gegen Ende des 19. Jahrhunderts in ausländische Kriege verwickelt wurden, übernahmen sie den europäischen Mythos, der ihnen sehr gelegen kam.

glaubten es bestimmt. Es ist sogar möglich, daß die als Touristen verkleideten preußischen Offiziere, die die Straßen Ostfrankreichs entlangwanderten und Informationen sammelten, welche für den Feldzugplan von 1870 gebraucht wurden, es ebenfalls glaubten; denn inzwischen hatte der Mythos allerlei Ausschmückungen erhalten. Die terroristische Betätigung militanter Anarchisten-Organisationen und von Geheimgesellschaften wie die ›Carbonari‹ war irgendwie (wahrscheinlich, weil sie ebenfalls geheim war) mit Spionage durcheinandergebracht und in einen Topf geworfen worden; folglich hielt der hinterlistige ausländische Spion mit seinem falschen Bart und dem Ohr am Schlüsselloch jetzt auch noch eine rauchende Bombe hinter dem Rücken. Es kann kaum überraschen, daß die Schriftsteller diese Kreatur übergingen. Die Stunde des Anti-Helden hatte noch nicht geschlagen, und ihn als Bösewicht zu verwenden bereitete gewisse Schwierigkeiten. Wenn man seine Existenz überhaupt zur Kenntnis nahm, mußte man den Helden zu einer Art Geheimdienst- oder Gegenspionage-Agenten machen und mithin zu etwas, das nicht viel besser war als der Spion selbst.

Heutzutage, da der Ehrenmann im Grunde nur noch eine Kulturkuriosität ist und die Spionageprozesse des kalten Krieges zu etwas Alltäglichem geworden sind, fällt es schwer, sich den Schock vorzustellen, den die Enthüllungen des Falles Dreyfus hervorriefen. Denn schließlich und endlich – worauf liefen sie hinaus? Zwei zivilisierte Staaten, Frankreich und Deutschland, zwischen denen nominell Frieden herrschte, führten in Wahrheit einen erbitterten, pausenlosen geheimen Spionagekrieg gegeneinander; auf beiden Seiten waren hohe Offiziere des regulären Heeres beteiligt; eine ganze Anzahl der französischen Offiziere war aus politischen und persönlichen Gründen bereit zu lügen, zu betrügen und Beweismaterialien zu fälschen.

In Frankreich hatte der Skandal, wie wir wissen, tiefreichende politische und gesellschaftliche Folgen. Die britische Reaktion war überraschend. Es war die Zeit vor der Entente Cordiale, und die Engländer standen, wie der Faschoda-Zwischenfall gezeigt hatte, mit den Franzosen nicht auf bestem Fuß. Man hätte annehmen können, daß die Engländer die ganze Angelegenheit als nicht mehr denn einen neuerlichen Beweis französischer Dekadenz vergnügt mit einem Achselzucken abtun würden. Statt dessen war ihre Reaktion eine peinlich verlegene Entrüstung, gemischt mit Besorgnis und Unruhe. Hatten sie etwa auch eine Art von Deuxième Bureau? Nein, nein, natürlich nicht! Mit ausländischen Spionen und dergleichen Dingen hatte sich die Kriminalpolizei in Scotland Yard zu befassen. Aber die britisch-deutsche Flottenrivalität lag bereits in der Luft. Wenn deutsche Offiziere als Spione in Frankreich am Werk waren, konnten sie dann nicht auch vielleicht auf den Britischen Inseln arbeiten? Aber der deutsche Kaiser war doch Königin Victorias Enkel! Die ganze Vorstellung war völlig undenkbar. Trotzdem und immerhin . . .

Das deutsche Flottengesetz, das den Bau einer Schlachtkreuzer-Flotte bekanntgab, wurde im Jahr 1900 verabschiedet. Drei Jahre später erschien der erste Spionageroman. Er hieß *The Riddle of the Sands**, und sein Verfasser war ein Ire namens Erskine Childers. Der Held,

* detebe 20211

Davies, ist ein glühend patriotischer Engländer, der sich gern in kleinen Segelbooten herumtreibt. Er verbindet eine Segelboot-Ferienfahrt mit ein bißchen Amateur-Spionage und entdeckt, daß die Deutschen eine Invasion Englands planen, und zwar mittels Truppentransporter-Lastkähnen, deren Stützpunkte sich auf den friesischen Inseln befinden. Sein Begleiter, der die Geschichte in der Ichform erzählt, ist ein hochnäsiger junger Beamter des Foreign Office. Der Bösewicht ist ein verräterischer Engländer.

*The Riddle of the Sands* fesselt auch heute noch, nicht nur, weil es eine gute Spionagegeschichte ist, sondern auch, weil es eines der schönsten Bücher über kleine Segelboote ist, die je geschrieben wurden. Zur Zeit seines Erscheinens verfolgte es einen ernsten Propagandazweck, den Childers in einem Nachwort zu seinem Buch erläuterte. Es war ein ehrliches und aufrichtiges Plädoyer, die britische Flotte in Bereitschaftszustand zu versetzen, damit sie der wachsenden deutschen Seemacht begegnen könne, sowie zur Bildung einer effektiven freiwilligen Marine-Reserve. Sein Held Davies war ein idealistischer Patriot, und ein ebensolcher idealistischer Patriot war der Ire Childers. Nachdem er im Ersten Weltkrieg in der britischen Flotte gedient hatte, ging er nach Irland und organisierte das überaus gut funktionierende Nachrichten- und Spionagenetz der Irischen Republikanischen Armee (IRA) in Dublin. Später, nachdem die Behörden des Irischen Freistaates die IRA für ungesetzlich und vogelfrei erklärt hatten, wurde er erwischt und verurteilt. Er schüttelte dem Exekutionskommando die Hände, bevor er erschossen wurde.

Joseph Conrads Roman *Der Geheimagent** (1907) war der erste Versuch eines großen, bedeutenden Romanciers, auf realistische Weise den Geheimkrieg zu behandeln, mit seiner Unterwelt der Verschwörung, der Sabotage, des doppelzüngigen Betrugs und Verrats, deren Existenz so lange geleugnet worden war. Die Hauptpersonen sind Mr. Verloc, ein Spitzel und agent provocateur, der im Auftrag einer ausländischen Regierung eine Gruppe in London im Exil lebender Anarchisten ausspioniert, und seine englische Frau Winnie.

*Der Geheimagent* ist eines von Conrads anerkannten Meisterwerken, und es fällt schwer, andere aus der gleichen Zeit stammende Spionagegeschichten im selben Atem zu erörtern. Immerhin müssen wir die Namen William Le Queux und E. Phillips Oppenheim nennen, wenn auch nur, weil ihre riesige Romanproduktion die Spionagegeschichte popularisierte und zu einer beliebten Unterhaltung machte. Andere Schriftsteller ahmten sie nach. Die stereotypen Gestalten der frühen ›Dolch-und Deckmantel‹-Literatur – die schwarzsamtene Verführerin, der tölpelhafte britische Geheimdienst-Held, der allmächtige Spionagechef – wurden um diese Zeit entwikkelt. *Donovan of Whitehall*, *The Invasion*, *The Czar's Spy*, *The Secret* und *The Mystery of the Green Ray* sind die einzigen Spionageromane von Le Queux, die mir heute noch einfallen, aber es gab noch Dutzende mehr. E. Phillips Oppenheim war ein viel besserer Schriftsteller. Der Fürst der Geschichtenerzähler, wie sein Verleger ihn nannte, war ein geschickter Handwerker, der sein Metier verstand und eine von ihm erfundene, ihm persönlich

* detebe 20212

gehörende Gruppe von Stereotypen mit viel Erfindungsgabe und zuweilen auch mit Humor manipulierte; seine unwahrscheinliche Welt der diplomatischen Salons, der kosmopolitischen Hotels und der weltmännischen Intrige in Frack und steifer Hemdbrust hat noch heute ihren liebenswürdigen Reiz*. Seine bekannteste Spionagegeschichte, *The Great Impersonation,* erschien erst 1920 und war, obwohl ein großer Erfolg, in ihrer Art bereits leicht unmodern und überholt. Die erste von John Buchans Hannay-Geschichten, *The Thirty-Nine Steps***, war 1915 erschienen, und im Jahr darauf folgte der berühmte *Greenmantle****. Buchans *Mr. Standfast***** erschien 1919.

Obwohl Buchans Spionagegeschichten im ganzen genommen wirklichkeitsnäher und gewiß besser geschrieben waren als die Oppenheims, hatten sie doch eigentümliche Defekte. Seine Spione-Helden waren zumeist Männer der Jagd- und Angelsport treibenden Gesellschaftsschicht, die ihre Arbeit mit einer feierlich-ernsten, mannhaften Arglosigkeit anfaßten, welche in regelrechte Stupidität absinken konnte. Sie hatten außerdem ihre Gefühlsregungen nicht in der Gewalt.

* Falls dies gönnerhaft herablassend klingen sollte, möchte ich festhalten, daß mir als jungem Menschen einige von Oppenheims Romanen, die keine Spionagegeschichten waren, uneingeschränktes Vergnügen bereiteten, vor allem *The Amazing Quest of Mr. Ernest Bliss, The Inevitable Millionaires* und *The Double Life of Mr. Alfred Burton.* Es mag Ketzerei sein, es auszusprechen, aber ich glaube nicht, daß Oppenheim in Wahrheit gerne über Spione schrieb. Ich glaube, er war mit dem Herzen auf seiten des Fürsten Terniloff, seines Botschafters in *The Great Impersonation,* den er sagen läßt: »Ich will Ihnen sagen, was meine einzige Schwäche ist, eine Schwäche, die mich in jüngeren Jahren beinahe aus dem diplomatischen Dienst hinausgetrieben hätte. Ich verabscheue die Spionage in jeder Form und Gestalt, selbst dort, wo sie notwendig ist.«

** detebe 20210

*** detebe 20771

**** detebe 20772

Man denke nur an die Szene in *Greenmantle*, in der Hannay, nachdem er den brutalen deutschen Nachrichtenoffizier Stumm endlich davon überzeugt hat, daß er ein prodeutscher Südafrikaner ist, auf einmal beginnt, die sonderbare Kehrseite seines Gastgebers zu sehen, diese üble, böse Seite, von der das Geschwätz wissen wollte, daß sie im deutschen Heer nicht unbekannt sei. Als Stumm anfängt, ihn mit Drohungen einzuschüchtern, verliert Hannay plötzlich die Selbstbeherrschung. In einer Art von hysterischer Panik-Wut schlägt er Stumm bis zur Bewußtlosigkeit zusammen und rennt davon. Damit macht er nicht nur seine sorgfältig und mühsam aufgebaute Deckmantel-Geschichte unbrauchbar und sich selbst zu einem Flüchtigen in Deutschland, sondern er wirft auch die Chance weg, in den deutschen Nachrichtendienst einzudringen, die er sich so schwer erarbeitet hat. Natürlich hat Buchan ein Alibi für seinen Mann und dreht die Geschichte so, daß alles bestens ausgeht, aber man fragt sich doch, was Maughams R. oder Flemings M. zu einem solchen neurotischen und unverantwortlichen Benehmen gesagt hätten.

In den frühen zwanziger Jahren lag die Spionagegeschichte hauptsächlich in den Händen von Oppenheim, Buchan und Buchans Nachahmern. Einige von Sappers Bulldog-Drummond-Romanen hatten die Gegenspionage zum Thema, aber sie gehörten eher in die Abteilung Schund-und-Schauer-Literatur mit ihren Heldinnen, die von den Bösewichtern unweigerlich an Stühle festgebunden wurden, und ihren rettenden Helden, die erst mit Revolverschüssen die Glühbirnen auslöschten, ehe sie krachend durch die Butzenscheibenfenster des Landhauses hereinsprangen. Sapper führte jedoch eine unerfreuliche Neuerung ein. In *The Black Gang* (1922) tun Bulldog

Drummond und einige seiner Freunde (ehemalige Offiziere) sich zu einer Art privaten Schläger-Kommandos zusammen. Sie tragen schwarze Hemden und sind maskiert, und die Bösewichter, die sich ihnen widersetzen, sind linksgerichtete Politiker, kämpferische Gewerkschaftler und natürlich ausländische Bolschewisten. Der Kommando-Trupp unseres Helden hat sie bei Nacht einen nach dem anderen gewaltsam zu entführen, sie an einen einsamen Ort zu bringen und sie dort halb tot zu prügeln. Die Bösewichter werden daraufhin anderen Sinnes und bessern sich, oder aber sie verlassen das Land. Scotland Yard schüttelt über dieses Verfahren vorwurfsvoll den Kopf, ist aber insgeheim damit einverstanden.

1928 erschien Somerset Maughams *Ashenden or The British Agent**.

Vor einiger Zeit erörterte das ›Times Literary Supplement‹ im Rahmen einer Besprechung einer Neuausgabe von *Ashenden* die Entwicklung der Spionagegeschichte im allgemeinen. Die Besprechung schloß mit diesen Worten: ». . . die Detektivgeschichte hat ihren Simenon, der Gangsterroman hat seinen W. R. Burnett, der ›seriöse‹ psychologische Kriminalroman und sogar der ›seriöse‹ Wildwestroman haben ihre feststehende Wesensart; aber der wirklich realistische Spionageroman, wie er von *Ashenden* und Mr. Ambler vorgezeichnet worden ist, existiert noch nicht.«

Diese Behauptung ärgert mich heute wie damals, und zwar aus mehreren Gründen. Die lächelnden Anführungszeichen, in denen das Wort »seriös« steht (legt der Verfasser des Artikels vielleicht eine Werteskala an, an deren Gültigkeit er im Grunde selbst nicht glaubt?), sind

* detebe 20337

natürlich stets ärgerlich; aber das übrige – es wäre denn, der Rezensent meint mit wortklauberischer Haarspalterei, *Ashenden* sei kein Roman, sondern eine Folge von zusammenhängenden Kurzgeschichten – verstehe ich ganz einfach nicht.

Wenn *Ashenden* nicht wirklich realistisch ist und nicht mehr zuwege bringt als anzudeuten, daß Realismus durchaus erreichbar wäre, dann befinden wir uns in einigermaßen komplizierten semantischen Schwierigkeiten. *Ashenden* fußt, wie Maugham uns mitgeteilt hat, auf seinen eigenen Erlebnissen und Erfahrungen als britischer Agent in der Schweiz und in Rußland während des Ersten Weltkrieges 1914–1918. Das Buch ist somit das erste erzählerische Werk über unseren Gegenstand aus der Feder eines bedeutenden Schriftstellers, der auf Grund von Kenntnissen aus erster Hand weiß, worüber er schreibt. Wie derselbe Rezensent an früherer Stelle seines Artikels sehr richtig sagt: »Nie zuvor oder seither ist so kategorisch veranschaulicht worden, daß die Spionage-Abwehrarbeit häufig aus moralisch unvertretbaren Aufträgen besteht, die zimperliche oder für Gewissensbisse anfällige Menschen nicht übernehmen dürfen.« Und das soll »nicht wirklich realistisch« sein?

Zudem werden uns noch einige recht eigentümliche Gleichungen vorgesetzt. Kann es wirklich stimmen, daß W. R. Burnetts *High Sierra* zum Thema Gangster realistischer oder seriöser ist als *Ashenden* über das Thema Spione? Hat die Detektivgeschichte wirklich ihren Simenon? Oder sind Detektivgeschichten und Geschichten über Detektive verschiedene Dinge?

Was den schmeichelhaften Hinweis auf meine eigenen Arbeiten betrifft, so bemerkt der Rezensent an anderer

Stelle seines Artikels, meine früheren Bücher seien ›stark vom Ashenden-Ethos beeinflußt‹ gewesen. Das waren sie allerdings. Das Verdienst des Durchbruchs gebührt einzig und allein Mr. Maugham. Falls der Rezensent nur sein Bedauern darüber zum Ausdruck bringt, daß seit *Ashenden* auf diesem Gebiet nichts von der gleichen Qualität mehr geschrieben worden ist, so bin ich durchaus seiner Meinung. Ich hoffe, das ist wirklich, was er hat sagen wollen. Es gibt schließlich eine Menge Simenon und auch eine befriedigende Menge W. R. Burnett, aber nur einen *Ashenden.*

Es gibt jedoch *The Three Couriers* von Compton Mackenzie. Sie erschienen 1929 und fußten eindeutig auf Sir Comptons eigenen Kriegserlebnissen als Leiter des Ägäischen Nachrichtendienstes im Jahr 1917. Ich stieß auf dieses Buch erst in den vierziger Jahren und konnte nicht begreifen, warum es so wenig Beachtung gefunden hatte. Eine Erklärung mag darin liegen, daß es anfänglich durch die Veröffentlichung seiner *Gallipoli Memories* im selben Jahr in den Schatten gedrängt und später, als die darauffolgenden *Greek Memories* wegen einer Strafverfolgung unter dem Official Secrets Act (Gesetz zur Wahrung von Staatsgeheimnissen) aus dem Verkehr gezogen werden mußten, nicht wieder neu aufgelegt wurde und vergriffen blieb. (*Greek Memories* kamen 1940 in einer Neuausgabe heraus.)

*The Three Couriers* besteht aus drei einander überschneidenden Geschichten, in denen dieselben Personen vorkommen und die durch eine sich entwickelnde politische Situation miteinander verkettet sind. Es ist ein fröhlicheres, sorgloseres Buch als *Ashenden.* Alle hochgradig organisierten Unternehmungen des militärischen Nachrichtendienstes haben eine eingeborene Tendenz, Absurdes und Possenhaftes hervorzubringen. In *The Three Couriers* werden die Episoden und Zwischenfälle, die sich aus diesem Charakteristikum ergeben, eher mit vergnügtem Schmunzeln als mit Ironie aufgezeichnet. Sir Compton scheint die Abwehrarbeit mehr Spaß gemacht zu haben als Mr. Maugham.

Obgleich Spionagegeschichten in Amerika stets eine große Leserschaft gehabt haben, stammen doch vergleichsweise wenige von amerikanischen Schriftstellern. Ich weiß nicht, woran das liegt. Es ist zwar richtig, daß Helen MacInnes, an deren Bücher *Above Suspicion* und *Assignment in Brittany* man sich gern erinnert, amerikanische Staatsbürgerin ist; aber sie wurde in Schottland geboren und ist dort aufgewachsen. Der einzige amerikanische Neuerer auf diesem Gebiet ist John P. Marquand gewesen, dessen Mr.-Moto-Geschichten, die größtenteils in den dreißiger Jahren erschienen, mit einem Japaner als Hauptfigur und den chinesisch-japanischen Kriegen als Hintergrundkulisse wirkliches Neuland erschlossen. Mr. Moto war ein schlauer, durchtriebener, erbarmungsloser und höchst überzeugender Geheimagent. Nach Pearl Harbour verschwand er begreiflicherweise aus dem Gesichtsfeld, und nach einem Nachkriegs-Wiederauftreten in *Stopover: Tokyo* trat er endgültig in den Ruhestand. Wenn es möglich ist, Conrads *Geheimagent* eine Spionagegeschichte zu nennen (und das habe ich ja wohl praktisch getan), dann gehörten vermutlich Graham Greenes *A Gun for Sale* (1936), *The Confidential Agent* (1939) und *The Ministry of Fear* (1943) von Rechts wegen in die gleiche Kategorie. Doch jetzt sehe ich mich der Schwierigkeit gegenüber, die ich zu vermeiden versucht habe. Die

Entwicklung der Spionagegeschichte läßt sich nicht entlang einer einzigen eingleisigen Strecke aufzeigen, die sich leicht nachzeichnen und schildern läßt. Es gibt, wie Anthony Boucher in der New York Times bemerkt hat, zum einen die Spionagegeschichte und zum anderen die Geschichte, die zufällig einen Spion als Träger der Handlung hat. Aber *Ashenden* ist eine Mischung aus beidem. Und wie verhält es sich mit der Detektivgeschichte, die die Spionage als Motiv für einen Mord verwendet?

Natürlich hätte ich damit beginnen sollen, den Begriff ›Spionagegeschichte‹ zu definieren, wenn auch nur für die Zwecke der vorliegenden Anthologie. Ich habe es auch versucht. Ich schrieb: Eine Spionagegeschichte ist eine Geschichte, in welcher die Hauptperson ein geheimer Nachrichtenagent der einen oder anderen Art ist. Die Definition ist locker, aber ich finde, sie geht an. Manche Kritiker meinen jedoch, ich sei ein Verfasser von Spionagegeschichten, und die obenstehende Definition würde, strikt genommen, besagen, daß ich nie in meinem Leben eine Spionagegeschichte geschrieben habe. Ich könnte diese Schande zwar ertragen, glaube aber doch, daß es vielleicht klüger ist, den Kritikern ihren Willen zu lassen. Überdies würde ich, wenn ich an dieser Definition festhielte, Graham Greenes *Ich spioniere** nicht zu diesem Genre zählen.

Abgesehen von dieser Geschichte und noch einer anderen handeln die Geschichten in diesem Buch tatsächlich von Geheimagenten, die zugleich auch die Hauptpersonen sind. Es gibt erstaunlich wenige gute kurze Spionagege-

* in *Spionagegeschichten,* Diogenes Evergreens

schichten. Wenn es gänzlich und ausschließlich nach mir ginge, würde eine Anthologie von Spionagegeschichten *The Riddle of the Sands* und *The Thirty-Nine Steps,* den ganzen *Ashenden,* die ganzen *Three Couriers* enthalten, sowie Graham Greenes *The Ministry of Fear* plus Ian Flemings *From Russia With Love* plus . . . aber das wird allmählich ein einigermaßen dickes Buch.

Besser nicht darauf warten. Man beginne bitte sogleich mit den Horsd'œuvres.

Sie werden in chronologischer Reihenfolge aufgetischt.

*Eric Ambler*

# John Buchan
## *Die Dame Reinmar*

*John Buchan wurde 1875 als Sohn eines schottischen Geistlichen geboren und starb 1940 als Baron Tweedsmuir und Generalgouverneur von Kanada. Er war in seinem Leben nicht nur Romanschriftsteller und Historiker gewesen, sondern auch Rechtsanwalt und Strafverteidiger, Heeresoffizier, Diplomat und Abgeordneter des Parlaments. Mit Menschen dieser Berufsarten bevölkerte er mit Vorliebe seine Romane, vor allem die später folgenden.*

*In seinem Buch ›The Runagates Club‹, einer Sammlung von Kurzgeschichten, versammelt er eine Anzahl solcher seinen Romanen entnommener Personen und läßt jede von ihnen eine Geschichte erzählen. Hier treffen wir sie alle wieder – Richard Hannay, Leithen, Sandy Arbuthnot und die übrigen –, wie sie nachdenklich an ihrem Portwein nippen und in der Schatzkammer der Vergangenheit stöbern.*

*Der alte Kunstgriff, eine Geschichte so zu erzählen, als sei der Verfasser lediglich ein Schreibgehilfe, der aufzeichnet, was er von den Lippen eines Freundes vernommen hat, war eine Lieblingsmethode John Buchans, und er verwendete sie mit großem Geschick. Die lässige, weitschweifige Art vermag mancherlei Unwahrscheinlichkeit zu verwischen, und selbst wenn sie versagt, gibt man nicht Buchan die Schuld, sondern dem Freund. Im vorliegenden Fall ist der Freund ein höherer Offizier namens Oliver Pugh, und niemand käme auf den Gedanken, ihm die Schuld zu geben.*

Burminster hatte am Abend vorher an einem Bankett in der Guildhall teilgenommen, zu dessen Gästen viele ihm unvertraute Berühmtheiten gehört hatten. Er hatte zum erstenmal leibhaftig, von Angesicht zu Angesicht, Leute erblickt, die er seit langem nur ihrem Namen und Ansehen nach kannte, und er erklärte, in jedem einzelnen Fall sei das Bild, das er sich von ihnen gemacht hatte, von der Wirklichkeit aufs grausamste zertrümmert worden. Ein hochangesehener Dichter, sagte er, habe wie ein kleiner Buchmacher beim Pferderennen ausgesehen, und ein weltberühmter Finanzmann genau wie der Musiklehrer in seiner Grundschule. Woraus Burminster den tiefgründigen Schluß zog, daß die Dinge niemals das sind, was sie zu sein scheinen.

»Das liegt nur daran, daß Sie eine schwache Phantasie haben«, sagte Sandy Arbuthnot. »Wenn Sie Timsons Gedichte wirklich verstanden hätten, dann wäre Ihnen klargewesen, daß kurzgeschorenes rotes Haar und Fettleibigkeit dazugehören, und Sie hätten wissen müssen, daß Macintyre (dies war der Finanzmann) die Art von Verstand hat, die sich mit Musik und Metaphysik beschäftigt. Das ist der Grund, warum die City aus ihm nicht klug wird. Wenn man Arbeit und Tätigkeit eines Mannes hinreichend begriffen hat, kann man ziemlich genau raten, wie er aussehen wird. Ich meine natürlich nicht die Farbe seiner Augen und seines Haares, sondern seine allgemeine Atmosphäre.«

Sandy hatte die gefällige Gewohnheit, gelegentlich eine

paradoxe Behauptung ins Gespräch zu werfen, um solcherart einen kleinen Meinungsstreit zu entfachen. Diesmal störte er Pugh auf, der aus dem Stabskorps in Indien an das Kriegsministerium in London versetzt worden war. Pugh war im Geheimdienst im Fernen Osten ein großer Mann gewesen, aber er sah ganz und gar nicht danach aus, sondern weit eher wie ein polospielender Kavallerieleutnant. Seine Haut lag so straff gespannt über seinen Jochbogen wie über den Knöcheln einer geballten Faust und war so dunkel, daß sie das Aussehen gehämmerter Bronze hatte. Er hatte schwarzes Haar, eher kleine, runde und glänzende Augen und eine Hakennase, die bei den Kelten oft mit dieser Haut- und Haarfarbe zusammengeht. Er stellte selbst eine Widerlegung von Sandys Theorie dar.

»Dieser Meinung bin ich nicht«, sagte Pugh. »Zumindest kann ich ihr als allgemeinem Grundsatz nicht beistimmen. Ich erinnere mich an einen Menschen, dessen Arbeit ich zwei mühselige Jahre lang mit dem Mikroskop studiert hatte und der alle meine Vorstellungen über den Haufen warf, als ich ihn dann kennenlernte.«

Er erzählte uns die folgende Geschichte.

»Als ich im November 1917 nach England geholt wurde und man mir die Leitung einer Geheimabteilung übertrug, die sich auf drei Stockwerken eines Hauses aus dem achtzehnten Jahrhundert in einer abgelegenen Nebenstraße befand, hatte ich noch eine Menge über meine neue Tätigkeit zu lernen. Daß ich es verhältnismäßig rasch lernte, verdankte ich dem ganz ungewöhnlich hervorragenden Stab von Mitarbeitern, den ich vorfand. Nicht einer von ihnen war Berufssoldat. Alle waren gebildete Leute – das war für diese Arbeit unerläßlich –, aber sie stammten aus den denkbar verschiedensten Berufen und Gesellschaftsschichten. Einer der besten war ein schottischer Gutsherr von den Shetland-Inseln, ein anderer war Kronanwalt beim Admiralitätsgericht, und außerdem hatte ich einen Metallurgie-Chemiker, einen Golfmeister, einen Leitartikler, einen beliebten Erfolgsdramatiker, mehrere Versicherungsmathematiker und einen Hilfspfarrer aus dem Londoner East End. Nicht einer von ihnen dachte an irgend etwas anderes als seine Arbeit, und als nach Kriegsende jemand vorschlug, sie mit dem Orden des Britischen Empire auszuzeichnen, kam es zu einem regelrechten kleinen Aufstand, und sie wiesen den Gedanken entrüstet von sich. Eine treuere und ergebenere Gruppe von Menschen hat es nie gegeben, und sie akzeptierten mich als ihren Chef mit einer widerspruchslosen Selbstverständlichkeit, als hätten wir schon seit 1914 zusammen gearbeitet.

Über den Krieg als solchen und im allgemeinen dachten sie kaum nach, er existierte für sie eigentlich nicht. Man konnte das gleiche damals in vielen Dienststellen hinter der Front feststellen, und es hatte sein Gutes – die Leute behielten ruhige Nerven und konnten sich wirklich konzentrieren. Schließlich bestand unsere Aufgabe lediglich darin, deutsche Meldungen zu entschlüsseln und zu dechiffrieren: wozu sie verwendet wurden, war nicht unsere Sache und ging uns nichts an. Es war ein komischer kleiner Laden, und als der Waffenstillstand kam, waren meine Leute völlig sprachlos – es war ihnen gar nicht klargewesen, daß ihre Arbeit etwas mit dem Krieg zu tun hatte.

Am meisten interessierte mich unter diesen Leuten mein Stellvertreter Philip Channell. Er war ein Mann von dreiundvierzig Jahren, etwa einsfünfundsechzig groß, wog noch keine sechzig Kilo und war fast so blind wie eine Eule. Bei der Arbeit am Schreibtisch trug er eine doppelte Brille, und das ging ganz gut, aber auf drei Meter Entfernung konnte er einen kaum erkennen. Er war Professor an einem College in Mittelengland gewesen – Mathematik oder Physik, glaube ich – und hatte sich gleich bei Kriegsausbruch freiwillig gemeldet. Natürlich hatten sie ihn nicht genommen – er war körperlich völlig untauglich, ganz abgesehen davon, daß er zu alt war –, aber er ließ sich nicht abweisen und drehte sich schließlich irgendwie in den Staatsdienst hinein. Glücklicherweise fand er eine Tätigkeit, in der er Hervorragendes leisten konnte. Ich glaube nicht, daß es einen Mann gab, der eine größere natürlichere Begabung für das Entschlüsseln besaß als er.

Ich weiß nicht, ob jemand von Ihnen sich jemals mit dieser herzzerbrechenden Sache beschäftigt hat. Jedenfalls wissen Sie ja wohl, daß es zwei Arten von Geheimschriften gibt – Codes und Chiffren – und daß ein Code eine Kombination von Worten und eine Chiffre eine Kombination von Zahlen ist. Ich erinnere mich noch, wie einem immer wieder gesagt wurde, kein Code und keine Chiffre, die praktisch verwendbar waren, seien wirklich unentschlüsselbar, und in gewissem Sinne trifft das auch zu, besonders bei Codes. Ein Fernmeldesystem, das ständig verwendet wird, darf offensichtlich nicht allzu kompliziert sein, und einen praktisch brauchbaren Code kann man, wenn einem für die Arbeit genügend lange Zeit gelassen wird, im allgemeinen entschlüsseln. Deshalb ändern die Benutzer ihre Codes in regelmäßigen Zeitabständen. Es gibt gewisse Regeln, nach denen man die Kombinationen und Permutationen von Buchstaben bei den meisten Codes schrittweise herausbekommt, denn die menschliche Erfindungsgabe scheint in gewissen feststehenden Bahnen zu verlaufen, und jemand, der sich seit langem damit befaßt, entwickelt mit der Zeit eine erstaunliche Fertigkeit darin. Man fängt damit an, daß man erst mal ein kleines Stückchen herauskriegt, und baut dann empirisch auf, bis man nach ein oder zwei Wochen schließlich die ganze Sache hat. Dann, wenn man glücklich so weit ist, daß man die feindlichen Meldungen lesen kann, wird der Code plötzlich geändert, und man muß wieder von vorn anfangen ... Natürlich kann man einen Code herstellen, dessen Entschlüsselung einfach unmöglich ist, außer durch einen reinen Glückszufall – wenn der Schlüssel zum Beispiel eine Seite aus irgendeinem Buch ist –, aber glücklicherweise wird diese Art Code im allgemeinen wenig verwendet.

Nun, mit den Codes kamen wir recht gut zurecht und konnten die aufgefangenen feindlichen Meldungen, Kabeltelegramme und Funksprüche ziemlich mühelos und genau lesen. Es war zumeist diplomatisches Zeug und nicht besonders wichtig. Die wichtigeren Sachen kamen in Chiffre, und das war etwas ganz anderes. Bei einem Code kann man die Entschlüsselung schrittweise aufbauen, aber bei einer Chiffre hat man den Schlüssel entweder oder man hat ihn nicht – es gibt keinen Mittelweg. Eine Chiffre besteht aus Zahlen, und das ist ein Gebiet, auf dem der mathematische Erfindungsgeist sich in haarsträubender Weise austoben kann. Nachdem man die Buchstaben einer Meldung einmal in Zahlen hingeschrieben hat, gibt es zahllose Arten, wie man sie verschließen und doppelt verschließen kann. Die beiden Hauptkniffe sind, wie Sie wissen, Umstellung und Austausch, und die Möglichkeiten, den einen oder anderen oder beide zusammen zu verwenden, sind völlig unbegrenzt. So kann eine Chiffre zum Beispiel ohne weiteres eine doppelte Bedeutung haben, die durch zwei verschiedene Methoden erzielt wird, und man steht vor der praktischen Frage, daß man entscheiden muß, welche Bedeutung tatsächlich beabsichtigt ist. Und dann gibt es noch eine zusätzliche Komplikation: hat man die Meldung schließlich dechiffriert, kann sich herausstellen, daß sie selbst wiederum in einem schwierigen Code verschlüsselt ist. Ich kann Ihnen versichern, daß unsere Arbeit nicht gerade ein Erholungsurlaub war.«

Burminster machte ein verdutztes Gesicht und wollte wissen, wie sich das Verschlüsseln von Chiffren vollziehe.

»Es würde zu lange dauern, das zu erklären. In groben Zügen folgendermaßen: Sie schreiben eine Meldung horizontal in Zahlen auf. Dann gießen Sie sie in senkrechte Kolonnen um, deren Anzahl und Reihenfolge von einem Schlüsselwort bestimmt wird. Dann schreiben Sie den Inhalt der Kolonnen wieder waagerecht nieder, indem Sie ihn Zeile für Zeile nehmen. Um die Meldung entschlüsseln zu können, müssen Sie das Schlüsselwort haben, mit dessen Hilfe Sie die Ziffern wieder in senkrechte Kolonnen und von dort wieder zurück in die ursprüngliche waagerechte Form stellen können.«

Burminster schrie auf wie unter Schmerzen. »Das ist nicht zu machen. Sie werden mir doch nicht sagen, daß ein menschlicher Verstand ein solches Akrostichon auflösen kann.«

»Wir haben es häufig geschafft«, sagte Pugh.

»Sie selbst?«

»Gott behüte, nicht ich selbst. Ich kann nicht einmal ein einfaches Kreuzworträtsel lösen. Nein, meine Leute.«

»Da gehe ich lieber in den Schützengraben«, sagte Burminster mit hohler Stimme. »Jederzeit lieber in den Schützengraben. Wollen Sie mir allen Ernstes erzählen, daß Sie sich vor ein Durcheinander von Zahlen hinsetzen können und den ganzen Weg der Durcheinanderbringung zurückgehen, bis sie zu einem Original kommen, das Sinn und Verstand hat?«

»Ich könnte es nicht, aber Channell konnte es – in den meisten Fällen. Sie müssen verstehen, wir tappten ja von Anfang an nicht völlig im dunkeln. Wir wußten ungefähr über die Komplikationen Bescheid, deren der Feind sich mit Vorliebe bediente, und wir probierten eine Vielzahl von Schlüsseln so lange aus, bis wir auf den richtigen stießen.«

»Ich muß schon sagen, alle Achtung! Aber erzählen Sie weiter von diesem Channell.«

»Die Geschichte geht nicht um Channell«, sagte Pugh, »er kommt nur zufällig in ihr vor ... Wir hatten da eine Chiffre, vor der wir immer wieder die Waffen streckten. Es war eine Chiffre, die zwischen dem deutschen Generalstab und den deutschen Truppen im Osten verwendet wurde. Wir konnten sie absolut nicht knacken. Es war eine verschlüsselte Chiffre, und Channell hatte mehr Zeit auf sie verwendet als auf ein Dutzend andere zusammengenommen, denn sie stellte ihn auf die Probe. Er wollte nicht zugeben, daß sie unlösbar sei, erklärte aber, er werde einen wirklichen, echten Glückszufall brauchen, um ihr auf die Schliche zu kommen. Ich fragte ihn, was für eine Art Glückszufall, und er sagte: einen Fehler und eine Wiederholung der Meldung. Das, sagte er, werde ihm die Möglichkeit geben, Gleichungen aufzustellen.

Wir nannten diese spezielle Chiffre: PY und haßten sie wie die Pest. Wir kamen uns wie winzige Zwerge vor, die am Sockel eines riesigen Steinturms herumhämmerten. Aus der Abneigung gegen die Chiffre wurde bald eine Abneigung gegen den Mann, der sie ausgedacht hatte. Channell und ich pflegten uns damit zu – ich will nicht sagen, amüsieren, dafür war die Sache zu verdammt ernst –, aber damit herumzuquälen, uns den Burschen vorzustellen, der den Verstand besaß, welcher PY ausgeheckt hatte. Wir besaßen ein ziemlich vollständiges Dossier des deutschen Abwehrstabes, aber wir hatten natürlich keine Ahnung, auf wen diese spezielle Chiffre zurückging. Wir wußten nichts über ihn außer seinem Kodenamen ›Reinmar‹, mit dem er die einfacheren Meldungen nach dem Osten unterzeichnete, und Channell, der bei allen seinen Naturwissenschaften ein romantischer kleiner Bursche war, hatte es sich irgendwie in den Kopf gesetzt, daß er eine Frau sei. Er schilderte sie mir, als habe er sie mit eigenen Augen gesehen – ein Weibsteufel, jung, schön, mit einem stark geschminkten weißen Gesicht und Augen wie eine Kobra. Ich denke mir, wahrscheinlich las er in seiner Freizeit eine gewisse Art von minderwertigen Kitschromanen.

Ich hatte eine andere Vorstellung. Anfänglich dachte ich an den schauspielernden Wissenschaftler-Typ, den Typ mit dem ›erbarmungslosen Verstand‹, hoher Stirn und einem Unterkiefer wie ein Schimpanse. Aber das schien nicht zu stimmen, und ich einigte mich schließlich mit mir selbst auf das Bild eines erstklassigen Generalstabsoffiziers, gut aussehend wie Falkenhayn, bis ins letzte Tüpfelchen geschult, völlig leidenschaftslos, mit einem Verstand, der mit der unfehlbaren Präzision einer hervorragenden Spezialmaschine arbeitete. Wir alle litten damals unter dieser Vorstellung von einem deutschen Satansmenschen, und wenn die Dinge für uns schlecht standen, wie im März 1918, konnte ich vor Haß auf dieses Schreckgespenst nicht schlafen. Der Teufelskerl war so wasserdicht und stahlgepanzert, daß nicht an ihn heranzukommen war, ein Goliath, der die Kieselsteine aus unseren Kinderschleudern verächtlich an sich abprallen ließ.

Nun denn, um es kurz zu machen, es kam dann im September 1918 ein Augenblick, an dem PY so ungefähr die wichtigste Sache der Welt wurde. Es kam ungeheuer darauf an, was Deutschland in Syrien unternahm, und wir wußten, daß alle Meldungen in PY waren. Jeden Morgen lag ein Haufen abgefangener deutscher Funksprüche auf Channells Schreibtisch, die für ihn so unverständlich waren wie das sinnlose Gekritzel eines kleinen Kindes. Ich wurde von meinen Vorgesetzten angetrieben und trieb meinerseits Channell an. Wir hatten eine Woche, um den Schlüssel zu der Chiffre zu finden. Danach mußten die Dinge ohne uns ihren Lauf nehmen. Wir hatten in achtzehn Monaten ruhiger, systematischer Arbeit das Ding nicht knacken können, und es sah folglich nicht so aus, als würde es uns in sieben fieberhaften Tagen gelingen. Channell verlor vor Überarbeitung und Sorge fast den Verstand. Ich suchte ihn oft in seinem schäbigen kleinen Zimmer auf, und er war vor Übermüdung schon ganz grau und eingeschrumpft.

Aber meine Geschichte handelt nicht von ihm – seine Geschichte ist auch gut, und vielleicht erzähle ich sie ein anderes Mal.

Wir gewannen das Rennen übrigens mit einer Nasenlänge. PY machte tatsächlich einen Fehler. Eines Morgens bekamen wir eine Meldung, die en clair datiert war, dann eine ganz kurze und danach eine dritte, die mit der ersten beinahe gleichlautend war. Die zweite konnte nur heißen: ›Ihre Meldung vom heutigen Tag ist unverständlich, bitte wiederholen‹, die übliche Formel. Damit hatten wir die Übersetzung eines Stückchens der Chiffre. Aber sogar das hätte sie nicht geknackt, und Channell war zwölf Stunden lang am Rand des Wahnsinns, bis er auf den Gedanken kam, Reinmar habe die lange Meldung vielleicht mit seinem Namen gezeichnet, wie wir es in Fällen großer Dringlichkeit zuweilen tun. Er hatte recht, und drei Stunden vor dem allerletzten Moment, den die Operationsabteilung uns zubilligen konnte, hatten wir die ganze Sache heraus. Wie gesagt, eine gute Geschichte, aber nicht das, was ich erzählen will.

Bei Kriegsende waren wir beide so müde, daß wir kaum etwas anderes denken konnten, als daß die verdammte Sache Gott sei Dank endlich vorbei war. Aber Reinmar war so lange unser unsichtbarer Gegner gewesen, den wir uns unablässig vorgestellt hatten, daß unser Interesse an ihm nicht ganz einschlief. Wir hätten gern gewußt, wie er seine Niederlage aufnahm, denn daß wir ihn schließlich doch besiegt hatten, muß er gewußt haben. Zumeist, wenn man jemand bei einem Wettspiel besiegt hat, mag man ihn nachher recht gern, aber ich mochte Reinmar nicht. Ich machte ihn sogar in meiner Vorstellung zu einem Gemisch aus allem, was ich je an den Deutschen nicht hatte leiden können. Channell blieb bei seiner Weibsteufel-Theorie, aber ich war ziemlich sicher, daß er ein noch verhältnismäßig junger Mann war, von einer geistigen Hochfahrenheit, die durch die Katastrophe seines Vaterlandes in nichts gemildert worden war. Er würde niemals die Niederlage eingestehen. Es war in hohem Grade unwahrscheinlich, daß ich herausbekommen würde, wer er war, aber ich hatte das Gefühl, falls ich es herausbekommen und ihn von Angesicht zu Angesicht kennenlernen sollte, werde meine Abneigung sich als vollauf gerechtfertigt erweisen.

Wie Sie wissen, war ich die ersten ein, zwei Jahre nach dem Waffenstillstand ziemlich krank. Die meisten von uns waren es. Wir hatten nicht wie die Leute in den Schützengräben den belebenden Antrieb, wieder in die Annehmlichkeiten der Zivilisation zurückkehren zu können. Körperlich war es uns die ganze Zeit durchaus behaglich und gutgegangen, aber geistig waren wir total erschöpft und ausgelaugt, und dafür gibt es keine einfache Kur. Meine Verdauung klappte völlig zusammen, und ich machte eine ziemlich elende Zeit durch, mußte im Bett liegen und lebte von Milch und Olivenöl. Danach kehrte ich zu meiner Arbeit zurück, aber die verflixte Sache kam immer wieder, und jeder Doktor verschrieb mir ein anderes Regime. Ich versuchte sie alle – trockene Mahlzeiten, alle zwei Stunden einen kleinen Imbiß, Zitronensaft, saure Milch, Hungerkur, nicht rauchen –, aber keine dieser Kuren half mir mehr als halb aus meinem Wellental heraus. Ich war mir selbst eine Last und für meine Mitmenschen eine Beschwernis und schleppte mich mit unablässigen Leibschmerzen mühselig durchs Leben.

Mehrere Ärzte rieten mir zu einer Operation, aber ich hatte dazu kein großes Zutrauen, mehrere meiner Freunde hatten sich wegen des gleichen Leidens operieren lassen und waren nachher genauso krank gewesen wie zuvor.

Dann erzählte mir jemand von einem deutschen Arzt namens Christoph, der angeblich diese Beschwerden sehr gut und erfolgreich behandelte. Der beste Diagnostiker der Welt, versicherte mir dieser Bekannte – keine Steckenpferde und Modeschrullen – behandelt jeden Fall entsprechend seiner Eigenart – ein wirklich origineller Kopf. Dr. Christoph hatte ein bescheidenes kleines Sanatorium in einem Ort namens Rosensee in der Sächsischen Schweiz. Ich war inzwischen schon wirklich halb verzweifelt, also packte ich einen Koffer und fuhr hin.

Rosensee war ein stilles kleines Städtchen am Eingang eines engen Tals, zwischen waldigen Hügeln, ein sauberer, frischer, hübscher Ort, mit einer Kirche mit einer Zwiebelkuppel, einem katholischen Priesterseminar und einer kleinen Gerberei-Industrie. Das Sanatorium lag auf halber Höhe eines Hügels, und ich fühlte mich schon besser, sobald ich mein Zimmer sah mit den gescheuerten Dielen und der breiten Veranda, von der man in eine Waldlichtung hinabsah. Ich fühlte mich noch wesentlich besser, als ich Dr. Christoph zu Gesicht bekam. Er war ein kleiner Mann mit einem graumelierten Bart, einer hohen Stirn und einem hinkenden Bein, ungefähr wie ich mir den Apostel Paulus vorstelle. Er sah klug und weise aus, weise wie eine alte Eule. Sein Englisch war schauerlich, aber auch als er herausbekam, daß ich recht gut deutsch sprach, wurde er nicht gesprächiger. Er bestand darauf, mich erst mindestens eine Woche lang unter Beobachtung zu halten, ehe er irgendeine Meinung äußerte, aber ich fühlte mich irgendwie bereits beruhigt, denn ich hatte den Eindruck, daß sich jetzt ein wirklich erstklassiger Kopf mit mir befaßte.

Die übrigen Patienten waren zumeist Deutsche, mit ein

paar Spaniern darunter, aber zu meiner großen Freude traf ich Freund Channell wieder. Auch ihm war es seit unserer Trennung ziemlich elend ergangen. Er hatte es mit den Nerven – allgemeine Nervenschwäche und fortgesetzte Schlaflosigkeit –, und sein College hatte ihm ein halbes Jahr Krankenurlaub gegeben, um sich auszukurieren. Der arme Kerl war dürr wie ein Hering und hatte die großen trüben Augen und trockenen Lippen des Schlaflosen. Er war eine Woche vor mir eingetroffen und befand sich ebenso wie ich unter Beobachtung. Aber er wurde einer anderen Art von Untersuchung unterzogen als ich, denn bei ihm handelte es sich um seelische Störungen, und Dr. Christoph verwendete Stunden und Stunden darauf, seine nervösen Verhedderungen aufzudröseln. ›Er ist ein guter Arzt, für einen Deutschen‹, sagte Channell, ›aber er ist auf der falschen Spur. Mir fehlt seelisch nicht das geringste. Er sollte lieber bei ultravioletter Bestrahlung und Massage bleiben, anstatt mir alberne Fragen über meine Urgroßmutter zu stellen.‹

Channell und ich gingen zusammen auf unseren Krankenspaziergängen in den Wald, und natürlich sprachen wir auch über die Jahre unserer gemeinsamen Arbeit. Er lebte hauptsächlich von der Vergangenheit, denn der Krieg war das große Ereignis seines Lebens gewesen, neben dem ihm seine Professorenpflichten recht trivial erschienen. Während wir durch das verdorrte Farn und Heidekraut stiefelten, kehrten seine Gedanken immer wieder zu dem schäbigen kleinen Zimmer zurück, wo er billige Zigaretten geraucht und vierzehn Stunden am Tag gearbeitet hatte. Ganz besonders aber ließ ihm die Neugier über unseren alten Widersacher Reinmar, so wie er im Jahr 1918 gewesen war, keine Ruhe. Er war fester denn je davon überzeugt, daß Reinmar eine Frau sei, und ich glaube, einer der Gründe, die ihn veranlaßt hatten, es mit einer Kur in Deutschland zu versuchen, war die unbestimmte Hoffnung, ihr vielleicht auf die Spur zu kommen. Ich hatte die Sache schon fast vergessen, und Channell in der Rolle des unermüdlichen Spürhundes amüsierte mich.

›Im Sanatorium werden Sie sie nicht finden‹, sagte ich. ›Vielleicht sitzt sie in irgendeinem alten Schloß hier in der Nachbarschaft und wartet auf Sie wie Dornröschen.‹

›Ich meine es ganz ernst‹, antwortete er kläglich. ›Es ist die reine intellektuelle Neugier, aber ich muß gestehen, ich würde eine Menge darum geben, sie von Angesicht zu Angesicht zu sehen. Ich habe daran gedacht, wenn ich von hier weggehe, vielleicht nach Berlin zu fahren, um ein paar Erkundigungen einzuziehen. Aber ich bin sehr behindert, denn ich kenne dort niemand und habe keine Empfehlungsbriefe. Sie haben einen großen Bekanntenkreis und viel mehr Autorität als ich – warum nehmen Sie sich nicht der Sache an?‹

Ich sagte ihm, ich interessiere mich nicht mehr besonders dafür und sei nicht scharf darauf, in der Vergangenheit herumzustöbern, aber ich versprach ihm ein paar Zeilen an unseren Militärattaché, falls er wirklich nach Berlin fahren sollte. Ich versuchte, ihn eher davon abzubringen, allzuviel an die Ereignisse der Kriegsjahre zu denken, und sagte ihm, er solle versuchen, die Tür gegen alles zu verrammeln, was zu seinem gegenwärtigen Nervenzusammenbruch beigetragen hatte.

›Dr. Christoph ist nicht dieser Meinung‹, antwortete er nachdrücklich. ›Er ermutigt mich dazu, darüber zu reden. Verstehen Sie, für mich ist die Sache von rein intellektuellem Interesse. Meine Gefühle sind überhaupt nicht beteiligt. Ich bin durchaus freundschaftlich zu Reinmar eingestellt, wer immer sie auch sein mag. Es ist eine Art romantisches Abenteuer, wenn Sie wollen. Ich habe in meinem Leben nicht so viele romantische Dinge erlebt, daß ich dieses vergessen möchte.‹

›Haben Sie Dr. Christoph von Reinmar erzählt?‹ fragte ich.

›Ja‹, sagte er, ›aber er war nur mäßig interessiert. Sie kennen ja die Art, wie er einen aus seinen ernsten grauen Augen ansieht. Ich bezweifle, daß er ganz verstanden hat, was ich meinte, denn ein kleiner Provinzarzt, auch wenn er in seinem Fach ein Genie ist, dürfte ja wohl kaum viel darüber wissen, wie es im großen Generalstab zugeht . . . Ich mußte ihm davon erzählen, denn er verlangt, daß ich ihm alle meine Träume erzähle, und in letzter Zeit habe ich angefangen, von Reinmar zu träumen.‹

›Wie sieht sie aus?‹ fragte ich.

›Oh, eine höchst erstaunliche Erscheinung. Sehr schön, aber unheimlich. Sie hat langes blondes Haar, das ihr bis zu den Knien reicht.‹

Ich mußte natürlich lachen. ›Sie bringen sie mit den Walküren durcheinander‹, sagte ich. ›Mein Gott, da kämen Sie aber in eine unangenehme Situation, wenn Sie diesem Drachen leibhaftig begegnen würden.‹

Aber er meinte es ganz ernst und erklärte, das Bild, das er von ihr im Wachzustand habe, ähnele nicht im geringsten dem Traumbild. Er fand meinen Unsinn von dem alten Schloß recht einleuchtend und überzeugend. Er meinte, sie sei wahrscheinlich irgendeine verarmte, mittellose Adlige, die in einsamer Abgeschiedenheit in einem Herrenhaus mit einem Burggraben lebe und jetzt nichts mehr habe, woran sie ihren glänzenden Verstand üben konnte, und sich vor Scham und Reue innerlich verzehrte. Er schilderte sie als einen so anziehenden Charakter, daß ich schon zu vermuten begann, Channell habe sich in ein Wesen seiner eigenen Schöpfung verliebt, als er unvermutet mit der Bemerkung schloß: ›Trotzdem – sie ist restlos abscheulich. Sie kann gar nicht anders sein als abscheulich, wissen Sie.‹

Nach zwei Wochen fühlte ich mich schon als ein anderer Mensch. Dr. Christoph meinte, er sei dem Übel auf die Spur gekommen, und ganz gewiß hatten seine Massage und ein paar einfache Medikamente sich auf meine Eingeweide sehr wohltätig ausgewirkt. So gut hatte ich mich seit drei Jahren nicht mehr gefühlt. Er war über meine Fortschritte so erfreut, daß er mich gar nicht mehr wie einen Kranken behandelte. Er ermunterte mich dazu, lange Spaziergänge in das umliegende Hügelland zu unternehmen, und bald darauf richtete er es ein, daß ich mit einigen der ortsansässigen Junker auf Rehbockjagd gehen konnte.

Ich zog an jenen kalten Novembermorgen zumeist schon vor Tagesanbruch los und fuhr auf den Kamm eines der Hügelzüge hinauf, wo ich mit einer Jagdgesellschaft und einer Anzahl von Treibern zusammentraf, die von einem Burschen in einer grünen Uniform beaufsichtigt wurden. Wir nahmen entlang der Kammhöhe Aufstellung, und die Treiber trieben mit Hilfe einer Meute von prachtvollen Hunden die Rehe auf uns zu. Sie machten es nicht gerade sehr geschickt, denn das Wild machte meistens kehrt und brach wieder nach rückwärts durch, und es war kalt in diesen frühen Morgenstunden, während man im leichten Pulverschnee zwischen den schwer mit Frost behangenen Tannenzweigen wartete. Aber später, wenn die Sonne kräftiger schien, war es eine sehr angenehme Art, den Tag zu verbringen. Wir erlegten in der Regel nicht viel, aber immer, wenn ein Reh oder ein Auerhahn fiel, versammelte sich die ganze Jagdgesellschaft, um ein Gläschen Kirschwasser zu trinken. Man hatte mir ein Gewehr geliehen, eines von diesen schauerlichen Dingern, die eine doppelläufige Jagdflinte und ein Gewehr in einem sind, und um vom einen auf das andere umzuschalten, muß man eine ganze mathematische Kalkulation anstellen. Das Ding hatte einen sehr empfindlichen Abzug, und als ich ihn das erste Mal verwendete, wäre das um ein Haar das Ende eines höchst achtbaren sächsischen Bauersmanns gewesen.

Wir nahmen alle unsere Mittagsmahlzeit zusammen ein, und am Abend, ehe wir uns heimbegaben, kehrten wir noch auf dem einen oder anderen Bauernhof zu Kaffee und Kuchen ein. Die Jagdgesellschaft war eine komische Mischung von Leuten – Großbauern und kleine Gutsbesitzer, ein oder zwei Hotelwirte, ein ortsansässiger Arzt und zwei Rechtsanwälte aus der Stadt. Zuerst verhielten sie sich mir gegenüber ein wenig zugeknöpft, aber nach einer Weile tauten sie auf, und nach dem ersten Tag waren wir gute Freunde. Sie sprachen ganz offen und freimütig vom Krieg, an dem sie alle teilgenommen hatten, und mit sehr viel Würde und gesundem Menschenverstand.

Ich habe mein Spazierengehen in Sikkim in Indien, im Vorgebirge des Mount Everest, gelernt, und die kleinen sächsischen Höhenzüge kamen mir recht unerheblich vor. Aber für die meisten der Jäger waren sie zu steil, und anstatt einen Abhang gerade hinauf- oder herunterzugehen, wählten sie immer einen Umweg, auf dem sie gemächlicher gehen konnten. Eines Abends, als wir wie üblich auseinandergingen, die Treiber die Abkürzung nahmen und die Jäger den weniger steilen Umweg, hatte ich das Bedürfnis nach etwas Körperbewegung und lief mit den Treibern um die Wette den Abhang hinab. Ich schlug sie ganz gehörig und mußte unten beinahe eine Stunde auf meine Jagdgenossen warten, ehe wir uns zu unserem Imbiß auf den Bauernhof begaben. Die Treiber müssen wohl über mein Marschtempo geredet haben, denn als wir schließlich alle zusammen weitergingen, fragte mich einer der Jäger, ein Rechtsanwalt namens Meißen, warum ich zu dieser Jahreszeit, in der doch kaum Ausländer kämen, Rosensee aufgesucht hätte. Ich sagte ihm, ich wohne bei Dr. Christoph.

›Ach, er ist ein Freund von Ihnen, und Sie machen einen Privatbesuch?‹ fragte er.

Ich antwortete ihm, nein, ich sei zur Behandlung in seinem Sanatorium, da ich leidend sei. Er bekundete ein höfliches Zweifeln. Ein Mann, der wie eine Lawine einen Berghang hinuntersauste, kam ihm nicht wie ein Kranker vor.

Aber als wir durch die frostige Dämmerung weitergingen, begann er ein wenig über Dr. Christoph zu sprechen, den er nicht persönlich kannte, und ich erfuhr wieder einmal, wie wenig Ehre doch der Prophet in seinem eigenen Vaterland genießt. Rosensee kannte ihn kaum, außer als einen Arzt, der eine unerklärliche Anziehungskraft auf Ausländer ausübte. Meißen erkundigte sich nach seinen Heilmethoden und den Krankheiten, auf die er sich spezialisierte.

›Vielleicht erspart er mir noch eine Reise nach Bad Homburg‹, sagte er lachend. ›Es ist sehr angenehm, einen wirklich guten Arzt direkt vor der Tür zu haben. Der

Doktor ist allerdings ein bißchen ein Einsiedler und hat anscheinend, mit Ausnahme seiner Patienten, für den Umgang mit Menschen nicht viel übrig. Trotzdem, er ist zweifellos ein guter Mann, und es gibt Leute, die sagen, im Krieg sei er ein Held gewesen.‹

Diese Bemerkung erstaunte mich, denn ich konnte mir Dr. Christoph nicht bei irgendeiner Kampftruppe vorstellen, ganz abgesehen davon, daß er zu alt gewesen sein dürfte. Ich nahm an, Meißen meine wahrscheinlich seine Tätigkeit als Arzt in den Etappen-Lazaretten. Aber Meißen versicherte ganz bestimmt, Dr. Christoph sei Frontsoldat in den Schützengräben gewesen. Sein hinkendes Bein gehe auf eine Kriegsverletzung zurück.

Ich hatte nur wenig Gelegenheit, mich mit dem Doktor zu unterhalten, da ich ein Fall ohne nervöse Komplikationen war. Er sagte mir morgens und abends ein paar Worte über meine Diät und grüßte mich freundlich, wenn wir uns zufällig trafen, aber etwas wie ein wirkliches Gespräch hatte ich mit ihm erst am Abend vor meiner Abreise. Er ließ mir sagen, er möchte mich mindestens eine Stunde lang sprechen, und traf dann mit einem dicken Bündel Aufzeichnungen bei mir ein, an Hand derer er mir einen längeren Vortrag über meinen Fall hielt. Jetzt wurde mir erst richtig klar, welch unendliche Sorgfalt und gründliches Nachdenken er auf mich verwendet hatte. Er war zur Ansicht gelangt, daß seine Diagnose richtig gewesen war – die rasche Besserung deutete darauf hin –, meinte jedoch, es sei nötig, daß ich noch eine Zeitlang ein einfaches Regime befolge und gewisse Symptome im Auge behalte. Er nahm ein Blatt Briefpapier vom Tisch und schrieb mir mit seiner kleinen, präzisen Handschrift einige einfache Verhaltensmaßregeln auf.

Es war etwas an ihm, an seinen ehrlichen, aufrichtigen Augen, an dem Mund, der aussah, als habe das Leid ihn häufig zusammengepreßt, an seinem ganzen Gehaben der ernsten, verantwortungsbewußten guten Absicht, das ich eigentlich anziehend fand. Ich wünschte mir fast, ich wäre ein Fall wie Channell gewesen und mir wäre mehr von seiner Gesellschaft zuteil geworden. Ich hielt ihn im Gespräch fest, und er schien auch durchaus bereit, noch ein wenig zu bleiben. Allmählich, im Lauf des Gesprächs, kamen wir auch auf den Krieg, und es stellte sich heraus, daß Meißen recht hatte.

Dr. Christoph war im November 1914 mit einem sächsischen Regiment als Sanitätsoffizier an den Ypern-Frontabschnitt gegangen und hatte dort den Winter verbracht. 1915 war er in der Champagne gewesen und Anfang 1916 bei Verdun, bis er wegen Gelenkrheumatismus dienstunfähig geschrieben und in die Heimat geschickt wurde. Das heißt, er hatte alles in allem ungefähr siebzehn Monate unausgesetzter Kampfhandlungen an den ärgsten Frontabschnitten mitgemacht, fast ohne Urlaub. Das war nicht schlecht für einen zarten kleinen Mann in mittleren Jahren.

Seine Familie – Frau und kleiner Sohn – befand sich damals in Stuttgart. Er brauchte lange, um sich von dem Gelenkrheumatismus zu erholen, und danach wurde er auf Heimatdienst abgestellt.

›Bis der Krieg schon fast zu Ende war‹, sagte er. ›Fast, aber noch nicht ganz. Ich hatte gerade noch genug Zeit, um zurück an die Front zu gehen und mir eine blöde Verletzung am Bein zu holen.‹

Wobei ich Ihnen sagen muß, daß er seine Kriegserlebnisse nie anders als mit einem komischen, mißbilligenden

Lächeln erwähnte, als stimme er durchaus mit jedem überein, der vielleicht meinte, ein würdevoll ernster Mensch wie er hätte lieber im Bett bleiben sollen.

Ich hatte angenommen, sein Heimatdienst habe in irgendwelcher ärztlicher Tätigkeit bestanden, bis er erwähnte, er sei während dieser Zeit in seiner Berufsarbeit etwas eingerostet. Dann stellte sich heraus, daß er irgendeinen Posten im Zusammenhang mit dem Nachrichtenwesen und der Abwehr gehabt hatte. ›Ich habe angeblich ein gewisses bescheidenes Talent für Mathematik‹, sagte er. ›Nein, ich bin kein wirklicher Mathematiker, aber ich habe, wenn Sie verstehen, was ich meine, eine gewisse mathematische Befähigung. Zahlen sind meinem Denken immer etwas Vertrautes gewesen, mit dem ich mich gern beschäftigt habe. Aus diesem Grund wurde ich darangesetzt, Chiffren zu konstruieren und aufzulösen – ein seltsames Zwischenspiel im allgemeinen Kriegslärm. Ich saß in meinem kleinen Dienstzimmer und schloß die ganze Welt aus, und für ein Weilchen war ich glücklich.‹

Er erzählte weiter von dieser Enklave des Friedens, in die er geraten war, und während ich seiner sanften, eintönigen Stimme zuhörte, kam mir plötzlich eine Eingebung.

Ich nahm ein Blatt Briefpapier aus dem Behälter, schrieb darauf das Wort ›Reinmar‹ und schob es über den Tisch zu ihm hin. Sie verstehen, ich dachte mir, vielleicht könnte ich ihn durch dieses Überraschungsmanöver veranlassen, Channell bei seiner Suche zu helfen.

Aber die größte Überraschung erlebte ich selbst. Er hielt, wie vom Blitz getroffen, im Sprechen inne, sobald er das Wort erblickte, sein ganzes Gesicht bis hinauf zu dem kahlen Schädel wurde dunkelrot, er schien kaum schlukken zu können und stieß dann atemlos hervor: ›Woher wußten Sie das?‹

Ich hatte es nicht gewußt, und jetzt, da ich es wußte, verschlug mir dieses Wissen die Sprache. Das war also der abscheuliche Gegner, den Channell und ich so inbrünstig gehaßt hatten. Als ich aus meiner Betäubung wieder zu mir kam, hatte er bereits sein Gleichgewicht zurückgewonnen und sprach langsam und deutlich, als lege er in aller Form ein Geständnis ab.

›Sie waren also einer meiner Gegner ... das interessiert mich außerordentlich ... ich habe mich oft gefragt ... Sie haben mich zum Schluß geschlagen. Ist Ihnen das bekannt?‹

Ich nickte. ›Nur weil Sie einen Schnitzer gemacht haben‹, sagte ich.

›Ja, ich machte einen Schnitzer. Es war meine Schuld – eine sehr ernste Schuld, denn ich gestattete meinem privaten Kummer, mein Denken zu trüben.‹

Er schien zu zaudern, als widerstrebe es ihm, etwas sehr Tragisches in seiner Erinnerung aufzurühren.

›Ich glaube, ich werde es Ihnen erzählen‹, sagte er schließlich. ›Ich habe mir oft gewünscht – es ist ein kindischer Wunsch, ich weiß – mein Versagen gegenüber denjenigen, die von ihm profitierten, rechtfertigen und erklären zu können. Meine Vorgesetzten verstanden es natürlich, aber meine Gegner konnten es nicht verstehen. In jenem Monat, als ich versagte, hatte ich einen tiefen Kummer. Ich hatte einen kleinen Sohn – er hieß Reinmar –, Sie erinnern sich, daß ich den Namen als meine Code-Unterschrift verwendete?‹

Seine Augen blickten an mir vorbei und tief in die Vergangenheit.

›Er war, wie man bei Ihnen sagt, mein Maskottchen. Er war mein einziges Kind, und ich liebte ihn über alles. Aber damals waren die Lebensmittel knapp. Wir waren nicht schlechter dran als Millionen anderer Deutscher, aber das Kind war zart und anfällig. Im letzten Kriegssommer bekam er infolge Unterernährung Tuberkulose, und im September starb er. Und jetzt versagte ich und ließ mein Land im Stich, denn mit ihm schien irgendeine bestimmte Fähigkeit oder Eigenschaft mein Denken verlassen zu haben. Sie verstehen, meine Arbeit war sozusagen auch die seine, so wie mein Name der seine war, und als er dahinging, nahm er meine Denkkraft mit . . . So stolperte ich. Das übrige wissen Sie ja.‹

Er saß da und blickte an mir vorbei in eine weite Ferne, so klein und einsam, daß ich hätte aufheulen mögen. Ich entsinne mich, daß ich ihm die Hand auf die Schulter legte und irgendeine abgedroschene Redensart hervorstotterte, wie leid mir das alles tue. Wir saßen eine oder zwei Minuten lang ganz still da, und dann fiel mir Channell ein. Channell hatte bestimmt Dr. Christoph seine ganze Reinmar-Geschichte ausführlich erzählt. Ich fragte ihn, ob Channell Bescheid wisse.

Ein flackerndes Lächeln huschte über sein Gesicht.

›Aber nein, natürlich nicht. Und ich muß Ihnen das Versprechen abnehmen, daß Sie ihm niemals auch nur andeutungsweise sagen werden, was ich Ihnen erzählt habe. Er ist mein Patient, und ich habe in erster Linie seinen Fall zu berücksichtigen. Gegenwärtig glaubt er, Reinmar sei eine schöne und verruchte Dame, die er vielleicht eines Tages kennenlernen wird. Das ist eine romantische Phantasterei, und es tut ihm gut, das zu glauben . . . Wenn man ihm die Wahrheit erzählte, würde er Mitleid empfinden, und in dem Zustand, in dem Herr Channell sich befindet, ist es wichtig, daß er nicht von Gefühlen wie Mitleid gequält wird.‹«

## Somerset Maugham
## *Giulia Lazzari*

*Jeder Leser von Maughams Novellensammlung ›Ashenden‹ hat seine Lieblingsepisode. Stellte man eine Umfrage an, so würde wahrscheinlich, glaube ich, ›The Hairless Mexican‹ die meisten Stimmen erhalten, dicht gefolgt von ›The Traitor‹ und ›Mr. Harrington's Washing‹.*

*Ich selbst würde heute für ›Giulia Lazzari‹ stimmen. Ich sage heute, weil der Prüfstein, den ich verwendet habe, die Zeit ist. Von allen Episoden des Buches bereitet mir diese beim Wiederlesen das größte Vergnügen. Die vorbereitenden Szenen mit R. sind eine immerwährende Freude, und Madame Lazzari ist so lebendig geschildert, daß man fast die Poren ihrer Haut zu sehen vermag. Es ist keine schöne Geschichte, aber eine höchst eindrucksvolle und überzeugende.*

Ashenden pflegte zu behaupten, daß er niemals gelangweilt sei. Es gehörte zu seinen festen Vorstellungen, daß nur solche Menschen sich langweilten, die selbst nichts zu bieten hatten, und nur die Dummen auf die Außenwelt angewiesen seien, um sich Kurzweil zu verschaffen. Ashenden hegte keine Illusionen über sich selbst, und der Erfolg, der ihm auf literarischem Gebiet zuteil geworden war, hatte ihm nicht den Kopf verdreht. Er unterschied genau zwischen dem Ruhm und jener Namhaftigkeit, mit welcher der Verfasser eines erfolgreichen Romans oder eines vielgespielten Bühnenstücks sich belohnt sieht, und sie war ihm nur insoweit nicht gleichgültig, als sie greifbare Vorteile mit sich brachte. Er war durchaus bereit, sich seinen bekannten Namen zunutze zu machen, um sich eine bessere Schiffskabine zu verschaffen als die, für welche er bezahlt hatte, und wenn ein Zollbeamter sein Gepäck ungeöffnet durchgehen ließ, weil er eine von seinen Kurzgeschichten gelesen hatte, so gab Ashenden gern zu, daß die literarische Betätigung gewisse Entschädigungen zu bieten hatte. Er seufzte, wenn wißbegierige Studenten mit ihm die Technik des Dramas zu erörtern suchten; wenn schwärmerische Damen ihm mit bebender Stimme ins Ohr flüsterten, wie sehr sie seine Bücher bewunderten, wünschte er sich häufig tot. Aber er erachtete sich für intelligent und hielt es folglich für widersinnig, daß er sich langweilen könne. Tatsächlich konnte er durchaus interessiert Gespräche mit Leuten führen, die gemeinhin für so schauerlich langweilig galten, daß ihre Mitmenschen vor ihnen die Flucht ergriffen, als seien sie ihnen Geld schuldig. Es mag freilich sein, daß er hierbei lediglich seinem Berufsinstinkt nachgab, der selten völlig schlummerte; diese Menschen waren sein Rohmaterial und langweilten ihn ebensowenig wie Fossilien den Geologen langweilen.

Und jetzt hatte er alles, was ein Mensch sich vernünftigerweise zu seiner Unterhaltung wünschen konnte. Er bewohnte behagliche Zimmer in einem guten Hotel in Genf, das eine der angenehmsten Städte Europas ist, in denen man leben kann. Er mietete ein Boot und ruderte auf dem See oder trabte auf einem Reitpferd gemächlich die beschotterten Straßen in der Umgebung der Stadt entlang, denn in diesem säuberlichen und ordentlichen Kanton fällt es schwer, eine Rasenstrecke zu finden, auf der man ordentlich galoppieren kann. Er wanderte zu Fuß durch die alten Straßen der Stadt und versuchte, sich inmitten ihrer grauen Steinhäuser, die so still und würdevoll dastanden, den Geist vergangener Zeiten zurückzurufen. Er las erneut mit Entzücken Rousseaus ›Bekenntnisse‹ und versuchte zum zweiten oder dritten Male erfolglos, mit der ›Neuen Héloïse‹ weiterzukommen. Er schrieb. Er kannte nur wenige Menschen, denn er hatte sich von Berufs wegen im Hintergrund zu halten, aber er hatte mit einigen Leuten, die in seinem Hotel wohnten, oberflächlich plaudernde Bekanntschaft geschlossen und war nicht einsam.

Sein Leben war ausreichend ausgefüllt, es war abwechslungsreich, und wenn er sonst nichts zu tun hatte, konnte er sich mit seinen eigenen Gedanken und Überlegungen beschäftigen; es war unsinnig zu glauben, daß er sich unter diesen Umständen auch nur im entferntesten langweilen könne, und doch erblickte er, gleich einer einsamen kleinen Wolke am Himmel, die herannahende Möglichkeit der Langeweile. Eine Anekdote über Ludwig XIV. erzählt, er habe einen Höfling rufen lassen, damit er ihm bei irgendeinem zeremoniellen Anlaß aufwarte, und sei gerade im Begriff gewesen wegzugehen, als der Höfling schließlich erschien; er wandte sich zu ihm und sagte mit eisiger Majestät: J'ai failli attendre, ein Ausspruch, dessen einzige und nicht sehr gute Übersetzung, die ich zu geben vermag, lauten würde: Ich bin gerade noch mit knapper Not dem Warten entgangen. In ähnlicher Weise hätte Ashenden vielleicht zugestanden, daß er jetzt gerade noch mit knapper Not der Langeweile entging.

Es mochte wohl sein, sann er, als er am See entlangritt, auf einem Schecken mit schwerem Rumpf und kurzem Hals, gleich den sich aufbäumenden Rössern, die man auf alten Bildern sieht, nur daß dieses Pferd sich niemals aufbäumte und man ihm kräftig die Sporen geben mußte, damit es auch nur in raschen Trab überging – es mochte wohl sein, sann er, daß die großen Chefs des Geheimdienstes, die in ihren Büros in London die Hände an den Schalthebeln dieser großen Maschine hatten, ein spannendes und aufregendes Leben führten; sie schoben ihre Schachfiguren hierhin und dorthin, sie sahen das große Webmuster, das sich aus den zahllosen Fäden zusammenfügte (Ashenden ging mit seinen Metaphern verschwenderisch um), sie schufen aus den unterschiedlichen Stücken des Zusammensetzspiels ein geschlossenes Bild; aber für die kleinen Leute wie ihn selbst, das mußte man gestehen, war der Geheimdienst keine so abenteuerliche Angelegenheit, wie die Öffentlichkeit glaubte. Ashendens dienstliche Existenz war so ordentlich eingeteilt und so eintönig wie die eines Bankbeamten.

Er empfing in feststehenden Abständen seine Spione und bezahlte ihnen ihr Gehalt; wenn er eines neuen habhaft werden konnte, stellte er ihn an, gab ihm seine Weisungen und schickte ihn nach Deutschland; er wartete auf die einlaufenden Informationen und leitete sie weiter; er begab sich einmal in der Woche hinüber nach Frankreich, um sich mit seinem Kollegen jenseits der Grenze zu beraten und seine Weisungen aus London entgegenzunehmen; er suchte an Markttagen den Marktplatz auf, um etwaige Mitteilungen abzuholen, welche die alte Butterverkäuferin von der anderen Seite des Sees für ihn herübergebracht hatte; er hielt Augen und Ohren offen, und er setzte lange Berichte auf und war überzeugt, daß niemand sie las, bis er einmal achtlos eine kleine scherzhafte Bemerkung einflocht und für seine Leichtfertigkeit einen scharfen Verweis erhielt.

Seine Tätigkeit war offensichtlich notwendig, aber man konnte sie nicht anders als eintönig bezeichnen. Zu einem gewissen Zeitpunkt hatte er, um sich eine Abwechslung zu verschaffen und da ihm nichts Besseres einfiel, die Möglichkeit eines Flirts mit der Baronesse de Higgins in Erwägung gezogen. Er war inzwischen überzeugt, daß sie eine Agentin im Dienst der österreichischen Regierung war, und erwartete sich von dem voraussichtlichen Duell eine gewisse Unterhaltung. Es würde amüsant sein, seine geistige Wendigkeit an der ihren zu messen. Er war sich wohl bewußt, daß sie ihm Fallen stellen würde, und ihnen aus dem Weg zu gehen, wäre etwas, das seinen Verstand vor dem Einrosten bewahrte. Er stellte fest, daß sie nicht unwillens war, das Spiel mitzuspielen. Sie schrieb ihm überschwengliche kleine Briefe, wenn er ihr Blumen schickte. Sie begleitete ihn auf eine Bootsfahrt auf dem See, ließ ihre lange weiße Hand durchs Wasser gleiten, sprach von Liebe und deutete etwas von einem gebrochenen Herzen an. Sie aßen zu Abend und besuchten eine Vorstellung von ›Romeo und Julia‹ in einer französischen Prosaübersetzung.

Ashenden war sich noch nicht schlüssig, wie weit er zu gehen bereit war, als er eine scharfe Anfrage von R. erhielt, womit er eigentlich herumspiele: es seien ihm Informationen zugegangen, wonach er – Ashenden – sich häufig in der Gesellschaft einer Frau befinde, die sich Baronesse de Higgins nenne und von der man wisse, daß sie eine Agentin der Mittelmächte sei, und es sei höchst unerwünscht, daß er irgendwelche Beziehungen zu ihr unterhalte, die über eiskalte Höflichkeit hinausgingen. Ashenden zuckte die Achseln. R. hielt ihn nicht für so klug wie er sich selbst. Aber es war interessant, bei dieser Gelegenheit etwas zu entdecken, was er bisher nicht gewußt hatte, daß sich nämlich in Genf jemand befand, dessen dienstliche Pflichten zumindest zum Teil darin bestanden, ein Auge auf ihn zu haben. Offenkundig gab es da jemand, der Anweisung hatte, darauf zu achten, daß er seine Arbeit nicht vernachlässigte oder in Ungelegenheiten geriet. Ashenden war nicht wenig belustigt. Was für ein durchtriebener, bedenkenloser alter Knabe R. doch war! Er ging keinerlei Risiko ein; er traute niemand; er verwendete seine Instrumente, hielt aber, ob hoch oder niedrig, nicht das geringste von ihnen.

Ashenden sah sich um, ob er vielleicht den Betreffenden feststellen könne, der R. mitgeteilt hatte, was er trieb. Er überlegte, ob es vielleicht einer der Kellner im Hotel sei. Er wußte, daß R. große Stücke auf Kellner hielt; sie hatten Gelegenheit, so viel zu sehen, und konnten so mühelos an Orte gelangen, wo Informationen offen herumlagen und nur darauf warteten, daß man sie auflas. Er überlegte sogar, ob R. seine Kenntnisse nicht vielleicht von der Baronesse selbst bezogen habe; es wäre gar nicht so sonderbar, wenn sie vielleicht doch für den Geheimdienst eines der alliierten Staaten arbeitete.

Ashenden blieb weiterhin höflich zur Baronesse, stellte aber seine Aufmerksamkeiten ein.

Er wendete sein Pferd und trabte gemächlich zurück nach Genf. Ein Stallbursche des Pferdeverleihs wartete bereits am Hoteleingang. Ashenden stieg aus dem Sattel, übergab ihm das Pferd und ging ins Hotel. Am Empfangsbüro übergab ihm der Portier ein Telegramm. Es hatte folgenden Wortlaut:

TANTE MAGGIE GEHT ES GAR NICHT GUT. WOHNT IM HOTEL LOTTI PARIS. BITTE WENN MÖGLICH HINFAHREN UND NACH IHR SEHEN. RAYMOND.

Raymond war einer von R.s spaßhaften noms de guerre; da Ashenden nicht das Glück hatte, eine Tante Maggie zu besitzen, schloß er, daß dies eine Weisung war, nach Paris zu kommen. Ashenden hatte schon immer den Eindruck gehabt, daß R. einen guten Teil seiner Freizeit mit der Lektüre von Detektivgeschichten zubrachte, und besonders wenn er sich in guter Stimmung befand, bereitete es ihm ein geradezu phantastisches Vergnügen, den Stil der Groschenhefte nachzuäffen. Wenn R. sich in guter Stimmung befand, so bedeutete dies, daß er im Begriff war, einen erfolgreichen Coup zu landen; denn wenn er einen gelandet hatte, verfiel er in Depressionen und ließ seine üble Laune an seinen Untergebenen aus.

Ashenden ließ das Telegramm mit absichtlicher Sorglosigkeit auf dem Empfangstisch liegen und erkundigte sich nach der Abfahrtszeit des Expreßzuges nach Paris. Er warf noch einen Blick auf die Hoteluhr, um zu sehen, ob er noch Zeit habe, zum Konsulat zu fahren, ehe es schloß, und sich sein Visum zu holen. Er begab sich nach oben, um seinen Reisepaß zu holen, und gerade als die Fahrstuhltür sich schloß, rief der Portier ihm nach:

»Monsieur hat sein Telegramm vergessen!«

»Wie dumm von mir«, sagte Ashenden.

Jetzt konnte Ashenden sicher sein, daß eine österreichische Baronin, die sich vielleicht zufällig wunderte, warum er plötzlich nach Paris gefahren war, alsbald in Erfahrung bringen würde, daß der Grund die Erkrankung einer weiblichen Anverwandten war. In diesen unruhigen Zeiten konnte es nichts schaden, wenn alles klar und einwandfrei zutage trat. Er war auf dem französischen Konsulat gut bekannt und brauchte dort nicht lange. Er hatte den Hotelportier beauftragt, ihm eine Fahrkarte zu besorgen, und nach seiner Rückkehr ins Hotel nahm er ein Bad und zog sich um. Die Aussicht auf diese unverhoffte kleine Vergnügungsfahrt versetzte ihn in eine gewisse freudige Erregung. Er machte diese Reise gern. Er hatte im Schlafwagen einen guten Schlaf, und wenn ein plötzlicher Ruck ihn aufweckte, so störte ihn dies nicht; es war angenehm, ein Weilchen dazuliegen und eine Zigarette zu rauchen und sich in der kleinen Kabine so wundervoll allein zu fühlen; das rhythmische Geräusch der Räder, die über die Weichen ratterten, lieferte einen angenehmen Hintergrund zum Gewebe der eigenen Gedanken, und so durch die freie Landschaft und die Nacht zu brausen, gaben einem ein Gefühl, als sei man ein Stern, der durch den Weltenraum sauste. Und am Ende der Reise stand das Unbekannte.

Als Ashenden in Paris ankam, war es kalt, und es fiel ein leichter Regen; er kam sich unrasiert vor und verlangte nach einem Bad und frischer Wäsche; aber er war in vorzüglicher Stimmung. Er rief vom Bahnhof aus R. an und fragte, wie es Tante Maggie gehe.

»Ich freue mich zu sehen, daß Ihre Anhänglichkeit an sie immerhin so groß ist, daß Sie sofort ohne Zeitverlust hergekommen sind«, antwortete R. mit einem ganz leisen Unterton des Kicherns in der Stimme. »Sie ist sehr schwach, aber es wird ihr sicher guttun, Sie zu sehen.«

Das war der Fehler, mußte Ashenden denken, den der Amateurhumorist, im Unterschied zum Fachmann, so häufig beging: wenn er einen Witz gemacht hatte, ritt er weiter auf ihm herum. Das Verhältnis des Witzemachers zu seinem Witz sollte so rasch und flüchtig sein wie das der Biene zu ihrer Blume. Er sollte seinen Witz machen und sofort weitergehen. Natürlich machte es nichts, wenn er gleich der Biene, die sich der Blume näherte, ein bißchen herumsummte; denn es konnte nichts schaden, die dickschädlige Welt vorher zu verständigen, daß ein Witz beabsichtigt war. Aber im Unterschied zu den meisten berufsmäßigen Humoristen hegte Ashenden eine gütige Duldsamkeit gegenüber dem Humor anderer Menschen, und folglich antwortete er R. jetzt auf seine Weise.

»Wann, glauben Sie, wäre ihr mein Besuch angenehm?« fragte er. »Bitte grüßen Sie sie inzwischen herzlich von mir, ja?«

Jetzt kicherte R. ganz unverkennbar. Ashenden seufzte. »Ich nehme an, sie wird sich noch ein bißchen herrichten wollen, ehe Sie kommen. Sie wissen ja, wie sie ist, sie präsentiert sich gern von ihrer besten Seite. Sagen wir, halb elf Uhr, und nachdem Sie mit ihr gesprochen haben, könnten wir vielleicht ausgehen und irgendwo zusammen zu Mittag essen.«

»Gut«, sagte Ashenden. »Ich komme um halb elf Uhr ins Lotti.«

Als Ashenden sauber und erfrischt im Hotel eintraf, kam ihm eine Ordonnanz, die er als solche erkannte, in der Halle entgegen und führte ihn hinauf zu R.s Appartement. Die Ordonnanz öffnete die Tür und ließ Ashenden eintreten. R. stand mit dem Rücken zu einem hell lodernden Kaminfeuer und diktierte einem Sekretär.

»Nehmen Sie Platz«, sagte R. und diktierte weiter.

Es war ein hübsch eingerichtetes Wohnzimmer. Ein Strauß Rosen in einer Schale ließ eine weibliche Hand vermuten. Auf einem großen Tisch lag ein Haufen Papiere. R. schien gealtert, seit Ashenden ihn das letzte Mal gesehen hatte. Sein hageres gelbes Gesicht war tiefer gefurcht und sein Haar grauer. Die Arbeit hinterließ ihre Spuren. Er schonte sich nicht. Er war jeden Morgen um sieben Uhr auf und arbeitete bis spät in die Nacht. Seine Uniform war tadellos geschniegelt und gebügelt, aber er trug sie nachlässig, so daß sie schäbig wirkte.

»Das genügt einstweilen«, sagte er. »Räumen Sie all dies Zeug weg, und machen Sie sich ans Tippen. Ich unterschreibe die Sachen, ehe ich zum Mittagessen ausgehe.« Dann wandte er sich an die Ordonnanz: »Ich will jetzt nicht gestört werden.«

Der Sekretär, ein Leutnant um die Mitte Dreißig und offensichtlich ein Zivilist mit zeitweiligem Offiziersrang, raffte eine Menge von Papieren zusammen und verließ das Zimmer. Als die Ordonnanz ihm nachfolgte, sagte R.:

»Warten Sie draußen. Ich rufe Sie, wenn ich Sie brauche.«

»Jawohl, Sir.«

Als sie allein waren, wandte sich R. zu Ashenden; sein Ton war herzlich – für seine Begriffe von Herzlichkeit.

»Gute Reise gehabt?«

»Ja, Sir.«

»Wie gefällt Ihnen das hier?« fragte er und sah sich im Zimmer um. »Nicht schlecht, wie? Ich sehe nicht ein, warum man nicht tun soll, was man kann, um die Härten des Krieges zu mildern.«

Während R. müßig dahinplauderte, sah er Ashenden

mit starrem, unverwandtem Blick an. Der Blick dieser blassen Augen, die zu dicht beieinander lagen, gab einem den Eindruck, als sehe er einem ins schutzlos entblößte Gehirn und habe von dem, was er da sah, eine sehr geringe Meinung. R. machte in den seltenen Augenblicken, in denen er aus sich herausging, kein Geheimnis aus der Tatsache, daß seine Mitmenschen in seinen Augen entweder Dummköpfe oder Schurken waren. Das war eines der Hindernisse, mit denen er in seinem Beruf zu kämpfen hatte. Im großen und ganzen waren sie ihm als Schurken lieber; dann wußte man, woran man war, und konnte entsprechende Maßnahmen ergreifen. Er war Berufsoffizier und hatte seine Laufbahn in Indien und den Kolonien zugebracht. Bei Kriegsausbruch war er in Jamaika stationiert gewesen, und irgend jemand im Kriegsministerium, der mit ihm zu tun gehabt hatte, erinnerte sich seiner, holte ihn herüber und steckte ihn in die Abwehrabteilung. Hier bewies er einen solchen Scharfsinn, daß er sehr bald auf einen wichtigen Posten aufrückte. Er besaß unerschöpfliche Energie und Organisationsgabe, keinerlei Skrupel, aber Findigkeit, Mut und Entschlußkraft. Er hatte vielleicht nur eine wirkliche Schwäche. Während seines ganzen Lebens war er nie mit Menschen von gesellschaftlichem Rang und Ansehen in Berührung gekommen, besonders nicht mit Frauen; die einzigen Frauen, die er je gekannt hatte, waren die Gattinnen seiner Offizierskollegen, die Gattinnen von Regierungsbeamten und Geschäftsleuten gewesen, und als er zu Beginn des Krieges nach London kam und seine Arbeit ihn mit gescheiten, schönen und hervorragenden Frauen in Berührung brachte, war er über Gebühr geblendet und verwirrt. Sie schüchterten ihn ein, aber er pflegte ihre Gesellschaft; er wurde ein rechter Frauenheld, und Ashenden, der mehr über ihn wußte, als R. vermutete, konnte sich denken, was es mit der Schale Rosen auf sich hatte.

Ashenden wußte, daß R. ihn nicht hatte kommen lassen, um sich mit ihm über das Wetter und die Ernte zu unterhalten, und er überlegte, wann er wohl zur Sache kommen werde. Er brauchte nicht lange zu überlegen.

»Sie haben in Genf recht gut gearbeitet«, sagte er.

»Freut mich, daß Sie das finden, Sir«, antwortete Ashenden.

Plötzlich setzte R. ein kaltes, strenges Gesicht auf. Das müßige Geschwätz war erledigt.

»Ich habe eine Aufgabe für Sie«, sagte er.

Ashenden antwortete nicht, aber irgendwo in der Gegend seiner Magengrube verspürte er ein glückliches kleines Flattern.

»Haben Sie mal von Chandra Lal gehört?«

»Nein, Sir.«

Ein ungeduldiges Stirnrunzeln verdüsterte einen Augenblick lang des Obersten Braue. Er erwartete von seinen Untergebenen, daß sie alles wußten, was er wünschte, daß sie wissen sollten.

»Wo haben Sie denn all diese Jahre gelebt?«

»Chesterfield Street 36, in Mayfair«, versetzte Ashenden.

Der Schatten eines Lächelns flog über R.s gelbes Gesicht. Die einigermaßen impertinente Antwort war nach seinem eigenen sardonischen Herzen. Er ging zu dem großen Tisch hinüber und öffnete eine Depeschentasche, die darauf lag. Er entnahm ihr eine Fotografie und reichte sie Ashenden.

»Das ist er.«

Ashenden, der mit orientalischen Gesichtern nicht vertraut war, fand, daß der Mann wie irgendeiner von hundert Indern aussah, die er in seinem Leben gesehen hatte. Es hätte eine Fotografie des einen oder anderen Radschas sein können, die regelmäßig nach England kommen und in den illustrierten Zeitschriften abgebildet werden. Die Fotografie zeigte einen Mann mit einem dunklen, fetten Gesicht, vollen Lippen und einer fleischigen Nase; sein Haar war schwarz, dicht und glatt, und seine sehr großen Augen wirkten sogar auf der Fotografie flüssig und kuhartig. Er machte den Eindruck, als fühle er sich in europäischen Kleidern unbehaglich.

»Hier haben Sie ihn in einheimischer Tracht«, sagte R. und reichte Ashenden eine zweite Fotografie.

Während die erste nur ein Brustbild war, zeigte die zweite die ganze Gestalt und war offensichtlich einige Jahre früher aufgenommen worden. Er war schlanker, und seine großen, ernsten Augen schienen sein ganzes Gesicht zu verschlingen. Das Bild war von einem einheimischen Fotografen in Kalkutta aufgenommen worden, und das Drum und Dran hatte etwas naiv Groteskes. Chandra Lal stand vor einer Hintergrundskulisse, auf der eine Meeresansicht mit einer nachdenklichen Palme abgebildet war, und eine Hand war auf einen reich geschnitzten Tisch gestützt, auf dem eine Gummipflanze in einem Blumentopf stand. Aber in seinem Turban und seinem langen, blaßfarbenen Überrock entbehrte er dennoch nicht einer gewissen Würde.

»Was halten Sie von ihm?« fragte R.

»Ich würde sagen, ein Mann von einiger Persönlichkeit. Es steckt eine gewisse Kraft in ihm.«

»Hier haben Sie sein Dossier. Lesen Sie es bitte.«

R. gab Ashenden zwei mit Schreibmaschine beschriebene Blätter, und Ashenden nahm Platz. R. setzte seine Brille auf und begann die Briefe durchzulesen, die auf seine Unterschrift warteten.

Ashenden flog den Bericht rasch durch und las ihn dann ein zweites Mal aufmerksamer. Es ging aus ihm hervor, daß Chandra Lal ein gefährlicher Agitator war. Er war von Beruf Rechtsanwalt, hatte sich aber der Politik zugewandt und war ein erbitterter Feind der britischen Herrschaft in Indien. Er trat für bewaffneten Widerstand ein und war bei mehr als einer Gelegenheit der Anstifter von öffentlichen Unruhen und Ausschreitungen gewesen, bei denen Menschen ums Leben gekommen waren. Er war einmal verhaftet, vor Gericht gestellt und zu zwei Jahren Gefängnis verurteilt worden; aber zu Beginn des Krieges hatte er sich auf freiem Fuß befunden und die Gelegenheit ergriffen, um eine aktive Rebellion anzufachen. Er steckte hinter einer Anzahl von Verschwörungen, um die Engländer in Indien in schwierige Situationen zu bringen und sie so daran zu hindern, Truppen nach dem europäischen Kriegsschauplatz zu verlegen, und es gelang ihm mit Hilfe riesiger Summen, die er von deutschen Agenten erhielt, sehr erhebliche Mißhelligkeiten zu schaffen.

Er war in zwei oder drei Bombenanschläge verwickelt, die zwar nur einige unschuldige zufällige Passanten töteten und sonst wenig Schaden anrichteten, aber dennoch die Nerven der Öffentlichkeit beträchtlich erschütterten und damit ihren Kampfgeist untergruben. Er entzog sich allen Versuchen, ihn zu verhaften; er war rastlos tätig, hier, dort und überall, aber die Polizei konnte ihn nie erwischen; sie erfuhr stets erst von seinem Aufenthalt in dieser oder jener Stadt, wenn er sein Werk bereits vollbracht und sie schon wieder verlassen hatte. Schließlich wurde er unter Mordanklage gestellt und eine hohe Belohnung auf seine Ergreifung ausgesetzt, aber er entfloh außer Landes, gelangte nach Amerika, ging von dort nach Schweden und kam schließlich nach Berlin. Dort befaßte er sich mit allerlei Machenschaften, um unter den Eingeborenentruppen, die nach Europa gebracht worden waren, Meutereien anzufachen. Dieses alles legte der Bericht in trockenem Ton ohne Kommentar oder nähere Erläuterung dar, aber gerade der nüchterne, eiskalte Ton der Schilderung vermittelte ein Gefühl des Geheimnisses und des Abenteuers, des Entkommens um Haaresbreite, der Todesgefahr, die hinter jeder Ecke lauerte. Der Bericht schloß wie folgt:

›C. hat eine Frau und zwei Kinder in Indien. Soweit bekannt, gibt er sich nicht mit Frauen ab. Er trinkt nicht und raucht nicht. Er ist angeblich ehrlich. Sehr beträchtliche Geldsummen sind durch seine Hände gegangen, aber es hat nie in Frage gestanden, daß er sie richtig und ordnungsgemäß (!) verwendet habe. Er besitzt unbezweifelbaren Mut und ist ein harter, ausdauernder Arbeiter. Es heißt von ihm, er tue sich etwas darauf zugute, daß er stets sein Wort halte.‹

Ashenden gab R. den Schriftsatz zurück.

»Nun?«

»Ein Fanatiker.« Ashenden fand, daß an dem Mann etwas Romantisches und eigentlich recht Anziehendes war, aber er wußte, daß R. solchen Unsinn nicht von ihm hören wollte. »Er sieht mir wie ein sehr gefährlicher Bursche aus.«

»Er ist der gefährlichste Verschwörer in Indien und

außerhalb. Er hat mehr Schaden angerichtet als alle anderen zusammengenommen. Sie wissen doch, daß sich in Berlin eine Bande solcher Inder befindet; er ist das Herz und der Verstand dieser Gruppe. Wenn ich ihn aus dem Weg schaffen könnte, brauchte ich mich um die anderen wahrscheinlich nicht mehr zu kümmern; er ist der einzige von ihnen, der Courage hat. Ich versuche seit einem Jahr, ihn zu erwischen, und hatte schon die Hoffnung aufgegeben; aber jetzt endlich habe ich eine Gelegenheit, und bei Gott, ich werde sie ausnützen.«

»Und was werden Sie dann mit ihm machen?«

R. kicherte ingrimmig.

»Ihn erschießen, und zwar verdammt rasch.«

Ashenden antwortete nicht. R. schritt ein- oder zweimal quer durch den kleinen Raum und stand dann wieder mit dem Rücken zum Kaminfeuer und Ashenden gegenüber. Ein sarkastisches Lächeln verzerrte seinen schmallippigen Mund.

»Haben Sie bemerkt, daß es am Schluß des Berichts, den ich Ihnen gab, heißt, soweit bekannt, gebe er sich nicht mit Frauen ab? Nun, das war einmal wahr, ist es aber nicht mehr. Der blöde Trottel hat sich verliebt.«

R. ging zu seiner Depeschentasche hinüber und nahm ein Bündel heraus, das mit einem blaßblauen Band verschnürt war.

»Hier, das sind seine Liebesbriefe. Sie sind ja Romanschriftsteller. Vielleicht macht es Ihnen Spaß, sie zu lesen. Ja, Sie sollten sie sogar lesen, es wird Ihnen Ihre Aufgabe vielleicht erleichtern. Nehmen Sie sie mit.«

R. schob das säuberliche kleine Bündel zurück in die Depeschentasche.

»Man fragt sich, wie so ein fähiger Mann sich von einer

Frau so den Kopf verdrehen lassen kann. Das war das letzte, was ich von ihm erwartet hatte.«

Ashendens Blicke wanderten hinüber zu der Schale herrlicher Rosen, die auf dem Tisch stand, aber er sagte nichts. R., dem selten etwas entging, bemerkte den Blick, und seine Miene verdüsterte sich plötzlich. Ashenden spürte, daß R. am liebsten gefragt hätte, was er da eigentlich anstarre. R. empfand in diesem Augenblick keine freundschaftlichen Gefühle für seinen Untergebenen, aber er unterließ die Bemerkung. Er kehrte zum Thema zurück.

»Wie auch immer, es tut nichts zur Sache. Chandra hat sich irrsinnig verliebt, und zwar in eine Frau namens Giulia Lazzari. Er ist völlig verrückt nach ihr.«

»Wissen Sie, wo er sie aufgelesen hat?«

»Allerdings weiß ich das. Sie ist eine Tänzerin und tanzt spanische Tänze, aber sie ist Italienerin. Auf der Bühne nennt sie sich La Malagueña. Sie kennen doch die Art. Spanische Volksmusik, eine Mantilla, ein Fächer und ein großer Kamm im Haar. In den letzten zehn Jahren ist sie überall in ganz Europa aufgetreten.«

»Taugt sie was?«

»Nein, sie ist miserabel. Sie ist in England in der Provinz aufgetreten und hatte auch ein paar Engagements in London. Sie hat nirgends mehr als zehn Pfund pro Woche bekommen. Chandra hat sie in Berlin in einem Tingeltangel kennengelernt; sie wissen ja, was das ist, so ein billiges kleines Varieté. Ich schätze, auf dem Kontinent war die Tanzerei für sie hauptsächlich ein Mittel, um ihren Wert als Prostituierte zu erhöhen.«

»Wie ist sie mitten im Krieg nach Berlin gekommen?«

»Sie war früher mal mit einem Spanier verheiratet; ich

glaube, sie ist es immer noch, obwohl sie nicht zusammen leben, und sie ist mit einem spanischen Paß gereist. Chandra war offenbar sofort wie verrückt hinter ihr her.« R. hob die Fotografie des Inders wieder auf und betrachtete sie nachdenklich. »Man würde nicht glauben, daß an diesem schmierigen kleinen Nigger irgend etwas besonders Anziehendes wäre. Mein Gott, wie verfettet sie alle sind! Tatsache ist jedoch, daß sie sich beinahe ebenso heftig in ihn verliebt hat wie er in sie. Ich habe auch ihre Briefe, natürlich nur Kopien; er hat die Originale, und ich möchte wetten, er hat sie mit einem rosa Bändchen verschnürt. Sie ist ganz toll nach ihm. Ich verstehe nichts von Literatur, aber ich glaube, ich weiß, wenn eine Sache echt klingt; nun, Sie werden sie ja lesen, und Sie können mir dann sagen, was Sie davon halten. Und da sagen die Leute, so etwas wie Liebe auf den ersten Blick gibt es nicht.«

R. lächelte leicht ironisch. Er war heute vormittag ganz gewiß in guter Laune.

»Aber wie haben Sie sich all diese Briefe verschafft?«

»Wie ich sie mir verschafft habe? Was glauben Sie wohl? Giulia Lazzari wurde wegen ihrer italienischen Staatsangehörigkeit schließlich aus Deutschland ausgewiesen. Sie wurde über die holländische Grenze abgeschoben. Da sie ein Engagement zum Auftreten in England hatte, bekam sie ein Visum und« – R. sah in den Papieren ein Datum nach – »und am 24. Oktober vergangenen Jahres fuhr sie von Rotterdam nach Harwich. Seither hat sie in London, Birmingham und in anderen Städten getanzt. Vor vierzehn Tagen wurde sie in Hull verhaftet.«

»Weshalb?«

»Spionage. Sie wurde nach London gebracht, und ich habe sie selbst im Holloway-Gefängnis aufgesucht.«

Ashenden und R. sahen einander einen Augenblick lang an, ohne zu sprechen; vielleicht gaben beide sich die größte Mühe, die Gedanken des anderen zu lesen. Ashenden fragte sich, wo in all diesem die Wahrheit steckte, und R. überlegte, wieviel davon er ihm nützlicherweise erzählen konnte.

»Wie sind Sie auf sie gekommen?«

»Es kam mir merkwürdig vor, daß die Deutschen ihr erlaubten, wochenlang in Berlin in aller Ruhe zu tanzen, und dann aus keinem ersichtlichen Grund beschlossen, sie aus dem Land hinauszusetzen. Es hätte eine gute Einführung in die Spionagetätigkeit sein können. Und eine Tänzerin, die es mit ihrer Tugend nicht allzu genau nahm, hatte möglicherweise Gelegenheiten, Dinge in Erfahrung zu bringen, für die es jemand in Berlin lohnte, einen guten Preis zu bezahlen. Ich dachte mir, es könnte nichts schaden, sie nach England hereinzulassen und mal zu sehen, was sie im Schilde führte. Ich blieb ihr auf der Spur und ließ sie überwachen. Ich bekam heraus, daß sie zwei- oder dreimal in der Woche Briefe an eine Adresse in Holland schickte und zwei- bis dreimal in der Woche aus Holland Antworten bekam. Ihre Briefe waren in einer komischen Mischung aus Französisch, Deutsch und Englisch geschrieben; sie spricht ein wenig Englisch und ganz gut Französisch.

Die Antworten waren jedoch durchweg in englischer Sprache; es war ein gutes Englisch, aber nicht das Englisch eines Engländers, dafür war der Stil zu blumig und hochtrabend. Ich fragte mich, wer wohl diese Briefe schrieb. Sie waren anscheinend ganz gewöhnliche Liebesbriefe, aber ziemlich feuriges und geiles Zeug. Es war klar, daß sie aus Deutschland kamen und daß der Schreiber weder Engländer noch Franzose oder Deutscher war. Warum schrieb er dann englisch? Die einzigen Ausländer, die Englisch besser können als irgendeine kontinentaleuropäische Sprache, sind Orientalen, und zwar keine Türken oder Ägypter; die können Französisch. Ein Japaner würde englisch schreiben und auch ein Inder. Ich gelangte zur Schlußfolgerung, daß Giulias Liebhaber einer aus der Gruppe von Indern war, die uns in Berlin Kummer bereiteten. Ich hatte keine Ahnung, daß es Chandra Lal war, bis ich die Fotografie fand.«

»Wie haben Sie die erwischt?«

»Sie hatte sie bei sich. Ziemlich sauberes Stück Arbeit war das übrigens. Sie bewahrte sie unter Verschluß in ihrem Koffer auf, zusammen mit einem Haufen Theaterfotos von allen möglichen Burlesksängern und Clowns und Akrobaten und so weiter; man hätte sie ohne weiteres für ein Bild irgendeines Varieteartisten in seinem Bühnenkostüm halten können. Und tatsächlich sagte sie auch später, als sie verhaftet war und gefragt wurde, wen die Fotografie darstelle, sie wisse es nicht, es sei ein indischer Zauberkünstler, er habe sie ihr einmal geschenkt, und sie habe keine Ahnung, wie er heiße. Ich setzte jedenfalls einen sehr schlauen Jungen auf die Sache an, und ihm kam es komisch vor, daß es die einzige Fotografie in dem ganzen Haufen war, die aus Kalkutta stammte. Er bemerkte, daß sich auf der Rückseite eine Nummer befand, und notierte sie sich; die Fotografie selbst tat er natürlich in die Schachtel zurück.«

»Übrigens, nur des Interesses halber, wie ist Ihr schlauer Junge überhaupt an die Fotografie herangekommen?«

»Das geht Sie nichts an. Aber ich kann Ihnen immerhin sagen, daß er ein sehr gut aussehender Junge war. Jedenfalls hat es nichts zu bedeuten. Als wir die Nummer der Fotografie hatten, kabelten wir nach Kalkutta, und nach einer Weile erhielt ich die erfreuliche Nachricht, daß der Gegenstand von Giulias Zuneigung keine geringere Persönlichkeit war als der unbestechliche Chandra Lal. Nunmehr hielt ich es für meine Pflicht, Giulia etwas genauer überwachen zu lassen. Sie schien eine geheime Vorliebe für Marineoffiziere zu haben. Ich konnte ihr das im Grunde nicht übelnehmen, sie sind ja wirklich recht anziehend, aber für Damen mit lockerem Lebenswandel und zweifelhafter Staatsangehörigkeit ist es unklug, in Kriegszeiten ihre Gesellschaft zu kultivieren. Es dauerte nicht lange, und ich hatte ein sehr hübsches Päckchen Belastungsmaterial gegen sie beisammen.«

»Wie hat sie denn ihre Informationen hinausbefördert?«

»Sie hat sie nicht hinausbefördert. Sie hat es gar nicht versucht. Die Deutschen hatten sie tatsächlich ganz echt ausgewiesen; sie arbeitete gar nicht für sie, sie arbeitete für Chandra. Nach Beendigung ihres Engagements in England hatte sie wieder nach Holland fahren und sich dort mit ihm treffen wollen. Sie fing ihre Arbeit nicht sehr schlau an, sie war nervös, aber es sah alles so einfach aus, niemand schien sich um sie zu kümmern, die ganze Sache wurde mit der Zeit recht aufregend, sie bekam ohne jedes Risiko alle möglichen interessanten Informationen. In einem ihrer Briefe schrieb sie: ›Ich habe so viel zu erzählen, mon petit chou darling, und Dinge, die du extrêmement intéressé sein wirst zu erfahren‹, und sie unterstrich die französischen Worte.«

R. hielt inne und rieb sich dieHände. Auf seinem müden Gesicht lag ein Ausdruck teuflischen Vergnügens über seine eigene Durchtriebenheit.

»Es war leicht und einfach, eine Art Spionage für Kinder. Sie selbst war mir natürlich völlig egal, ich war hinter ihm her. Nun denn, sobald ich über sie Bescheid wußte, ließ ich sie verhaften. Ich hatte genug Beweismaterial, um ein ganzes Regiment von Spionen zu verknacken.«

R. steckte die Hände in die Taschen, und seine blassen Lippen verzogen sich zu einem Lächeln, das beinahe eine Grimasse war.

»Holloway ist kein sehr heiterer Aufenthaltsort, wissen Sie.«

»Das ist wohl kein Gefängnis, stelle ich mir vor«, meinte Ashenden.

»Ich ließ sie eine Woche lang in ihrem eigenen Saft schmoren, ehe ich sie aufsuchte. Inzwischen war sie in einem ganz hübschen Nervenzustand. Die Wärterin sagte mir, sie habe sich die meiste Zeit wild hysterisch aufgeführt. Und ich muß sagen, sie sah wie der Teufel aus.«

»Ist sie hübsch?«

»Das werden Sie selbst sehen. Sie ist nicht mein Typ. Ich nehme an, sie sieht besser aus, wenn sie hergerichtet ist und das alles. Ich habe ihr ganz gehörig die Meinung gesagt und ihr einen mächtigen Schrecken eingejagt. Ich sagte ihr, sie bekäme mindestens zehn Jahre. Ich glaube, ich habe ihr angst gemacht; versucht habe ich es jedenfalls. Natürlich leugnete sie alles, aber das Beweismaterial lag vor, und ich versicherte ihr, daß sie nicht die geringste Chance habe. Ich redete drei Stunden lang mit ihr. Sie klappte völlig zusammen und gestand schließlich alles.

Dann sagte ich ihr, ich würde sie laufenlassen und ihr kein Haar krümmen, wenn sie Chandra dazu brächte, nach Frankreich zu kommen. Sie weigerte sich rundheraus und sagte, lieber würde sie sterben; sie wurde schrecklich hysterisch und recht lästig, aber ich ließ sie ruhig toben. Ich sagte ihr, sie solle sich die Sache überlegen, ich würde in ein oder zwei Tagen wiederkommen, und dann könnten wir noch einmal darüber reden. Tatsächlich überließ ich sie eine Woche lang sich selbst. Sie hatte offensichtlich Zeit gehabt, darüber nachzudenken, denn als ich wiederkam, fragte sie mich ganz ruhig, worin genau mein Vorschlag bestehe. Sie saß jetzt seit vierzehn Tagen im Gefängnis, und ich denke mir, sie hatte einigermaßen genug davon. Ich sagte es ihr so klar und deutlich, wie ich konnte, und sie nahm an.«

»Das verstehe ich nicht ganz«, sagte Ashenden.

»Nein? Ich hätte gedacht, es müßte auch dem Dümmsten klar sein. Wenn sie Chandra dazu bringen kann, über die schweizerische Grenze nach Frankreich zu kommen, geht sie frei aus und kann entweder nach Spanien oder nach Südamerika gehen, und die Reise wird ihr bezahlt.«

»Und wie, um alles in der Welt, soll sie Chandra dazu bringen, das zu tun?«

»Er ist toll in sie verliebt. Er sehnt sich danach, sie wiederzusehen. Seine Briefe sind beinahe die eines Verrückten. Sie hat ihm geschrieben, daß sie kein Visum nach Holland bekommen kann (ich sagte Ihnen ja schon, daß sie sich nach Beendigung ihrer Tournee dort mit ihm treffen wollte), aber sie könne eines für die Schweiz bekommen. Das ist ein neutrales Land, und dort ist er sicher. Er hat es sich nicht zweimal sagen lassen. Sie haben verabredet, sich in Lausanne zu treffen.«

»Aha.«

»Wenn er in Lausanne eintrifft, wird er einen Brief von ihr erhalten, in dem sie ihm mitteilt, daß die französischen Behörden sie nicht über die Grenze lassen wollen und daß sie nach Thonon fährt, was direkt gegenüber von Lausanne auf dem anderen Ufer des Sees, in Frankreich, liegt, und sie wird ihn bitten, dorthin zu kommen.«

»Was veranlaßt Sie zu glauben, daß er es tun wird?«

R. hielt einen Augenblick lang inne. Er sah Ashenden mit einem liebenswürdigen Gesichtsausdruck an.

»Sie muß ihn dazu bringen, wenn sie nicht zehn Jahre Zuchthaus absitzen will.«

»Ich verstehe.«

»Sie trifft heute abend unter Polizeibewachung aus England ein, und ich möchte, daß Sie sie mit dem Nachtzug nach Thonon bringen.«

»Ich?« sagte Ashenden.

»Ja, ich dachte mir, es sei die Art Aufgabe, die Sie sehr gut abwickeln würden. Sie dürften in der menschlichen Natur und ihren Eigentümlichkeiten besser Bescheid wissen als die meisten Leute. Außerdem wird es eine angenehme Abwechslung für Sie sein, eine oder zwei Wochen in Thonon zu verbringen. Soviel ich weiß, ist es ein hübscher kleiner Ort und auch recht elegant – in Friedenszeiten. Sie könnten die Heilbäder dort mal versuchen.«

»Und was habe ich zu tun, wenn ich die Dame nach Thonon gebracht habe?«

»Ich gebe Ihnen freie Hand. Ich habe einige Punkte notiert, die Ihnen vielleicht nützlich sein werden. Ich lese sie Ihnen rasch vor.«

Ashenden hörte aufmerksam zu. R.s Plan war einfach

und klar. Ashenden konnte nur widerwillig den Verstand bewundern, der ihn so säuberlich entworfen hatte.

Gleich darauf schlug R. vor, zum Mittagessen zu gehen, und bat Ashenden, ihn irgendwohin zu führen, wo sie ein elegantes und vornehmes Publikum zu sehen bekämen. Es amüsierte Ashenden zu sehen, wie R., der in seinem Büro so selbstsicher, hellwach und gewitzt war, beim Betreten des Restaurants schüchtern und verlegen wurde. Er sprach ein wenig zu laut, um zu zeigen, daß er sich in dieser Umgebung ungehemmt und heimisch fühle, und machte es sich unnötig bequem, als sei er hier zu Hause. Man spürte aus seinem Gehabe das schäbige und gewöhnliche Alltagsleben, das er geführt hatte, bis die Zufälle des Krieges ihn in eine bedeutende Stellung gehoben hatten. Es freute ihn, in diesem eleganten Restaurant Tisch an Tisch mit Leuten zu sitzen, die große oder berühmte Namen trugen, aber er kam sich wie ein Schuljunge in seinen ersten langen Hosen vor und zitterte unter dem stählernen Blick des maître d'hôtel. Sein geschwinder Blick schoß hierhin und dorthin, und sein fahles Gesicht strahlte eine Selbstzufriedenheit aus, deren er sich ganz leise schämte. Ashenden lenkte seine Aufmerksamkeit auf eine häßliche Dame in Schwarz mit einer bezaubernden Figur, die eine lange Perlenkette trug.

»Das ist Madame de Brides. Sie ist die Geliebte des Großherzogs Theodor. Sie dürfte eine der einflußreichsten Frauen in ganz Europa sein, und sie ist bestimmt eine der klügsten.«

R. betrachtete sie, und leichte Röte stieg in sein Gesicht.

»Mein Gott«, sagte er, »das hier ist das wirkliche Leben.«

Ashenden beobachtete ihn interessiert. Luxus ist gefährlich für Menschen, die ihn nie zuvor gekannt haben und denen seine Verlockungen allzu plötzlich dargeboten werden. R., dieser scharfsinnige, zynische Mensch, ließ sich von dem vulgären Blendwerk und dem falschen Glanz der Szene rings um ihn gefangennehmen. So wie der Vorteil der Kultur darin besteht, daß sie einem gestattet, auf vornehme Weise Unsinn zu schwätzen, so erlaubt einem die Gewohnheit des Luxus, auf seinen Putz und Tand mit gebührender Verachtung hinabzublicken.

Aber als sie ihre Mahlzeit verzehrt hatten und ihren Kaffee tranken, kehrte Ashenden, der bemerkte, daß das gute Essen und die Umgebung R. milde und zugänglich gestimmt hatten, zu dem Gegenstand zurück, der seine Gedanken beschäftigte.

»Dieser Inder muß doch eigentlich ein recht bemerkenswerter Bursche sein«, sagte er.

»Natürlich, Verstand hat er schon.«

»Ob man will oder nicht, ein Mann, der den Mut hat, es nahezu allein mit der ganzen britischen Macht in Indien aufzunehmen, macht einem doch einen gewissen Eindruck.«

»Ich würde an Ihrer Stelle mich seinetwegen keinen Gefühlsduseleien hingeben. Er ist nichts weiter als ein gefährlicher Verbrecher.«

»Ich nehme nicht an, daß er Bomben verwenden würde, wenn er einige Batterien Artillerie oder ein halbes Dutzend Bataillone befehligen könnte. Er verwendet die Waffen, die er sich verschaffen kann. Man kann ihm daraus schwerlich einen Vorwurf machen. Schließlich und endlich, er will ja nichts für sich selbst, wie? Er will Freiheit für sein Land. Rein von außen betrachtet, sieht es so aus, als sei sein Vorgehen durchaus gerechtfertigt.«

Aber R. begriff überhaupt nicht, wovon Ashenden sprach.

»Das ist sehr weit hergeholt und überspitzt«, sagte er. »Darauf können wir uns nicht einlassen. Unsere Aufgabe ist es, ihn zu erwischen, und wenn wir ihn erwischt haben, ihn zu erschießen.«

»Selbstverständlich. Er hat Krieg erklärt und muß wissen, welches Risiko er damit eingeht. Ich werde Ihre Weisungen ausführen, dazu bin ich da, aber ich finde, man darf trotzdem einsehen, daß an ihm etwas dran ist, was man bewundern und achten muß.«

R. war jetzt wieder der kühle und scharfsinnige Beurteiler seiner Mitmenschen.

»Ich bin mir noch nicht recht schlüssig, ob die besten Leute für diese Art Arbeit diejenigen sind, die sie mit Leidenschaft tun, oder diejenigen, die einen kühlen Kopf behalten. Manche sind von einem solchen Haß auf die Leute erfüllt, mit denen wir es zu tun haben, daß es sie mit einer inneren Befriedigung erfüllt, wenn wir den Betreffenden schließlich umlegen, als hätten sie einen ganz persönlichen Groll auf ihn gehabt. Solche Leute sind natürlich sehr scharf auf ihre Arbeit. Sie sind anders, nicht wahr? Sie betrachten das Ganze wie eine Schachpartie und scheinen weder so noch so persönlich etwas dabei zu empfinden. Ich werde daraus nicht ganz klug. Natürlich, für gewisse Aufgaben ist das genau das, was gebraucht wird.«

Ashenden antwortete nicht. Er ließ die Rechnung kommen und ging mit R. zu Fuß zum Hotel zurück.

Der Zug fuhr um acht Uhr abends ab. Ashenden brachte seinen Handkoffer in seinem Abteil unter und ging dann den Bahnsteig entlang. Er fand den Wagen, in dem Giulia Lazzari ihren Platz hatte, aber sie saß in einer Ecke und vom Licht abgewendet, so daß er ihr Gesicht nicht sehen konnte. Sie befand sich in der Obhut von zwei Detektiven, die sie in Boulogne von der englischen Polizei übernommen hatten. Einer von ihnen arbeitete auf der französischen Seite des Genfer Sees mit Ashenden zusammen, und als Ashenden herantrat, nickte er ihm zu.

»Ich habe die Dame gefragt, ob sie im Speisewagen zu Abend essen möchte, aber sie will lieber in ihrem Abteil essen, also habe ich ein ›panier‹ bestellt. Ist das in Ordnung?«

»Durchaus«, sagte Ashenden.

»Mein Kollege und ich werden nacheinander in den Speisewagen gehen, so daß sie nicht allein bleibt.«

»Sehr umsichtig von Ihnen. Ich werde herüberkommen, nachdem wir abgefahren sind, und mich ein bißchen mit ihr unterhalten.«

»Sie ist aber nicht sehr gesprächig«, sagte der Detektiv.

»Das kann man auch schwerlich erwarten«, antwortete Ashenden.

Er ging weiter, um sich eine Platzkarte für das zweite Abendessen zu holen, und kehrte dann in sein eigenes Abteil zurück.

Giulia Lazzari beendete gerade ihre Mahlzeit, als er bei ihr eintrat. Er warf von draußen einen Blick auf den Korb und fand, daß sie mit keinem schlechten Appetit gegessen hatte. Der Detektiv, der sie bewachte, öffnete die Tür, als Ashenden erschien, und ließ sie auf einen Wink von Ashenden hin allein.

Giulia Lazzari blickte ihn mürrisch an.

»Ich hoffe, Sie haben Ihren Wünschen entsprechend zu essen bekommen«, sagte er und nahm ihr gegenüber Platz.

Sie neigte leicht den Kopf, sagte aber nichts. Er nahm sein Etui heraus.

»Möchten Sie eine Zigarette?«

Sie warf einen Blick auf ihn, schien zu zögern und nahm dann, noch immer ohne ein Wort, eine Zigarette. Er entzündete ein Streichholz und sah sie an, während er ihr Feuer gab. Er war überrascht. Aus irgendeinem Grund hatte er erwartet, daß sie blond sein werde, vielleicht aus einer Vorstellung heraus, daß ein Orientale sich aller Wahrscheinlichkeit nach in eine Blondine verlieben werde; aber sie war beinahe schwarzbraun. Ihr Haar war unter einem eng anliegenden Hut verborgen, aber ihre Augen waren kohlschwarz. Sie war durchaus nicht mehr jung, vielleicht fünfunddreißig, und ihre Haut war gefurcht und von einer fahlen Blässe. Ihr Gesicht war im Augenblick nicht zurechtgemacht, und sie sah hager und abgezehrt aus. Es war nichts an ihr, was man hätte schön nennen können, außer ihren herrlichen Augen. Sie war füllig und schwer, und Ashenden fand, sie sei bestimmt zu groß und schwer, um anmutig tanzen zu können; vielleicht war sie in spanischem Kostüm eine kühne und stolze Erscheinung, aber hier im Zug, in ihrer unansehnlichen Kleidung war an ihr nichts, was die Betörung des Inders hätte erklären können. Sie starrte Ashenden lange mit einem abschätzenden Blick an. Offensichtlich fragte sie sich, was für eine Art Mann er sei. Sie blies eine Wolke Rauch durch die Nase, blickte ihr einen Augenblick nach und sah dann wieder auf Ashenden. Er erkannte, daß ihre Mürrischkeit nur eine Maske war; sie war nervös und hatte Angst. Sie sprach Französisch mit italienischem Akzent.

»Wer sind Sie?«

»Mein Name würde Ihnen nichts sagen, Madame. Ich fahre nach Thonon. Ich habe im Hotel de la Place ein Zimmer für Sie genommen. Es ist das einzige Hotel, das jetzt offen ist. Ich glaube, Sie werden es ganz bequem finden.«

»Aha, Sie sind also der Mann, von dem mir der Oberst gesagt hat. Sie sind also mein Gefängniswärter.«

»Nur der Form nach. Ich werde mich Ihnen nicht aufdrängen.«

»Trotzdem sind Sie mein Gefängniswärter.«

»Ich hoffe nicht für sehr lange. Ich habe in meiner Tasche Ihren Reisepaß mit allen nötigen Stempeln, damit Sie nach Spanien reisen können.«

Sie warf sich in die Ecke des Abteils zurück. Ihr kalkweißes Gesicht mit den großen schwarzen Augen wirkte in dem trüben Licht plötzlich wie eine Maske der Verzweiflung.

»Das ist infam! Ach, ich glaube, ich könnte glücklich sterben, wenn ich nur diesen alten Oberst umbringen könnte. Er hat kein Herz. Ich bin ja so unglücklich.«

»Ich fürchte, Sie haben sich selbst in eine sehr unangenehme Lage gebracht. Wußten Sie denn nicht, daß Spionage ein gefährliches Spiel ist?«

»Ich habe nie irgendeines der Geheimnisse verkauft. Ich habe keinen Schaden gestiftet.«

»Aber gewiß doch nur, weil Sie keine Gelegenheit dazu hatten. Soviel ich weiß, haben Sie ein volles Geständnis abgelegt und unterschrieben.«

Ashenden sprach mit ihr so liebenswürdig, wie er nur konnte, ein wenig, als spreche er mit einer Kranken, und in seiner Stimme lag keinerlei Härte.

»Ach ja, ich habe mich wie eine Närrin benommen. Ich habe doch den Brief geschrieben, den der Oberst von mir verlangt hat. Warum ist denn das nicht genug? Was geschieht mit mir, wenn er nicht antwortet? Ich kann ihn nicht zwingen zu kommen, wenn er nicht will.«

»Er hat geantwortet«, sagte Ashenden. »Ich habe seine Antwort bei mir.«

Der Atem blieb ihr stehen, und ihre Stimme kippte um.

»Oh, bitte, zeigen Sie ihn mir, ich flehe Sie an, lassen Sie mich den Brief sehen.«

»Ich habe nichts dagegen. Aber Sie müssen ihn mir zurückgeben.«

Er zog Chandras Brief aus der Tasche und reichte ihn ihr. Sie riß ihn ihm aus der Hand. Sie verschlang ihn förmlich mit den Augen, alle acht Seiten, und die Tränen strömten ihr beim Lesen über die Wangen. Zwischen ihren Schluchzern stieß sie kleine Liebesrufe aus und nannte den Briefschreiber bei allen möglichen französischen und italienischen Kosenamen. Dies war der Brief, den Chandra als Antwort auf den ihren geschrieben hatte, in dem sie ihm auf R.s Weisung mitgeteilt hatte, daß sie ihn in der Schweiz treffen werde. Er war ganz von Sinnen vor Freude und schilderte ihr in leidenschaftlich überschwenglichen Sätzen, wie lang ihm die Zeit vorgekommen sei, seit sie getrennt wurden, und wie er sich nach ihr gesehnt habe, und jetzt, da er sie schon so bald wiedersehen solle, wisse er gar nicht, wie er seine Ungeduld ertragen solle. Sie las den Brief zu Ende und ließ ihn zu Boden fallen.

»Sie sehen doch, daß er mich liebt, nicht wahr? Darüber kann es gar keinen Zweifel geben. Glauben Sie mir, davon verstehe ich etwas.«

»Lieben Sie ihn wirklich?« fragte Ashenden.

»Er ist der einzige Mann, der jemals gut zu mir war. Das Leben, das man in den Varietés führt, überall in Europa, ist nicht sehr vergnügt und fröhlich; nie kann man sich ausruhen, und die Männer – sie sind nicht viel wert, die Männer, die sich in diesen Lokalen herumtreiben. Zuerst war ich der Ansicht, er sei genau wie alle anderen.«

Ashenden hob den Brief auf und legte ihn in seine Brieftasche zurück.

»Es ist in Ihrem Namen ein Telegramm an die Adresse in Holland geschickt worden, daß Sie am 14. im Hotel Gibbons in Lausanne sein werden.«

»Das ist morgen.«

»Ja.«

Sie warf den Kopf zurück, und ihre Augen blitzten.

»Ach, das ist eine infame Sache, die Sie mich da zwingen zu tun. Es ist einfach schandbar.«

»Sie sind nicht genötigt, es zu tun«, sagte Ashenden.

»Und wenn ich es nicht tue?«

»Ich fürchte, dann müssen Sie die Folgen auf sich nehmen.«

»Ich kann nicht ins Gefängnis gehen!« rief sie plötzlich laut. »Ich kann nicht, ich kann nicht; ich habe nur noch so wenig Zeit vor mir, und er hat gesagt: zehn Jahre. Ist es möglich, daß ich zu zehn Jahren verurteilt werden könnte?«

»Wenn der Oberst Ihnen das gesagt hat, dann ist es sogar sehr wahrscheinlich.«

»Oh, ich kenne ihn. Dieses grausame Gesicht. Er hätte

kein Mitleid. Und was wäre ich in zehn Jahren? O nein, nein!«

In diesem Augenblick hielt der Zug auf einer Station, und der Detektiv, der draußen auf dem Gang wartete, klopfte ans Fenster. Ashenden öffnete die Tür, und der Mann gab ihm eine Ansichtspostkarte. Es war eine langweilige kleine Ansicht von Pontarlier, der Grenzstation zwischen Frankreich und der Schweiz, auf der ein staubiger Place mit einem Standbild in der Mitte und ein paar Platanen zu sehen war. Ashenden reichte ihr einen Bleistift.

»Bitte schreiben Sie diese Postkarte an Ihren Geliebten. Sie wird in Pontarlier aufgegeben werden. Adressieren Sie sie an das Hotel in Lausanne.«

Sie warf ihm einen Blick zu, nahm die Postkarte jedoch, ohne zu antworten, und schrieb die Adresse, wie er verlangt hatte.

»Schreiben Sie jetzt auf die andere Seite: ›Bin an der Grenze aufgehalten, aber alles in Ordnung. Warte in Lausanne.‹ Und fügen Sie irgendeinen Gruß an, tendresses, wenn Sie wollen.«

Er nahm ihr die Postkarte ab, las sie durch, um sich zu vergewissern, daß sie seine Weisungen befolgt hatte, und griff dann nach seinem Hut.

»Ich werde Sie jetzt allein lassen. Ich hoffe, Sie werden etwas schlafen können. Ich hole Sie morgen früh, wenn wir in Thonon ankommen.«

Der zweite Detektiv war inzwischen vom Abendessen zurückgekommen, und als Ashenden das Abteil verließ, gingen die beiden Männer hinein. Giulia Lazzari zog sich in ihre Ecke zurück. Ashenden übergab die Postkarte einem wartenden Agenten, der sie nach Pontarlier bringen sollte, und zwängte sich dann durch den überfüllten Zug zu seinem Schlafwagen durch.

Das Wetter war klar und sonnig, wenn auch ziemlich kalt, als sie am nächsten Morgen an ihrem Bestimmungsort eintrafen. Ashenden übergab sein Gepäck einem Träger und ging dann den Bahnsteig entlang, an dessen Ende Giulia Lazzari und die beiden Detektive auf ihn warteten. Ashenden nickte ihnen zu.

»Guten Morgen. Sie brauchen nicht zu warten.«

Die beiden Männer tippten mit dem Zeigefinger an den Hut, murmelten der Frau ein Abschiedswort zu und entfernten sich.

»Wo gehen sie hin?« fragte sie.

»Weg. Sie werden Sie nicht mehr belästigen.«

»Befinde ich mich also in Ihrem Gewahrsam?«

»Sie befinden sich in niemandes Gewahrsam. Ich werde mir erlauben, Sie zu Ihrem Hotel zu bringen, und dann werde ich Sie allein lassen. Sie müssen versuchen, sich gut auszuruhen.«

Ashendens Träger übernahm ihr Handgepäck, und sie gab ihm den Gepäckschein für ihren großen Koffer. Sie gingen aus dem Bahnhof hinaus. Draußen wartete eine Droschke auf sie, und Ashenden bat sie einzusteigen. Es war eine ziemlich lange Fahrt zum Hotel. Ashenden hatte hin und wieder das Gefühl, daß sie ihm einen raschen Seitenblick zuwarf. Sie war verdutzt. Er saß da und sprach kein Wort. Als sie am Hotel anlangten – es war ein kleines Hotel, sehr hübsch an der Ecke einer kleinen Seepromenade gelegen und mit einer reizenden Aussicht –, zeigte der Besitzer ihnen das Zimmer, das er für Madame Lazzari reserviert hatte. Ashenden wandte sich zu ihm um.

»Das kommt mir sehr gut vor. Ich komme gleich zu Ihnen hinunter.«

Der Besitzer verbeugte sich und zog sich zurück.

»Ich werde mein Bestes tun, damit Sie es hier bequem haben, Madame«, sagte Ashenden. »Sie sind hier völlig Ihre eigene Herrin und dürfen sich so ziemlich alles bestellen, was Sie wünschen. Für den Hotelbesitzer sind Sie lediglich ein Gast wie jeder andere. Sie haben völlige Freiheit.«

»Darf ich ausgehen?« fragte sie rasch.

»Selbstverständlich.«

»Zwischen zwei Polizisten, nehme ich an.«

»Durchaus nicht. Sie können sich in diesem Hotel so frei bewegen, als befänden Sie sich in Ihrem eigenen Haus, und es steht Ihnen frei, auszugehen und zurückzukommen, wann es Ihnen beliebt. Ich erbitte nur die Versicherung von Ihnen, daß Sie keine Briefe ohne mein Wissen schreiben und nicht versuchen werden, Thonon ohne meine Erlaubnis zu verlassen.«

Sie sah Ashenden lange an. Sie wurde aus der ganzen Sache überhaupt nicht klug. Sie machte den Eindruck eines Menschen, der zu träumen glaubt.

»Ich befinde mich in einer Lage, die mich zwingt, Ihnen jede Versicherung zu geben, die Sie verlangen. Ich gebe Ihnen mein Ehrenwort, daß ich keinen Brief schreiben werde, ohne ihn Ihnen zu zeigen, und daß ich nicht versuchen werde, diesen Ort zu verlassen.«

»Ich danke Ihnen. Dann werde ich Sie jetzt allein lassen. Ich werde mir das Vergnügen machen, Sie morgen vormittag aufzusuchen.«

Ashenden nickte und ging hinaus. Er hielt sich fünf Minuten lang auf dem Polizeirevier auf, um sich zu vergewissern, daß alles in Ordnung war, und nahm dann eine Droschke die Anhöhe hinauf zu dem abgelegenen kleinen Haus am Rand des Städtchens, wo er bei seinen regelmäßigen Aufenthalten in Thonon zu wohnen pflegte. Es war ausgesprochen angenehm, ein Bad zu nehmen und sich zu rasieren und in bequeme Hausschuhe schlüpfen zu können. Ihm war ein wenig nach Faulenzen zumute, und er brachte den Rest des Vormittags mit der Lektüre eines Romans zu.

Bald nach Einbruch der Dunkelheit – denn sogar in Thonon, obwohl es in Frankreich lag, war es wünschenswert, so wenig Aufmerksamkeit wie möglich auf Ashenden zu lenken – suchte ihn ein Zivilbeamter vom Polizeirevier auf. Sein Name war Felix. Er war ein dunkelgesichtiger kleiner Franzose mit scharfen Augen und unrasiertem Kinn, der in seinem schäbigen grauen Anzug und schiefgetretenen Absätzen eher wie ein arbeitsloser Anwaltsgehilfe aussah. Ashenden bot ihm ein Glas Wein an, und sie setzten sich ans Kaminfeuer.

»Nun, Ihre Dame hat keine Zeit vergeudet«, sagte der Mann. »Kaum eine Viertelstunde nach ihrer Ankunft war sie schon aus dem Hotel hinaus, mit einem Bündel Kleider und allem möglichen Plunder, die sie in einem Laden in der Nähe des Marktes verkauft hat. Als der Nachmittagsdampfer anlegte, ging sie hinunter zum Kai und nahm eine Fahrkarte nach Evian.«

Evian war, wie man wissen muß, die nächste Dampferstation auf französischer Seite, und von dort überquerte der Dampfer den See hinüber nach der Schweiz.

»Sie hatte natürlich keinen Paß, und folglich erhielt sie keine Erlaubnis, sich aufs Schiff zu begeben.«

»Wie hat sie erklärt, daß sie keinen Paß hatte?«

»Sie sagte, sie habe ihn vergessen. Sie erklärte, sie habe eine Verabredung mit Freunden in Evian, und versuchte, den diensttuenden Beamten dazu zu bewegen, sie fahren zu lassen. Sie versuchte, ihm einen Hundertfrancsschein zuzustecken.«

»Sie scheint doch dümmer zu sein, als ich geglaubt hatte«, sagte Ashenden.

Aber als er sie am nächsten Vormittag gegen elf Uhr aufsuchte, erwähnte er ihren Fluchtversuch nicht. Sie hatte inzwischen Zeit gehabt, sich etwas instand zu setzen, und sah jetzt mit kunstvoll frisiertem Haar und zurechtgemachten Lippen und Wangen weniger hager und abgehärmt aus als bei ihrem ersten Zusammentreffen.

»Ich habe Ihnen einige Bücher mitgebracht«, sagte Ashenden. »Ich fürchte, die Zeit wird Ihnen lang werden.«

»Was macht Ihnen das aus?«

»Ich möchte nicht, daß Sie unter irgend etwas zu leiden haben, was sich vermeiden läßt. Ich lasse die Bücher jedenfalls hier, und Sie können sie lesen oder auch nicht, wie es Ihnen beliebt.«

»Wenn Sie bloß wüßten, wie ich Sie hasse.«

»Dann wäre mir zweifellos sehr unbehaglich zumute. Aber ich weiß wirklich nicht, warum Sie mich hassen sollten. Ich tue nur, was mir befohlen wird.«

»Und was wollen Sie jetzt von mir? Ich nehme nicht an, daß Sie nur gekommen sind, um sich nach meinem Befinden zu erkundigen.«

Ashenden lächelte.

»Ich möchte, daß Sie einen Brief an Ihren Geliebten schreiben, in dem Sie ihm mitteilen, daß infolge irgendeiner Unstimmigkeit in Ihrem Paß die Schweizer Behörden

Sie nicht über die Grenze gelassen haben, daß sie folglich hierher gefahren sind, wo es sehr hübsch und still ist, so still, daß man sich kaum vorstellen kann, es sei Krieg, und Chandra vorschlagen, er solle zu Ihnen hierherkommen.«

»Halten Sie ihn denn für einen Trottel? Er wird sich weigern.«

»Dann müssen Sie Ihr Bestes tun, um ihn dazu zu überreden.«

Sie sah Ashenden lange an, ehe sie antwortete. Er vermutete, sie ging mit sich selbst zu Rate, ob sie, indem sie den Brief schrieb und sich so den Anschein der Gefügigkeit gab, nicht vielleicht Zeit gewinnen könne.

»Gut, diktieren Sie, und ich werde schreiben, was Sie sagen.«

»Ich würde es vorziehen, wenn Sie es mit Ihren eigenen Worten ausdrücken.«

»Lassen Sie mir eine halbe Stunde Zeit, und der Brief wird für Sie bereitliegen.«

»Ich werde hier warten«, sagte Ashenden.

»Warum?«

»Weil ich es vorziehe.«

Ihre Augen blitzten zornig auf, aber sie beherrschte sich und sagte nichts. Auf der Kommode befanden sich Schreibmaterialien. Sie setzte sich an den Toilettentisch und begann zu schreiben. Als sie Ashenden den Brief übergab, gewahrte er, daß sie sogar unter dem aufgelegten Wangenrouge sehr bleich war. Der Brief war der eines Menschen, der nicht gewöhnt war, sich mit Tinte und Feder auszudrücken, aber er war durchaus brauchbar, und gegen Schluß, wo es sie drängte, ihm zu sagen, wie sehr sie ihn liebte, und sie von ihrer Liebe mitgerissen wurde und aus vollem, ehrlichem Herzen schrieb, sprach aus ihm wirklich eine gewisse echte Leidenschaft.

»Jetzt fügen Sie noch an: der Mann, der dies überbringt, ist ein Schweizer, und du kannst ihm absolut vertrauen. Ich wollte nicht, daß die Zensur den Brief sieht.«

Sie zauderte einen Augenblick lang, schrieb aber dann, wie er sie angewiesen hatte.

»Wie buchstabiert man ›absolut‹?«

»Wie Sie Lust haben. Jetzt adressieren Sie bitte noch einen Briefumschlag, und ich werde Sie von meiner unwillkommenen Anwesenheit befreien.«

Er gab den Brief dem Agenten, der darauf wartete, ihn über den See zu bringen. Ashenden brachte ihr noch am gleichen Abend die Antwort. Sie riß sie ihm aus den Händen und preßte sie einen Augenblick lang ans Herz. Nachdem sie den Brief gelesen hatte, stieß sie einen kleinen Schrei der Erleichterung aus.

»Er will nicht kommen.«

Der Brief, in des Inders blumigem und gestelztem Englisch, gab seiner bitteren Enttäuschung Ausdruck. Er schrieb ihr, wie sehr er sich darauf gefreut habe, sie wiederzusehen, und flehte sie an, alles nur Erdenkliche zu tun, um die Schwierigkeiten zu überwinden, die sie daran hinderten, über die Grenze zu kommen. Er erklärte, es sei ihm unmöglich, hinüberzukommen, völlig unmöglich; es sei eine Belohnung auf seinen Kopf ausgesetzt, und es wäre Wahnsinn, auch nur den Gedanken zu erwägen, es zu riskieren. Er versuchte, sich scherzhaft zu geben, und meinte, sie wolle doch nicht, daß ihr dicker kleiner Liebster erschossen werde, nein?

»Er kommt nicht«, wiederholte sie, »er kommt nicht.«

»Sie müssen ihm schreiben, daß keine Gefahr besteht.

Schreiben Sie ihm, wenn eine Gefahr bestünde, würden Sie nicht daran denken, ihn darum zu bitten. Schreiben Sie ihm, wenn er Sie liebt, werde er nicht zaudern.«

»Das tue ich nicht. Das tue ich nicht.«

»Seien Sie nicht töricht. Sie kommen doch nicht darum herum.«

Sie brach in eine Flut von Tränen aus. Sie warf sich zu Boden, umklammerte Ashendens Knie und flehte ihn an, Erbarmen mit ihr zu haben.

»Ich tue alles für Sie, was Sie nur wollen, wenn Sie mich gehenlassen.«

»Seien Sie doch nicht albern«, sagte Ashenden. »Glauben Sie denn, ich möchte Ihr Geliebter werden? Kommen Sie, kommen Sie, die Sache ist ernst. Sie kennen die Alternative.«

Sie erhob sich, brach in einen plötzlichen rasenden Wutanfall aus und schleuderte Ashenden eine wüste Beschimpfung nach der anderen ins Gesicht.

»So gefallen Sie mir viel besser«, sagte er. »Nun also – schreiben Sie, oder soll ich die Polizei holen lassen?«

»Es ist zwecklos. Er kommt nicht.«

»Es liegt sehr in Ihrem Interesse, ihn zu veranlassen, daß er kommt.«

»Was meinen Sie damit? Meinen Sie, wenn ich alles in meiner Macht Stehende tue, und es gelingt mir nicht, dann . . .«

Sie sah Ashenden mit einem wilden Blick an.

»Ja, es bedeutet: entweder Sie oder er.«

Sie schwankte. Sie griff sich ans Herz. Dann nahm sie wortlos Feder und Papier. Aber der Brief gefiel Ashenden nicht, und er nötigte sie, ihn noch einmal zu schreiben. Als sie ihn beendet hatte, warf sie sich aufs Bett und brach neuerlich in leidenschaftliche Tränen aus. Ihr Schmerz war durchaus echt, aber die Art, wie er zum Ausdruck kam, hatte etwas Theatralisches an sich, das in Ashenden keine sonderliche Rührung aufkommen ließ. Ihm erschien sein Verhältnis zu ihr so unpersönlich wie das eines Arztes angesichts eines Schmerzes, den er nicht zu lindern vermag. Er erkannte jetzt, warum R. ihm diese eigentümliche Aufgabe zugewiesen hatte: sie bedurfte eines kühlen Kopfes und sicherer Beherrschung aller Gefühlsregungen.

Am folgenden Tag sah er sie nicht. Die Antwort auf den Brief erreichte ihn erst nach dem Abendessen; Felix brachte sie zu Ashendens abgelegenem kleinem Haus hinauf.

»Nun, was haben Sie für Neuigkeiten?«

»Unsere Freundin wird allmählich tollkühn vor Verzweiflung«, sagte der Franzose mit einem Lächeln. »Heute nachmittag ging sie zum Bahnhof hinauf, als der Zug nach Lyon gerade abfahren sollte. Sie sah sich unsicher und suchend um, also trat ich auf sie zu und fragte, ob ich ihr irgendwie behilflich sein könne. Ich stellte mich als Beamten der Sureté vor. Wenn Blicke töten könnten, dann stünde ich jetzt nicht hier.«

»Setzen Sie sich, mon ami«, sagte Ashenden.

»Merci. Sie ging weg. Sie muß sich gedacht haben, daß es keinen Zweck habe zu versuchen, in den Zug zu steigen. Aber ich habe Ihnen noch etwas Interessantes zu erzählen. Sie hat einem Bootsvermieter am See tausend Franken geboten, wenn er sie über den See fährt.«

»Was hat er ihr geantwortet?«

»Er hat gesagt, er könne es nicht riskieren.«

»Und weiter?«

Der kleine Agent zuckte leicht mit der Achsel und lächelte.

»Sie hat ihn gebeten, sie heute abend um zehn Uhr auf der Straße nach Evian zu treffen, so daß sie die Sache noch einmal besprechen können, und ihm zu verstehen gegeben, daß sie die Annäherungsversuche eines Liebhabers nicht übermäßig heftig zurückweisen werde. Ich habe ihm gesagt, er soll tun, wozu er Lust hat, solange er nachher zu mir kommt und mir alles Wichtige erzählt.«

»Sind Sie sicher, daß Sie ihm trauen können?«

»Oh, ganz und gar. Er weiß natürlich nichts, außer daß sie überwacht wird. Sie brauchen seinetwegen keine Angst zu haben. Er ist ein guter Bursche. Ich kenne ihn schon mein ganzes Leben lang.«

Ashenden las Chandras Brief. Er war dringlich und leidenschaftlich. Man spürte auf seltsame Weise den Pulsschlag seines qualvoll sehnsüchtigen Herzens heraus. Liebe? Ja, wenn Ashenden überhaupt etwas davon verstand, dann war das die echte Sache. Er schilderte ihr, wie er viele Stunden lang am Seeufer entlanggehe und zum französischen Ufer hinüberschaue. Wie nah sie einander waren und doch wie schrecklich getrennt! Er wiederholte einmal über das andere, er könne nicht kommen, und flehte sie an, ihn nicht darum zu bitten; er wolle alles in der Welt für sie tun, aber dies wage er einfach nicht, und doch, wenn sie darauf bestehe, wie könne er ihr widerstehen? Er bat sie, Erbarmen mit ihm zu haben. Und dann brach er in ein langes Gejammer aus bei dem Gedanken, wegfahren zu müssen, ohne sie gesehen zu haben; er fragte sie, ob nicht doch irgendeine Möglichkeit bestehe, wie sie über die Grenze schlüpfen könne, und schwor, wenn er sie je wieder in seinen Armen halten könne, werde er sie nie wieder von sich lassen. Selbst die gezwungene und übertriebene Sprache des Briefes vermochte das Feuer nicht zu dämpfen, das die Seiten verzehrte; es war der Brief eines Wahnwitzigen.

»Wann erfahren Sie, wie die Sache mit dem Bootsverleiher verlaufen ist?«

»Ich habe mich mit ihm zwischen elf und zwölf Uhr am Landesteg verabredet.«

Ashenden sah auf die Uhr.

»Ich werde mitkommen.«

Sie gingen zu Fuß den Bergabhang hinunter zum Kai und stellten sich zum Schutz gegen die kalte Brise in den Windschatten des Zollhäuschens. Endlich sahen sie einen Mann herankommen, und Felix trat aus dem Schatten hervor, der sie verborgen hatte.

»Antoine.«

»Monsieur Félix? Ich habe einen Brief für Sie. Ich habe versprochen, ihn mit dem ersten Dampfer morgen früh nach Lausanne zu bringen.«

Ashenden warf einen kurzen Blick auf den Mann, fragte aber nicht, was sich zwischen ihm und Giulia Lazzari abgespielt hatte. Er nahm den Brief und las ihn im Schein von Felix' Taschenlampe. Er war kurz und in fehlerhaftem Deutsch:

›Auf kein Fall komm. Mein Briefe nichts beachten. Gefahr. Ich liebe dich. Liebster. Nicht kommen.‹

Er steckte den Brief in die Tasche, gab dem Bootsverleiher fünfzig Francs und ging nach Hause und zu Bett. Als er am nächsten Tag Giulia Lazzari aufsuchte, fand er ihre Tür verschlossen. Er klopfte mehrmals, es kam keine Antwort. Er rief durch die Tür.

»Madame Lazzari, öffnen Sie die Tür. Ich habe mit Ihnen zu sprechen.«

»Ich liege im Bett. Ich bin krank und kann niemand empfangen.«

»Es tut mir leid, aber Sie müssen aufmachen. Wenn Sie krank sind, werde ich einen Arzt holen lassen.«

»Nein, gehen Sie fort. Ich will niemand sehen.«

»Wenn Sie die Tür nicht öffnen, lasse ich einen Schlosser rufen und sie aufbrechen.«

Drinnen herrschte Stille, und dann hörte er, wie der Schlüssel im Schloß umgedreht wurde. Er trat ein. Sie war im Schlafrock, und ihr Haar war zerzaust. Sie war offensichtlich eben aus dem Bett aufgestanden.

»Ich bin am Ende meiner Kräfte. Ich kann nichts mehr tun. Sie brauchen mich nur anzusehen, um zu sehen, daß ich krank bin. Mir war die ganze Nacht lang schlecht.«

»Ich werde Sie nicht aufhalten. Möchten Sie einen Arzt?«

»Was kann mir ein Arzt schon helfen?«

Er zog den Brief aus der Tasche, den sie dem Bootsverleiher gegeben hatte, und reichte ihn ihr.

»Was hat das zu bedeuten?« fragte er.

Sie hielt beim Anblick des Briefes keuchend den Atem an, und ihr fahles Gesicht verfärbte sich grün.

»Sie haben mir Ihr Wort gegeben, daß Sie weder versuchen würden zu entfliehen noch ohne mein Wissen einen Brief zu schreiben.«

»Haben Sie denn geglaubt, daß ich mein Wort halten würde?« rief sie, und ihre Stimme schrillte vor Verachtung.

»Nein. Um Ihnen die Wahrheit zu sagen, sind Sie nicht ausschließlich zu Ihrer Bequemlichkeit in einem behaglichen Hotel untergebracht worden, anstatt hier am Ort im Polizeigefängnis, aber ich glaube, ich sollte Ihnen doch sagen, daß es Ihnen zwar freisteht, hier ein und aus zu gehen, wie es Ihnen beliebt, daß Sie aber trotzdem keine größere Chance haben, aus Thonon zu entkommen, als wenn Sie mit einer Kette ums Bein in einer Gefängniszelle gefesselt wären. Es ist dumm und albern, daß Sie Ihre Zeit damit vergeuden, Briefe zu schreiben, die nie zugestellt werden.«

»Cochon!«

Sie schleuderte ihm das Schimpfwort mit aller Heftigkeit ins Gesicht, deren sie fähig war.

»Aber jetzt müssen Sie sich hinsetzen und einen Brief schreiben, der allerdings zugestellt werden wird.«

»Niemals. Ich tue nichts mehr. Ich schreibe nicht ein Wort mehr.«

»Sie sind hierhergekommen auf Grund einer Vereinbarung, daß Sie gewisse Dinge tun werden.«

»Ich tue sie aber nicht. Die Sache ist zu Ende.«

»Sie sollten doch lieber noch ein bißchen nachdenken.«

»Nachdenken! Ich habe nachgedacht. Sie können tun, was Sie wollen. Es ist mir gleich.«

»Gut, ich gebe Ihnen fünf Minuten, um es sich anders zu überlegen.«

Ashenden zog seine Uhr heraus und behielt sie in der flachen Hand. Er setzte sich auf den Rand des ungemachten Bettes.

»Ach, wie mir dieses Hotel auf die Nerven geht! Warum haben Sie mich nicht ins Gefängnis gesteckt? Warum, warum? Wo ich hingegangen bin, habe ich das Gefühl gehabt, daß mir Spione auf den Fersen sind. Es ist einfach infam! Worin besteht denn mein Verbrechen? Ich frage

Sie: was habe ich denn getan? Bin ich denn keine Frau? Es ist infam, was Sie von mir verlangen. Infam!«

Sie sprach mit hoher, schriller Stimme. Sie redete fort und fort. Schließlich waren die fünf Minuten herum. Ashenden hatte nicht ein Wort gesagt. Er stand auf.

»Ja, gehen Sie, gehen Sie nur!« kreischte sie.

Sie schleuderte ihm wüste Schimpfnamen ins Gesicht.

»Ich komme wieder«, sagte Ashenden.

Er zog beim Verlassen des Zimmers den Schlüssel ab und verschloß die Tür von außen. Im Hinuntergehen schrieb er eilig ein kurzes Briefchen, rief den Hausdiener und schickte ihn damit zum Polizeirevier. Dann ging er wieder hinauf. Giulia Lazzari hatte sich aufs Bett geworfen und das Gesicht der Wand zugekehrt. Ihr Körper bebte vor hysterischem Schluchzen. Sie ließ nicht erkennen, ob sie sein Eintreten gehört habe. Ashenden setzte sich auf den Stuhl vor dem Toilettentisch und betrachtete müßig den Kram, der ihn bedeckte.

Die Toilettensachen waren billig und schundig und nicht übermäßig sauber. Schmuddlige kleine Töpfchen mit Rouge und Hautcreme und Fläschchen mit Augenbrauen- und Wimperntusche standen herum. Die Haarnadeln waren fettig und ein Graus. Das Zimmer war unordentlich, und die Luft roch stark nach billigem Parfüm. Ashenden dachte an die Hunderte von Zimmern, die sie in drittklassigen Hotels im Verlauf ihres Wanderlebens von einer Provinzstadt zur anderen in einem Land nach dem anderen bewohnt haben mußte. Er überlegte, woher sie wohl ursprünglich stammen mochte. Sie war eine grobe, ordinäre und vulgäre Frau, aber wie war sie als junges Mädchen gewesen? Sie war nicht der Typ, von dem er erwartet hätte, daß er sich gerade diese Karriere aussuchte, denn sie schien keinen der Vorteile oder Vorzüge zu besitzen, die ihr dabei hätten helfen können, und er fragte sich, ob sie vielleicht aus einer Artistenfamilie stamme (überall in der Welt gibt es Familien, deren Mitglieder seit Generationen immer wieder Tänzer und Akrobaten und Burlesksänger werden) oder ob sie durch einen Zufall in dieses Leben geraten sei, vielleicht durch einen Geliebten, der in dieser Branche arbeitete und sie eine Zeitlang zu seiner Partnerin gemacht hatte.

Und was für Männer mußte sie in all diesen Jahren gekannt haben – die Kollegen in den Darbietungen, in denen sie auftrat, die Agenten und Manager, die es als Vorrecht ihrer Stellung betrachteten, ihre Gunst zu besitzen, die Geschäftsleute oder wohlhabenden Kaufleute, die jungen Stutzer und Lebemänner in den verschiedenen Städten, in denen sie auftrat, die sich einen Augenblick lang vom falschen Glanz der Tänzerin oder der unverhüllten Sinnlichkeit der Frau anziehen ließen! Für sie waren sie die zahlenden Kunden, die sie unterschiedslos akzeptierte als anerkannte und zugestandene Zubuße zu ihrer kümmerlichen Gage; aber sie selbst war für die Männer vielleicht ein romantisches Abenteuer. Vielleicht erhaschten sie in ihren käuflichen Armen einen kurzen Blick der glanzvollen Welt der großen Welthauptstädte und einen fernen Hauch eines schwungvolleren, geräumigeren Lebens?

Plötzlich klopfte es an der Tür, und Ashenden rief sofort:

»Entrez!«

Giulia Lazzari richtete sich mit einem Satz im Bett auf. »Wer ist da?« rief sie.

Es verschlug ihr den Atem, als sie die beiden Detektive

erblickte, die sie aus Boulogne herbegleitet und in Thonon an Ashenden übergeben hatten.

»Sie! Was wollen Sie?« schrie sie.

»Allons, levez vous«, sagte der eine. Er sagte es mit einer kurzangebundenen Schärfe, die zu verstehen gab, daß er nicht mit sich spaßen lassen werde.

»Ich fürchte, Sie müssen aufstehen, Madame Lazzari«, sagte Ashenden. »Ich übergebe Sie wieder der Obhut dieser beiden Herren.«

»Wie kann ich denn aufstehen? Ich sagte Ihnen doch, ich bin krank. Ich kann nicht auf meinen Füßen stehen. Wollen Sie mich denn umbringen?«

»Wenn Sie sich nicht ankleiden, werden wir Sie anziehen müssen, und ich fürchte, wir würden es nicht sehr geschickt zuwege bringen. Kommen Sie schon, es hat keinen Zweck, eine Szene zu machen.«

»Wo bringen Sie mich hin?«

»Sie bringen Sie zurück nach England.«

Einer der Detektive ergriff sie am Arm.

»Rühren Sie mich nicht an!« schrie sie wütend. »Kommen Sie mir nicht in die Nähe!«

»Lassen Sie sie«, sagte Ashenden. »Ich bin überzeugt, sie sieht die Notwendigkeit ein, so wenig Ärger wie möglich zu verursachen.«

»Ich ziehe mich selbst an.«

Ashenden sah ihr zu, wie sie den Schlafrock ablegte und sich ein Kleid über den Kopf zog. Sie zwang die Füße in ein paar Schuhe, die ihr offensichtlich zu klein waren. Sie frisierte ihr Haar. Hin und wieder warf sie den Detektiven einen raschen mürrischen Blick zu. Ashenden überlegte, ob sie wohl die Nerven haben würde, die Sache durchzustehen. R. würde ihn einen verdammten Trottel nennen, aber er wünschte trotzdem beinahe, sie würde es tun. Sie trat zum Toilettentisch, und Ashenden erhob sich, um ihr Platz zu machen. Sie fettete sich rasch das Gesicht ein, wischte die Creme mit einem schmutzigen Handtuch ab, puderte sich und richtete ihre Augen her. Aber ihre Hand zitterte. Die drei Männer sahen ihr schweigend zu. Sie legte Rouge auf die Wangen auf und schminkte sich die Lippen. Dann stülpte sie sich einen Hut auf den Kopf. Ashenden winkte dem ersten Detektiv mit einer unauffälligen Handbewegung, und der Mann zog ein Paar Handschellen aus der Tasche und trat auf sie zu.

Bei ihrem Anblick wich sie mit einem heftigen Ruck zurück und riß die Arme weit auseinander.

»Non, non, non. Je ne veux pas. Nein, das nicht. Nein. Nein.«

»Komm schon, ma fille, mach keine Dummheiten«, sagte der Detektiv grob.

Sie warf wie schutzsuchend (und sehr zu seiner Überraschung) die Arme um Ashenden.

»Lassen Sie nicht zu, daß sie mich mitnehmen! Haben Sie Erbarmen mit mir. Ich kann nicht, ich kann nicht.«

Ashenden entwand sich ihr, so gut er konnte.

»Ich kann nichts mehr für Sie tun.«

Der Detektiv ergriff ihre Handgelenke und war im Begriff, ihr die Handschellen anzulegen, als sie sich mit einem wilden Aufschrei zu Boden warf.

»Ich tue, was Sie verlangen. Ich werde alles tun.«

Ashenden gab den Detektiven ein Zeichen, und sie verließen das Zimmer. Er wartete ein Weilchen, bis sie sich einigermaßen beruhigt hatte. Sie lag schluchzend auf dem Fußboden. Er hob sie auf die Füße und brachte sie dazu, sich hinzusetzen.

»Was soll ich tun?« fragte sie keuchend.

»Ich wünsche, daß Sie noch einen Brief an Chandra schreiben.«

»In meinem Kopf dreht sich alles. Ich könnte keine zwei Sätze zusammenbringen. Sie müssen mir ein bißchen Zeit lassen.«

Aber Ashenden fand, es sei besser, sie den Brief schreiben zu lassen, solange der Schrecken noch in ihr saß. Er wollte ihr keine Zeit lassen, sich zu sammeln.

»Ich werde Ihnen den Brief diktieren. Sie brauchen nur genau hinzuschreiben, was ich Ihnen sage.«

Sie stieß einen tiefen Seufzer aus, nahm aber Papier und Feder und setzte sich an den Toilettentisch.

»Wenn ich das jetzt tue ... und es Ihnen gelingt, woher weiß ich dann, daß man mich freilassen wird?«

»Der Oberst hat es versprochen. Sie müssen sich auf mein Wort verlassen, daß ich seine Weisungen ausführen werde.«

»Ich würde schön dumm dastehen, wenn ich meinen Freund verraten würde und dann auf zehn Jahre ins Gefängnis käme.«

»Ich kann Ihnen sagen, was Ihre beste Gewähr dafür ist, daß wir es ehrlich meinen. Abgesehen von Chandra sind Sie nicht vom allergeringsten Interesse für uns. Warum sollten wir uns die Mühe und Kosten machen, Sie im Gefängnis festzuhalten, wenn Sie uns keinen Schaden zufügen können?«

Sie überlegte einen Augenblick lang. Sie war jetzt ruhig und gesammelt. Es war, als sei sie, nachdem sie ihr ganzes Gefühl verausgabt hatte, plötzlich eine vernünftige und praktische Frau geworden.

»Sagen Sie mir, was ich schreiben soll.«

Ashenden zögerte. Er traute sich zu, den Brief mehr oder weniger so zu fomulieren, wie sie ihn selbst auf ihre Art abgefaßt hätte, aber die Sache wollte sorgfältig überlegt sein. Der Brief durfte weder zu flüssig geschrieben noch im Ausdruck zu gewählt und zu gebildet sein. Es war ihm bewußt, daß Menschen in Augenblicken der Gefühlsaufwallung dazu neigen, melodramatisch oder gestelzt zu sprechen. In einem Buch oder auf der Bühne klang das stets unecht, und der Autor mußte folglich seine Personen einfacher und weniger emphatisch sprechen lassen, als sie es im Leben tatsächlich tun. Es war ein ernster Augenblick, aber Ashenden fand, daß er nicht einer gewissen Komik entbehrte.

»Ich habe nicht gewußt, daß ich einen Feigling liebe«, begann er. »Wenn Du mich wirklich lieben würdest, dann könntest Du gar nicht zögern, wenn ich Dich bitte herzukommen ... Unterstreichen Sie das Wort könnte zweimal.« Er fuhr fort. »Wo ich Dir doch versichere, daß keine Gefahr besteht. Wenn Du mich nicht liebst, dann hast Du recht, nicht zu kommen. Dann komm nicht. Fahr zurück nach Berlin, wo Du in Sicherheit bist. Ich habe es satt. Ich bin hier ganz allein. Ich bin schon ganz krank vom Warten auf Dich, und jeden Tag habe ich mir gesagt, er kommt. Wenn Du mich lieben würdest, dann würdest Du nicht soviel zögern. Jetzt ist mir ganz klar, daß Du mich nicht liebst. Ich habe genug von Dir. Ich habe kein Geld. Das Hotel hier ist unerträglich. Ich habe keinen Grund, noch weiter hierzubleiben. Ich kann Engagements in Paris bekommen. Ich habe dort einen Freund, der mir gute Angebote gemacht hat. Ich habe genug Zeit auf Dich verschwendet, und was habe ich jetzt davon? Jetzt ist Schluß. Leb wohl. Du wirst nie wieder eine Frau finden, die Dich so liebt, wie ich Dich geliebt habe. Ich kann es mir nicht leisten, das Angebot meines Freundes abzulehnen, deshalb habe ich ihm telegrafiert, und sowie ich seine Antwort habe, fahre ich nach Paris. Ich nehme es Dir nicht übel, daß Du mich nicht liebst, dafür kannst Du nichts, aber Du mußt einsehen, daß es blöd wäre, weiter mein Leben zu verschwenden. Man bleibt nicht jung. Leb wohl. Giulia.«

Ashenden las den Brief und war nicht restlos zufrieden. Aber er war das Beste, was er zustande bringen konnte. Er machte den Eindruck der Echtheit – den die Worte selbst nicht vermittelten –, weil sie ihn, da sie nur wenig Englisch konnte, nach dem Gehör geschrieben hatte; die Rechtschreibung war schauerlich und die Handschrift die eines Kindes; sie hatte Worte ausgestrichen und noch einmal darübergeschrieben. Einige Sätze hatte er ihr auf französisch diktiert. Eine oder zwei Tränen waren auf das Briefpapier gefallen und hatten die Tinte verschmiert.

»Ich verlasse Sie jetzt«, sagte Ashenden. »Vielleicht werde ich, wenn ich Sie das nächste Mal sehe, Ihnen sagen können, daß Sie frei sind und gehen können, wohin Sie wollen. Wohin wollen Sie reisen?«

»Nach Spanien.«

»Gut, ich werde dafür sorgen, daß alles vorbereitet ist.« Sie zuckte die Achseln. Er verließ sie.

Jetzt blieb Ashenden nichts mehr zu tun, als zu warten. Er schickte am Nachmittag einen Boten nach Lausanne und ging am nächsten Morgen hinunter zum Kai, um den Dampfer abzuwarten. Neben dem Fahrkartenschalter befand sich ein Warteraum, und er wies die Detektive an, sich hier bereitzuhalten. Wenn der Dampfer angelegt hatte, kamen die Fahrgäste der Reihe nach den Pier entlang, und ihre Pässe wurden kontrolliert, ehe sie an Land gehen durften. Wenn Chandra kam und seinen Paß vorwies – und höchstwahrscheinlich reiste er auf einen falschen, wahrscheinlich von einem neutralen Staat ausgestellten Paß –, würde man ihn ersuchen zu warten, und Ashenden würde ihn identifizieren. Dann würde er verhaftet werden. Ashenden sah nicht ohne eine gewisse Aufregung den Dampfer herannahen und gewahrte die kleine Gruppe von Menschen, die sich an der Laufbrücke versammelt hatte. Er sah sie sich genau an, konnte aber niemand entdecken, der auch nur im entferntesten wie ein Inder aussah. Chandra war nicht gekommen. Ashenden wußte nicht mehr, was er tun sollte. Er hatte seine letzte Karte ausgespielt. Nur etwa ein halbes Dutzend Fahrgäste stieg in Thonon aus, und als sie die Kontrolle passiert hatten und ihres Weges gegangen waren, schlenderte Ashenden den Pier entlang.

»Hat nicht geklappt«, sagte er zu Felix, der die Pässe kontrolliert hatte. »Der Herr, den ich erwartete, ist nicht gekommen.«

»Ich habe einen Brief für sie.«

Er reichte Ashenden einen an Madame Lazzari adressierten Briefumschlag, auf dem Ashenden sofort die spinnendünne Handschrift Chandra Lals erkannte. In diesem Augenblick kam der Dampfer in Sicht, der von Genf nach Lausanne und weiter ans Ende des Sees fuhr. Er traf in Thonon jeden Morgen zwanzig Minuten nach der Abfahrt des Dampfers in der entgegengesetzten Richtung ein. Ashenden hatte eine Eingebung.

»Wo ist der Mann, der den Brief gebracht hat?«

»Am Fahrkartenschalter.«

»Geben Sie ihm den Brief, und sagen Sie ihm, er soll ihn dem Betreffenden zurückbringen, der ihn ihm gegeben hat. Er soll sagen, er habe den Brief zu der Dame hingetragen, und sie schicke ihn zurück. Wenn der Betreffende ihn ersucht, einen zweiten Brief hinüberzubringen, soll er sagen, das habe nicht viel Zweck, weil die Dame ihre Koffer packe und aus Thonon abreise.«

Er vergewisserte sich, daß der Brief übergeben und die Weisung erteilt wurde, und ging dann zu Fuß zu seinem Häuschen außerhalb der Stadt zurück.

Der nächste Dampfer, mit dem Chandra frühestens kommen konnte, traf gegen fünf Uhr ein, und da er um diese Zeit eine wichtige Verabredung mit einem in Deutschland arbeitenden Agenten hatte, verständigte er Felix, daß er sich möglicherweise um ein paar Minuten verspäten werde. Aber wenn Chandra kam, konnte man ihn mühelos festhalten; es bestand keine große Eile, da der Zug, mit dem er nach Paris gebracht werden sollte, erst kurz nach acht Uhr abfuhr. Nachdem Ashenden seine Geschäfte erledigt hatte, wanderte er gemächlich zum See hinunter. Es war noch hell, und er sah von der Anhöhe aus den Dampfer abfahren. Es war ein banger Augenblick, und er beschleunigte instinktiv seine Schritte. Plötzlich sah er, wie jemand ihm entgegengelaufen kam, und erkannte den Mann, der den Brief hinübergebracht hatte.

»Schnell, schnell, er ist da!«

Ashendens Herz bumste heftig gegen seine Brust.

»Endlich.«

Er begann jetzt gleichfalls zu laufen, und im Laufen

berichtete ihm der Mann, wie er den ungeöffneten Brief zurückgetragen hatte. Als er ihn dem Inder in die Hand drückte, wurde der Inder erschreckend blaß. »Ich hätte nie gedacht, daß ein Inder so bleich werden kann«, sagte er, und er drehte ihn immer wieder in der Hand hin und her, als könne er nicht verstehen, was sein eigener Brief darin zu suchen habe. Tränen traten ihm in die Augen und rollten ihm die Wangen herab. »Es sah ziemlich grotesk aus, er ist nämlich dick und fett, wissen Sie.« Er sagte etwas in einer Sprache, die der Mann nicht verstand, und fragte ihn dann auf französisch, wann der Dampfer nach Thonon gehe. Als er an Bord kam, sah er sich um, konnte ihn aber nicht finden und entdeckte ihn schließlich, wie er in einen dicken Mantel gehüllt und den Hut tief in die Stirn gezogen allein am Bug stand. Während der ganzen Fahrt über den See blickte er unverwandten Auges nach Thonon hinüber.

»Wo ist er jetzt?« fragte Ashenden.

»Ich bin zuerst ausgestiegen, und Monsieur Felix hat mir gesagt, ich soll Sie schnell holen.«

»Ich nehme an, sie halten ihn im Warteraum fest.«

Ashenden war außer Atem, als sie am Pier anlangten. Er stürzte in den Warteraum. Eine Gruppe laut durcheinanderredender und aufgeregt gestikulierender Männer stand um einen Mann herum, der am Boden lag.

»Was ist passiert?« rief er.

»Schauen Sie«, sagte Monsieur Felix.

Chandra Lal lag auf dem Fußboden, mit weit aufgerissenen Augen, einen dünnen Strich Schaum auf den Lippen, tot. Sein Körper war grauenhaft verkrümmt.

»Er hat sich umgebracht. Wir haben nach dem Arzt geschickt. Er war zu schnell für uns.«

Ein plötzlicher Schauer des Schreckens durchlief Ashenden.

Als der Inder an Land kam, erkannte Felix nach der Beschreibung, die man ihm gegeben hatte, daß dies der gesuchte Mann war. Nur vier Fahrgäste stiegen aus. Er war der letzte. Felix ließ sich mit der Paßkontrolle der ersten drei ungewöhnlich lange Zeit und nahm dann den Paß des Inders entgegen. Es war ein spanischer Paß, und er war völlig in Ordnung. Felix stellte die üblichen Fragen und notierte sie auf dem amtlichen Formular. Dann sah er ihn liebenswürdig an und sagte:

»Bitte kommen Sie einen Augenblick in den Warteraum. Es sind noch einige Formalitäten zu erledigen.«

»Ist mein Paß nicht in Ordnung?« fragte der Inder.

»Völlig.«

Chandra zögerte und folgte dann dem Beamten zur Tür des Warteraums. Felix öffnete sie und trat zur Seite.

»Entrez.«

Chandra trat ein, und die beiden Detektive erhoben sich. Er muß sofort den Verdacht gehabt haben, daß sie Polizeibeamte waren, und erkannt haben, daß er in eine Falle gegangen war.

»Setzen Sie sich«, sagte Felix. »Ich habe Ihnen eine oder zwei Fragen zu stellen.«

»Es ist heiß hier drinnen«, sagte er, und tatsächlich strahlte der kleine Kanonenofen eine Backofenhitze aus. »Wenn Sie gestatten, werde ich meinen Mantel ausziehen.«

»Bitte sehr«, antwortete Felix liebenswürdig.

Er zog anscheinend mit einiger Mühe seinen Mantel aus und drehte sich um, um ihn auf einen Stuhl zu legen, und ehe sie begriffen, was los war, sahen sie ihn plötzlich schwanken und schwer zu Boden fallen. Chandra hatte es zuwege gebracht, beim Ausziehen seines Mantels den Inhalt einer Flasche zu schlucken, die er noch in der geschlossenen Hand hielt. Ashenden roch daran. Sie hatte einen unverkennbaren Mandelgeruch.

Sie standen eine Weile da und betrachteten den Mann, der auf dem Fußboden lag. Felix fühlte sich offenbar schuldbewußt und versuchte sich zu rechtfertigen.

»Wird es jetzt großen Ärger geben?« fragte er nervös.

»Ich sehe nicht, daß Sie irgendwelche Schuld trifft«, sagte Ashenden. »Auf jeden Fall kann er jetzt keinen Schaden mehr anrichten. Was mich betrifft, so bin ich im Grunde froh, daß er sich umgebracht hat. Die Vorstellung, daß er hingerichtet werden würde, war mir nicht sehr behaglich.«

Einige Minuten später traf der Arzt ein und stellte den Tod fest.

»Blausäure«, sagte er zu Ashenden.

Ashenden nickte.

»Ich werde jetzt Madame Lazzari aufsuchen«, sagte er. »Wenn sie noch einen oder zwei Tage länger bleiben will, werde ich es ihr gestatten. Aber wenn sie heute abend abreisen will, so kann sie es natürlich tun. Würden Sie bitte den Agenten auf dem Bahnhof Weisung geben, sie durchzulassen?«

»Ich werde selbst auf dem Bahnhof sein«, sagte Felix.

Ashenden ging wieder die Anhöhe hinauf. Es war inzwischen Nacht geworden, eine kalte, helle Nacht mit wolkenlosem Himmel, und beim Anblick des fadendünnen, weiß schimmernden Neumondes drehte er das Geld in seiner Tasche dreimal um. Als er das Hotel betrat, ergriff ihn plötzlich ein ausgesprochener Widerwillen vor seiner kalten Banalität. Es roch nach Kohl und gekochtem Hammelfleisch. An den Wänden der Halle hingen farbige Plakate der Eisenbahngesellschaften, die für Grenoble, Carcassonne und die Badeorte der Normandie Reklame machten. Er ging hinauf und öffnete nach kurzem Anklopfen die Tür zu Giulia Lazzaris Zimmer. Sie saß vor ihrem Toilettentisch und betrachtete sich im Spiegel, anscheinend müßig, ratlos, verzweifelt, ohne etwas zu tun, und in diesem Spiegel erblickte sie Ashenden, als er eintrat. Ihr Gesichtsausdruck wechselte plötzlich, als sie den seinen erblickte, und sie sprang so ungestüm auf, daß sie den Stuhl umwarf.

»Was ist los? Warum sind Sie so weiß?« rief sie.

Sie drehte sich um und starrte ihn an, und ihre Züge verzerrten sich allmählich zu einem Ausdruck des Schrekkens.

»Il est pris«, stieß sie atemlos hervor.

»Il est mort«, sagte Ashenden.

»Tot! Er hat das Gift genommen. Er hat Zeit dazu gehabt. Er ist Ihnen schließlich doch entwischt.«

»Was meinen Sie damit? Woher wissen Sie von dem Gift?«

»Er hat es immer bei sich getragen. Er sagte immer, die Engländer würden ihn niemals lebend erwischen.«

Ashenden überlegte einen Augenblick lang. Dieses Geheimnis hatte sie gut gewahrt. Vermutlich hätte er auf eine solche Möglichkeit selbst kommen müssen. Aber wie sollte er solchen melodramatischen Kunstgriffen vorbeugen?

»Nun denn, Sie sind jetzt frei. Sie können gehen, wohin Sie wollen, und es wird Ihnen kein Hindernis in den Weg gelegt werden. Hier haben Sie Ihre Fahrkarte und Ihren

Reisepaß, und hier ist das Geld, das sich bei Ihrer Verhaftung in Ihrem Besitz befand. Wünschen Sie Chandra zu sehen?«

Sie zuckte zusammen.

»Nein, nein.«

»Es besteht keine Notwendigkeit. Ich dachte nur, es läge Ihnen vielleicht daran.«

Sie weinte nicht. Ashenden dachte sich, sie habe wahrscheinlich ihr ganzes Gefühl verausgabt. Sie schien teilnahmslos.

»Es wird noch heute ein Telegramm an die spanische Grenze abgehen, das die Behörden anweist, Ihnen keine Schwierigkeiten zu bereiten. Wenn ich Ihnen einen Rat geben darf: verlassen Sie Frankreich so rasch Sie können.«

Sie antwortete nicht, und da Ashenden nichts weiter zu sagen hatte, schickte er sich an zu gehen.

»Es tut mir leid, daß ich Sie so hart anfassen mußte. Ich bin froh bei dem Gedanken, daß Sie Ihre ärgsten Schwierigkeiten jetzt hinter sich haben, und ich hoffe, daß die Zeit den Schmerz lindern wird, den Sie gewiß über den Tod Ihres Freundes empfinden.«

Ashenden verneigte sich leicht und wandte sich zur Tür. Aber sie hielt ihn zurück.

»Einen kleinen Augenblick«, sagte sie. »Es ist da eine Sache, um die ich Sie bitten möchte. Ich glaube, Sie haben etwas Herz.«

»Seien Sie versichert, daß ich alles für Sie tun werde, was ich kann.«

»Was geschieht mit seinen Sachen?«

»Ich weiß es nicht. Warum?«

Dann sagte sie etwas, das Ashenden verblüffte. Es war das letzte, was er erwartet hätte.

»Er hatte eine Armbanduhr, die ich ihm letztes Weihnachten geschenkt habe. Sie hat zwölf Pfund gekostet. Kann ich sie zurückhaben?«

## Compton Mackenzie
## *Der erste Kurier*

*Wie ich in der Einleitung bereits erwähnt habe, sind ›Die Drei Kuriere‹ seit langem vergriffen. Ich habe jedoch begründete Hoffnung, daß diesem Zustand bald abgeholfen werden wird. Inzwischen freue ich mich über diese Gelegenheit, eine neue Generation von Lesern wissen zu lassen, was ihr entgangen ist.*

*In einer Vorbemerkung zur Erstausgabe schrieb Sir Compton: ›Um eine Ruritanien-Atmosphäre zu vermeiden, hat der Verfasser keine Bedenken getragen, auf den befehlshabenden Vizeadmiral in Mudros anzuspielen. Er möchte jedoch unmißverständlich feststellen, daß solche Figuren mit hohem Offiziersrang nirgends mit tatsächlich existierenden Persönlichkeiten identifiziert werden dürfen. Wirkliche Namen sind überall dort verwendet, wo wirkliche Personen auftreten.‹*

*Ich kann seine Besorgnis verstehen, aber nicht teilen. Ruritanien ist, wie man weiß, ein erfundener romantischer Operetten-Balkanstaat nach der Art der ›Lustigen Witwe‹, und nach meiner Meinung hat nie die geringste Gefahr bestanden, daß ›Die Drei Kuriere‹ in eine solche Atmosphäre geraten könnten.*

# I

Es war heißer denn je in einer gewissen südosteuropäischen Hauptstadt um die Zeit des zweiten Jahrestags des Kriegsausbruchs. Das aufgeblähte Thermometer, das neben dem Haupteingang des Grand Hôtel du Monde an der schattigen Mauer hing, zeigte 110 Grad Fahrenheit, oder vielmehr, es zeigte zwischen 43 und 44 Grad Celsius, womit es die englischen und amerikanischen Gäste, die sich in dieser Hitze schon längst nicht mehr erinnern konnten, was man zu multiplizieren, dividieren und addieren hatte, um Celsius in Fahrenheit umzuwandeln, endgültig zur Verzweiflung trieb. Sie standen vor dem Thermometer auf dem vor Hitze zitternden Gehsteig und debattierten über dieses Problem, bis der Geruch geschmolzenen Gummis oder blasentreibenden Leders, der von ihren Schuhen aufstieg, sie Hals über Kopf wie die platzenden Röstkastanien in die nächste Droschke springen ließ, um schlaff und ermattet irgendwohin zu rumpeln, irgendwohin, es kam in dieser vermaledeiten Sonnenglut schon wirklich kaum mehr darauf an, wohin. So jedenfalls war Roger Waterlow zumute, als er in freundschaftlicher Niedergeschlagenheit Williamson, dem britischen Marineattaché, mit dem er zu Mittag gegessen hatte, ein Lebewohl zunickte und in seinen Wagen stieg.

»Zurück zum Neuen Haus, Sir?« fragte der Chauffeur, ein kleiner Cockney aus dem Londoner East End.

Waterlow knurrte eine grollende Bestätigung. Er hatte erst vor einer Woche schließlich vor der Hitze die Waffen gestreckt und war aus der Stadt hinausgezogen, um in dem Sommer-Vorort Limani mit seinen schundigen Protzvillen etwas frische Meeresluft zu erwischen. Er hatte so lange gewartet, weil es nicht die Mühe wert schien, noch umzuziehen, da er jeden Augenblick aus London die Benachrichtigung erwartete, daß ein Nachfolger unterwegs sei, um ihm seinen gegenwärtigen Posten abzunehmen und es ihm endlich zu ermöglichen, das Kommando der U-Boot-Falle, des getarnten bewaffneten Handelsschiffs, zu übernehmen, das man ihm versprochen hatte.

»Nennen Sie es bitte nicht das Neue Haus«, sagte er scharf.

»Jawohl, Sir«, antwortete der kleine Chauffeur in leicht gekränktem Ton. »Ich dachte nur, Sie wünschen nicht, daß ich irgendein Haus, wo Sie nur vorübergehend wohnen, ›Zuhause‹ nenne, Sir.«

Gunton fuhr seit einem Jahr zu den verschiedenen ausgefallenen und absonderlichen Häusern, in denen sein Chef nacheinander Wohung genommen hatte, und dieses Jahr hatte ihn von der Angewohnheit geheilt, sie eines nach dem anderen ehrfurchtsvoll als Zuhause zu bezeichnen. Er begriff nicht, daß der einzige Umstand, der den Aufenthalt in ihnen für Waterlow erträglich machte, in dem Bewußtsein bestand, daß sie zeitweilig, vorübergehend und geradezu das ausgesprochene Gegenteil eines Zuhause waren. Auch begriff er nicht, daß er ein äußerst unwillkommenes Omen von sich gab, indem er die geschmacklos aufgedonnerte kleine Villa, die allein in ihrem verdorrten Garten auf einer staubigen Steilhöhe am äußersten Ende von Limani stand, das Neue Haus nannte.

Gewiß, dachte Waterlow, indem er sich erschöpft in das glühendheiße Lederpolster des Wagens zurücklehnte, gewiß würde Kapitän X einsehen, daß es mit seiner Brauchbarkeit und Nützlichkeit an Land jetzt sein Ende hatte, und ihm keine Schwierigkeiten machen, wieder auf See zu gehen. Bestimmt gab es zahllose Marineoffiziere in Whitehall, die sich danach sehnten zu zeigen, wie gut sie ein Abwehrbüro in einer neutralen Hauptstadt leiten konnten, unzählige Marineoffiziere, deren nautische Erfahrungen sich darauf beschränkten, daß sie wußten, wie man auf einem Kanaldampfer in die für Passagiere erster Klasse reservierte Abteilung des Schiffs gelangt.

In Whitehall herrschte der allgemeine Eindruck, das Leben hier draußen sei eine Art gemütlicher und vergnügter Operettenvorstellung, die gelegentlich durch die Absendung langer Telegramme nach London unterbrochen wurde, welche den Chiffrierleuten in der Zentrale eine Menge unnötiger Arbeit verursachten. Aber Kapitän X würde inzwischen den eindringlichen Brief erhalten haben, den er ihm vor zehn Tagen gesandt hatte, und bestimmt hatte er ihn davon zu überzeugen vermocht, daß hier draußen jetzt ein neuer Mann gebraucht wurde. Williamson war beim Mittagessen mit ihm völlig einer Meinung gewesen, daß die Obstruktionstaktik des Militärattachés dem praktischen Nutzen des Büros ausgesprochen abträglich war. Sie bedeutete, daß alle Informationen, die er nach London schickte, im Kriegsministerium benörgelt und heruntergemacht wurden. Ein neuer Mann, der von ihm selbst ein paar Fingerzeige erhielt, würde es verstehen, Ruckworths gesträubtes Gefieder zu glätten, seiner Würde nicht auf die Zehen zu treten und die persönliche Animosität zu vermeiden, die sein eigenes Verhältnis zu ihm verdorben hatte. Schließlich und endlich war es untunlich, die Soldaten gegen sich aufzubringen. Es machte keinen Spaß, Burschen nach der Türkei und Bulgarien zu schicken, damit sie ihr Leben aufs Spiel setzten für Informationen, gegen die die Leute in London von vornherein voreingenommen waren. Ja, ein neuer Mann hier draußen, dem Crowder helfend zur Seite stand, würde wesentlich bessere Möglichkeiten haben, sich nützlich zu machen, als er selbst. Und in Anbetracht alles dessen, was er während der abgelaufenen Jahre über die U-Boot-Bewegungen herausbekommen hatte – wenn irgend jemand eine Chance hatte, mit einer U-Boot-Falle im Ägäischen Meer etwas auszurichten, dann war er es.

»Nennen wir es das Letzte Haus, Gunton«, sagte er.

Der kleine Chauffeur neigte gewichtig den Kopf. Er konnte die Hand nicht vom Steuer nehmen, um sie an den Mützenschirm zu legen, denn der Wagen fuhr zu rasch die gerade Straße entlang, die zwischen Doppelreihen falscher Pfefferbäume, die ihren illusorischen Schatten auf das ausgedörrte Pflaster warfen, aus der Stadt hinausführte. Zur Rechten und Linken jenseits der Bäume erstreckte sich eine wellige Wüste oder jedenfalls etwas, das wie eine Wüste aussah, nachdem die Sommerhitze die unterschiedlichen Grünflecke, die dem Ganzen im Frühjahr Leben verliehen hatten, einen nach dem anderen ausgetilgt hatte. Die Wüste war spärlich mit verstreuten Anwesen mit flachen Dächern besetzt, die mangels irgendeines Anzeichens von Bewirtschaftung heruntergekommen und verfallen aussahen. Der Wagen brummte dahin, so schnurgerade, daß es schien, als wickle er die Straße in seinem Innern wie ein Band auf eine Spule auf.

Jetzt, etwa eineinhalb Kilometer vor ihnen, tauchte wie schimmerndes Silber das Meer in den Lücken zwischen den Häusern auf, die dem Bogen der staubigen Esplanade von Limani um die Bucht herum folgten. Gleich darauf, als der Wagen die Fahrt verlangsamte, um links einzubiegen, bemerkte Waterlow zu seinem Erstaunen eine Gruppe von Menschen, die einige Meter vom Straßenrand entfernt in der grellen Sonne standen. Er sagte Gunton, er solle stehenbleiben, und sprang hinaus, um festzustellen, worin die Attraktion bestand, die eine Gruppe von Müßiggängern in dieser glühenden Hitze hier festzuhalten vermochte. Arbeiter hatten die Unterkellerung für ein Haus ausgeschachtet und dabei offenbar einige menschliche Überreste ausgegraben – ein halbes Dutzend Skelette, die im gelben Staub lagen, und ihre Totenschädel grinsten zum heißen blauen Himmel aus einem eisernen Kragen hinauf, den der Rost mit der Zeit zu einem dünnen Metallfiligran zerfressen hatte, das kaum schwerer wog als ein Spitzenkragen. Waterlow winkte Gunton, er solle kommen und sich die Sache ansehen.

»Hui!« pfiff der kleine Chauffeur durch die Zähne. »Skeletters!«

»Dürften Sklaven aus dem Altertum sein«, murmelte Waterlow halb zu sich selbst, halb zur Belehrung.

»Sehr ungemütliche Stelle, um irgend jemand zu begraben«, bemerkte Gunton, indem er sich vom Anblick dieser fernen Todesfälle sachte wegdrückte.

»Ja, das denke ich mir schon seit längerer Zeit, Gunton.«

»Es reicht jedenfalls, damit es einem sogar bei dieser Mordshitze kalt den Rücken runterläuft.«

Der Wagen fuhr an dem großen Limani-Hotel vorbei mit seinem weit ins Meer hinausgebauten hölzernen Pier, auf dem die Menschen direkt am Rand des phosphoreszierenden Wassers die ganze Nacht lang aßen und tranken und aus den von Meeresfeuchtigkeit durchweichten Tischtüchern und Servietten die Illusion der Kühle bezogen. Einige hundert Meter hinter dem Hotel begann die

Straße einen steilen Felsenvorsprung hinanzusteigen, auf dessen Abhängen überall neue Villen mit mehr Geschwindigkeit als Anmut gebaut und mit mehr Protzerei als Bequemlichkeit eingerichtet wurden. Waterlow hatte sich hauptsächlich Crowders wegen bereit erklärt, hier hinauszuziehen; denn sein beleibter Stellvertreter hatte ungeachtet seiner ruhmreichen Beförderung zum Hilfszahlmeister der RNVR* und des Eintreffens einer Uniform aus England, in der er sich, als er sie in seinem Zimmer anlegte, wie Nelson vorkam, begonnen, in diesem Wetter allmählich zusammenzusacken. Außerdem fand Waterlow, wenn sein Nachfolger aus London eintraf, sollte man ihm die unerträgliche Hitze der Hauptstadt soweit wie möglich ersparen.

Die Villa, die Crowder für den Rest des Sommers beschafft hatte, war erst knapp zwei Jahre alt, was bedeutete, daß sie von Rechts wegen ungezieferfrei sein sollte, und sie stand in einem Garten, der von einer hohen Mauer eingeschlossen war.

»Was uns die Polizeispione vom Leibe halten sollte«, hatte Crowder grimmig erklärt.

»Aber nicht die Moskitos und Sandfliegen«, hatte sein Chef ihn gemahnt.

»Das ist in Ordnung, Sir. Warten Sie, bis Sie den Käfig in Ihrem Schlafzimmer gesehen haben. Ich sage Ihnen, der ist ein Fest.«

Als Waterlow den Drahtkäfig in Augenschein genommen hatte, der sein Bett gegen die Moskitos abschirmte, hatte er beipflichten müssen, daß der dicke Mann das neue Heim gut ausgesucht hatte.

* RNVR – Royal Naval Voluntary Reserve (Freiwilligen-Reserve der Königlichen Flotte)

»Marmorbad«, hatte Crowder gewichtig verkündet.

»Auch Wasser dazu?«

Der Dicke hatte ein besorgtes Gesicht gemacht. Er hatte vergessen, die Hähne zu probieren.

»So trocken wie der Steinbruch, aus dem dieser Marmor kommt, Sie Esel. Ich dachte mir schon, daß das passieren würde«, hatte der schweißtriefende Zyniker geknurrt.

»Vielleicht sind die Leitungen nur im Augenblick verstopft«, meinte der Dicke mit seinem üblichen reumütig abbittenden Optimismus.

»So wie Ihre Gehirnwindungen, als Sie dieses Haus gemietet haben!«

Es kam noch Ärgeres. Es stimmte zwar, daß der Drahtkäfig über dem Bett die Moskitos und Sandfliegen fernhielt; aber Waterlow wachte bereits in der ersten Nacht, die sie in dem Haus verbrachten, mit jenem brennenden Gefühl im Nacken auf, das das sattsam bekannte Vorspiel zu einer Schlacht mit Heerscharen von Wanzen ist. Er knipste das elektrische Licht an und beobachtete mit sprachlosem Staunen den Rückzug von mehr Wanzen, als er in all den vielen anderen Zimmern, die er in den letzten achtzehn Monaten bewohnt hatte, zusammen gesehen hatte – Wanzen von jeder Größe und Farbe, ältliche weibliche Wanzen in Krinolinen, ältere männliche Wanzen, dunkel wie Neger, halbwüchsige Wanzen, die glänzten wie polierter Ahorn, Kleinkinderwanzen, die wie unglaublich aktive, winzige Rubine aussahen, eine Horde dieser greulichen Geschöpfe der Dunkelheit, die sich eiligst aus dem sauberen, hellen Licht davonmachte.

»Bringen Sie mir meinen Hammer, Crowder«, hatte er in die nächtliche Stille hinausgebrüllt. Die ganze, zum

Ersticken heiße Nacht hatte er im grellen elektrischen Licht wachgelegen und gelauert, um jede Wanze, die aus den Sprüngen des Holzrahmens hervorlugte, an welchem das Drahtnetz festgenagelt war, noch flacher zu schlagen, als sie es abscheulicherweise ohnedies schon war. Am nächsten Tag war das ganze Zimmer mit Paraffin getränkt worden; aber Waterlow war noch kaum in erschöpften, paraffinbenebelten Schlaf gesunken, als die gleiche Reizung abermals wie Feuer seinen Nacken hinablief.

»Da sind mir noch immer die paar Sandfliegen lieber, denen es gelingt, durch die Maschen eines Moskitonetzes durchzuschlüpfen, sogar wenn sie mich zwischen die Zehen stechen«, hatte er zu Crowder gesagt. »Dieser Drahtnetzrahmen muß sofort abgerissen, in den Garten geschafft und verbrannt werden.«

Und Crowder hatte eine jener gefühlvollen Gesten der Unterwürfigkeit gemacht, von denen er nach lebenslänglicher Beschäftigung mit dem Süßholz-Anbau in der Levante annahm, daß sie die vorschriftsmäßige Zurkenntnisnahme eines Befehls darstellten.

»Ich hoffe nur, Ihr nächster Vorgesetzter wird Ihrem Schwachsinn ebenso nachsichtig begegnen wie ich«, hatte Waterlow gesagt und dabei seinen graumelierten, kraushaarigen Kopf geschüttelt, und ganz tief drinnen in seinen grauen Augen hatte ein Lächeln gesessen.

»Es ist schrecklich, der Gedanke, daß Sie weggehen, Kapitän W«, hatte der Hilfszahlmeister geseufzt. »Wenn Sie erst mal weg sind, werden diese verflixten Royalisten nicht mehr zu halten sein.«

Aber Waterlow sah im Geiste den in hellen Farben frisch gestrichenen Dreimaster-Kajik vor sich, der in einem geheimen, versteckten Hafen in Lemnos auf ihn wartete, und empfand nicht einmal Dankbarkeit für den Tränentropfen, der im Winkel von Crowders sanftem und feuchtem blauen Auge schimmerte. Bestimmt, ganz bestimmt würde die Mitteilung über seine Versetzung jeden Augenblick aus London eintreffen. Seit sie nach Limani hinausgezogen waren, war er jeden Morgen selbst hineingefahren, um die Telegramme von der Gesandtschaft zu holen. Und während der ganzen Rückfahrt im Wagen hatte er über den fünfstelligen Zahlengruppen auf diesen hauchdünnen und doch so gewichtigen Blättern gebrütet und versucht, aus 56431 – 27892 – 47621 – 39654 und so fort einen goldenen Satz wie diesen herauszulesen: Das Ersuchen des Vizeadmirals um Ihre Versetzung ist genehmigt worden. Sie werden sich unverzüglich nach Mudros begeben und sich bei Ankunft bei ihm melden. Hilfszahlmeister Crowder wird die verantwortliche Leitung übernehmen bis ...

Sobald er zum Lärm des elektrischen Propeller-Ventilators zurückgekehrt war, der über dem großen polierten Tisch im Arbeitsraum des Neuen Hauses mit den grünen Läden surrte, hatte er Crowder stets die Telegramme aus Kairo, Malta, Marseille oder Saloniki zum Entschlüsseln übergeben, aber die Telegramme aus London selbst vorgenommen und dabei die Langsamkeit und komplizierte Umständlichkeit der Geheimdienst-Chiffre verwünscht. Aber bisher war aus diesem Wirrwarr fünfstelliger Ziffergruppen nicht hervorgekommen, was mit dem so oft und so liebevoll in der Phantasie formulierten goldenen Satz irgendwelche Ähnlichkeit besaß. Statt seiner hatten die Telegramme nichts enthalten außer unbeantwortbaren Fragen über Leute mit unaussprechlichen Namen, die sich angeblich an einem unentzifferbaren Ort auf unwahrscheinliche Weise aufgeführt hatten. Vielleicht würde heute, dem ersten Tag, an dem er die Telegramme nicht selbst in der Gesandtschaftskanzlei abgeholt hatte, das Blättchen sich wenden. Vielleicht, dachte Waterlow, als er am hölzernen Tor der hohen Gartenmauer aus dem Wagen stieg, vielleicht ist Crowder in diesem Augenblick gerade dabei, den goldenen Satz, den sich sein Herz ersehnte, en clair hinzuschreiben.

»Entschuldigung, Sir«, sagte Gunton mit einem verlegenen Hüsteln.

»Was ist denn?« knurrte Waterlow ungeduldig, denn er konnte es nicht mehr abwarten, Crowders Neuigkeiten zu hören.

»Sie sagten doch, diese Skeletters wären Sklaven, nicht?«

»Wahrscheinlich. Deshalb sind sie mit diesen eisernen Halskrausen begraben worden.«

»Ich verstehe, Sir. Sie entschuldigen bitte, daß ich mir die Frage erlaube, aber es ging mir durch den Kopf, weil ich oft zu meiner Frau gesagt habe, ich lasse mich nicht wie ein Sklave behandeln. Deshalb, wie ich diese Sklaven gesehen habe, hat mich das interessiert, weil ich doch immer das Wort verwendet habe, so als Redensart, sozusagen. Irgendwelche Anweisungen für heute nachmittag, Sir?«

»Sechs Uhr wie üblich.«

»Entschuldigen Sie, Sir«, beharrte der kleine Chauffeur einigermaßen nervös. »Aber hätten Sie etwas dagegen, wenn ich meine Frau heute nachmittag mal rasch hinfahre, damit sie sich diese Skeletters ansehen kann. Ich glaube, das täte ihr gut.«

Waterlow lachte. Die Vorstellung, daß dieser komische, ausgemergelte kleine Cockney mit seiner dyspeptischen Nase mit einer prachtvoll überquellenden, leidenschaftlichen, rothaarigen Italienerin verheiratet war, belustigte ihn immer wieder.

»Ist Mrs. Gunton denn in letzter Zeit eifersüchtiger gewesen als für gewöhnlich?«

»Nicht mehr als sonst, Sir. Aber ich möchte nur gern, daß sie sich diese Skeletters mal mit eigenen Augen ansieht. Nicht, daß ich mich beklage, weil sie manchmal ein bißchen eifersüchtig ist. Schließlich und endlich, ist ja sehr angenehm zu wissen, daß man jemand eifersüchtig machen kann. Das sage ich mir immer, wenn sie ein bißchen zu widerspenstlich wird und losgeht und das Geschirr zertöppert. Trotzdem, ich möchte gern, daß sie mal sieht, was sie mit den Sklaven gemacht haben, ehe es dann mit der Zeit besser geworden ist.«

»Sie werden mir ja ein Philosoph, Gunton. Gut, fahren Sie Mrs. Gunton hin, damit sie sich die Skelette ansieht, und erzählen sie ihr die Geschichte von Sokrates und seiner Frau.«

»Sie meinen den Hilfsportier, den wir hatten, der Ihnen Ihre Pistole geklaut hat, wie es geheißen hat?«

»Nein. Ich meinte Ihren Philosophen-Kollegen.«

Der kleine Chauffeur legte die Hand an den Mützenschirm, und Waterlow ging weiter durch den Garten und ins Haus.

»Was um alles in der . . .?« rief er, als er das Arbeitszimmer betrat und Gesicht und Arme seines Mitarbeiters, dicklich und rosig wie ein Baby in seinem Taufkleidchen, aus einem Bettlaken herausschauen sah.

»Sie müssen mich schon entschuldigen, Kapitän W«, sagte Crowder verlegen. »Irgendwas muß ich schließlich anziehen, und in dieser Hitze ist das Ding hier das kühlste.

Außerdem habe ich den ganzen Tag auf einen gewissen Ort rennen müssen. Ich glaube, der liebliche Fisch, den wir gestern abend hatten, war ein bißchen altertümlich.«

»Haben Sie die Telegramme entschlüsselt?«

»Alles fertig«, sagte Crowder nervös. »Und wenn Sie mich jetzt bitte einen Augenblick entschuldigen wollen, Kapitän W, ich bin gleich wieder da.«

Er wartete die Antwort nicht ab, sondern schürzte sich seine Gewandung um den Leib und eilte aus dem Zimmer.

Waterlow warf dem Dicken einen scharfen Blick nach, während er sich an den Stapel Papiere setzte, der auf dem großen Tisch vor seinem Platz lag.

Er hatte den Einruck, daß Crowder wieder einmal einen seiner eiligen Rückzüge antrat, die immer ein Anzeichen dafür waren, daß irgend etwas nicht stimmte. Er ging die Telegramme aus den verschiedenen Nachrichten- und Abwehrstellen durch. Eine Anfrage aus Malta über eine Unstimmigkeit in der Schreibweise des Namens eines Verdächtigen. Malta war um den guten Ruf seiner revidierten Schwarzen Liste besorgt und wollte wissen, ob der Betreffende sich mit zwei ›p‹ und einem ›d‹ oder mit zwei ›d‹ und einem ›p‹ schrieb. Waterlow tauchte die Feder in die rote Tinte, die er sich für seine persönliche Verwendung vorbehielt. ›Antworten Sie, der Mann ist tot‹, schrieb er. Eine Anfrage aus Kairo: ›Wir bringen unsere Schwarze Liste auf den neuesten Stand und wüßten gern, ob Sie uns weitere Informationen über die Tätigkeit von Edward oder Edmund oder Edwin Dear geben können, dessen verdächtige Tätigkeit in Samos am 10. Januar 1915 gemeldet wurde. Dürfen wir um umgehende Antwort ersuchen?‹ Kairo war stets so ausnehmend höflich und jetzt ganz besonders, da es offenbar mit Malta Kopf an

Kopf im Rennen lag, wer seine revidierte Schwarze Liste zuerst herausbrachte. Waterlow schrieb mit roter Tinte: ›Edward Dear existiert nicht. Der Kanzlist des französischen Vizekonsuls in Vathy hörte zufällig, wie ein Mädchen Theodor Ascarides als Teddie Dear anredete. T. D. wurde als deutscher Agent unter dem Namen Teddie Dear gemeldet. Es hat sich nichts weiteres gegen ihn ermitteln lassen. Theodor Ascarides ist nach wie vor Dolmetscher beim 50. Armeekorps in Saloniki. Bitte meine vorausgegangenen Berichte und Kopien der Korrespondenz mit Alliiertem Hauptquartier Saloniki nachzulesen, die Ihnen vergangenen Januar übersandt wurden.‹

Waterlow fuhr fort, die Telegramme durchzugehen und seine Antworten in Stichworten aufzunotieren, soweit ihm dies möglich war – und es war ihm für gewöhnlich möglich –, ohne in den Akten und der Kartei nachsehen zu müssen, die sich im Zentralbüro in dem als Nummer Zehn bekannten Haus befanden. Dann nahm er das erste Telegramm aus London auf, und eine plötzliche Röte verlieh seinen sonngebräunten Wangen einen noch dunkleren Ton, als er las: ›Was ist über Queenie Walters bekannt, die vor drei Wochen in England einreiste und der Paßkontrolle in Southampton erklärte, sie fahre auf Besuch zu Mrs. Waterlow, wohnhaft West Lane, Galton, Hants? Ihr Benehmen erregte Verdacht, aber Mrs. Waterlow hat auf Anfrage der Polizei erklärt, sie sei Ihre Mutter. Bitte bestätigen.‹

Waterlow wünschte die als MI 5 bekannte Abteilung des Abwehrdienstes des Kriegsministeriums zum Teufel – eine Bande von unfähigen G'schaftlhubern, mußte er denken –, obwohl er in einem weniger verärgerten Augenblick bereitwillig zugestanden hätte, daß MI 5 noch die weitaus am wenigsten untüchtige Manifestation des Militärverstandes war, welche der Krieg bisher hervorgebracht hatte, daß es sogar in Wahrheit ein sehr fähiger und tüchtiger Laden war. Dann kritzelte er eine hastige Antwort:

›Persönlich von W an X

Ersuche Sie ernstlich darum, M I 5 zu informieren, daß ich nicht die Gewohnheit habe, ohne vorherige Verständigung verdächtige Personen von hier nach England zu schicken. Mrs. Waterlow ist meine Mutter. Queenie Walters hat unserer Organisation sehr große Dienste erwiesen. Ihr Telegramm XW 354 scheint Zweifel an meiner Befähigung anzudeuten, das hiesige Büro zu leiten. Ich habe bereits mehrmals darum ersucht, von meinem hiesigen Posten enthoben und der Flotte für Sonderaufgaben zurückgestellt zu werden. Bitte Sie, sich persönlich dafür einzusetzen, daß meine Versetzung zum frühest möglichen Zeitpunkt erfolgt.‹

Als er die letzten Worte seiner Antwort niederschrieb, fiel sein Blick auf das nächste Telegramm aus London:

›Persönlich von X an Waterlow

Bedaure, unmöglich, Sie zu ersetzen. Vizeadmiral ist verständigt worden, daß Sie unentbehrlich sind. Zähle darauf, daß Sie bisherige hervorragende Arbeit fortführen, und habe nachdrückliche Empfehlung für Ihre Beförderung eingereicht.‹

Waterlow zwinkerte, als habe er einen Schlag ins Gesicht erhalten. Dann zündete er ein Streichholz an und legte Feuer an das Telegramm, dessen Sätze wie Gold hätten leuchten sollen und das jetzt, so dünn und leicht es auch scheinen mochte, als er es über den großen Metallbehälter hielt, in dem all sein verbranntes Ausschußpapier landete, ihm schwer wie Blei in der Hand wog. Es bestand keine Notwendigkeit, eine Kopie dieses Telegramms in den Akten abzulegen.

Jetzt würde also ein anderer den bunt gestrichenen Dreimaster-Kajik bekommen. Ein anderer würde eines Nachts aus dem geheimen Hafen in Lemnos auslaufen und vor dem Nordwind dahinsegeln, vorbei an den Olivenhainen von Mitylene und den narbenzerklüfteten Höhen von Chios und den drachengrünen Schluchten der Berge von Samos. Ein anderer würde dieses tanzende dunkelblaue Meer mit seinen vielen Inseln durchstreifen. Ein anderer würde die Küste Siziliens unsicher machen und zum Gipfel des Ätna hinaufblicken, der wie ein rosiger Federbusch über dem dunkleren Zwielicht da unten schwebte. Ein anderer würde sich zwischen Syrakus und Matapan herumtreiben und dann sich von Matapan nach Ithaka hinaufpirschen. Ein anderer würde vielleicht ein geschlagenes Jahr in diesem Kajik auf See bleiben und in tiefster Nacht neu verproviantiert werden und jede zweite Woche einen neuen, anderen bunten Anstrich erhalten. Und ein anderer würde eines atemberaubenden blaßblauen Morgens mit klopfendem Herzen ein Unterseeboot beobachten, das sich in verdächtiger Weise näher und näher heranmachte, bis plötzlich die Flagge der britschen Kriegsflotte – das rote Kreuz auf weißem Grund – gehißt wurde und die verborgenen Geschütze endlich sprechen konnten. Ja, einem anderen würde diese überwältigende, herrliche Viertelstunde zuteil werden. Waterlow schien es in einer Art Verzweiflungsschwäche, als habe er wahrscheinlich überhaupt noch gar nicht richtig begriffen, wie schauerlich enttäuscht er tatsächlich war. Er rief mit dröhnender Stimme nach Crowder.

»Komme, Sir! Komme sofort!« Der dicke Mann kam schlotternd und schlitternd in seinem Bettlaken hereingetorkelt. Er sah aus wie ein Varietékomiker, der einen heidnischen Druiden-Priester spielt.

»Chiffrieren Sie diese Antworten hier.«

»Jawohl, Sir.«

Crowder beäugte nervös seinen Chef. Er überlegte, was er sagen solle: daß er froh sei oder daß es ihm leid tue? Schließlich platzte er heraus:

»Schauen Sie, Kapitän W, es hat ja doch nicht den mindesten Sinn, daß ich so tue, als wäre ich nicht erleichtert gewesen über das Telegramm aus London. Sie sind der richtige Mann am richtigen Ort. Und ich sage es Ihnen ehrlich von der Leber weg, wenn Sie gegangen wären, hätte ich es hier mit jemand anderem nicht ausgehalten. Jawohl, Sie wären auf hoher See geschwommen, aber ich frage Sie: Wäre nicht auch diese verdammte Organisation hier hoffnungslos geschwommen?«

»Schönen Dank, Crowder. Aber ich brauche keinen Balsam auf meine Wunde. Ach, und übrigens, geben Sie mir das Telegramm wegen Queenie noch mal zurück. Ich will den ganzen letzten Teil über meine Versetzung wegstreichen.«

Crowder reichte ihm eines der Telegramme.

»Das ist es doch nicht, Sie Esel. Augenblick mal, was ist denn das überhaupt? Das muß ich übersehen haben. Was ist denn das?«

›1. Wir erfahren aus zuverlässiger Quelle, daß Demetrius Sophiano, der bisherige Attaché in Berlin, wenn er nächste Woche über die Schweiz und Italien zurückkehrt, unter seiner dienstlichen Korrespondenz auch einen wichtigen persönlichen Brief bei sich haben wird. Dies zu Ihrer

Information. Es darf nichts unternommen werden, was die diplomatische Immunität verletzen könnte.

2. Aus derselben Quelle hören wir, daß starker Druck auf den König ausgeübt wird, der Entente den Krieg zu erklären und gleichzeitig mit dem österreichisch-deutschen Vormarsch von Monastir aus Saloniki in voller Stärke im Rücken anzugreifen.‹

Waterlow sah Crowder an.

»Das klingt wie eine Aufforderung, uns Mr. Sophianos Briefe zu verschaffen«, sagte er.

»Machen wir«, sagte Crowder, als sei es ein Kinderspiel, einen Diplomaten seiner amtlichen Korrespondenz zu berauben, ja in der Tat, als sei er gewillt, unverzüglich selbst, wie er da war in seinem Bettlaken, hinauszueilen und den Auftrag zu erledigen. Waterlow lehnte sich in seinen Drehsessel zurück und dachte nach.

»Tippen Sie mir eine umschreibende Inhaltsangabe dieses Telegramms in dreifacher Ausführung, Crowder«, wies er ihn an. »Ich möchte dem Marineattaché und vielleicht auch den Franzosen einen Durchschlag geben.«

Ja, dachte er und kippte sich in seinem Sessel zurück, während Crowder sich mit gefurchter Stirn und verdutzt vorstehender Zunge der Aufgabe widmete, das Telegramm in einer so anders gearteten Formulierung umzuschreiben, daß die Chiffre unter keinen Umständen gefährdet war. Er sah wie ein stämmiger kleiner Junge bei der Abfassung eines Schulaufsatzes aus. Ja, dachte er, vielleicht hatte der gute alte X ihm mit der Nachricht über Sophiano eine Trost- und Beschwichtigungspille wegen der U-Bootfalle verabreichen wollen. Er ließ mal bestimmt sehr vorsichtig durchblicken, daß ein Anschlag auf Sophianos Korrespondenz unternommen werden solle.

Es sah so aus, als wachten sie zu Hause allmählich auf und fingen an zu begreifen, was hier draußen gespielt wurde. Das Gefühl der Fruchtlosigkeit und Vergeblichkeit seiner Arbeit, das Waterlow seit so vielen Monaten bedrückt hatte, begann ihn zu verlassen. Ja, natürlich, der liebe gute alte X hatte sein Telegramm so formuliert, daß er selbst auf keinen Fall die Verantwortung für einen Fehlschlag zu übernehmen hatte, aber jedem, der seine Methode kannte, war es offenkundig, daß er hoffte, es werde sich ein Coup bewerkstelligen lassen. Er hatte lediglich gesagt, die diplomatische Immunität dürfe nicht verletzt werden. Er hatte nicht gesagt, daß nichts unternommen werden dürfe.

Soso – Tom Tiddler* beabsichtigte also tatsächlich, in den Krieg einzutreten. Nun, die Franzosen schworen bereits seit einem halben Jahr, daß er darauf hinsteuere. Sie hatten Tag um Tag Warnungen an General Sarrail** geschickt, dem sich bei der Vorstellung einer Truppenkonzentration in Larissa und eines zusammengefaßten Großangriffs im Rücken jedes Haar seines Schnurrbarts einzeln gesträubt hatte wie bei einem Stachelschwein und eine Gänsehaut nach der anderen über den Rücken gelaufen war. Wahrscheinlich veranlaßte das unmittelbar bevorstehende Eingreifen Rumäniens die Deutschen jetzt zum Äußersten. Wenn Tom Tiddler ihnen überhaupt je noch etwas nützen sollte, dann war jetzt der Augenblick gekommen, ihn aufzufordern, sich nützlich zu machen.

* Tom Tiddler – eigentlich Däumling; Tom Tiddler's Ground: englisches Kinderspiel, in dem ein Gebiet, das einem der Spieler, genannt Tom Tiddler, gehört, eingegrenzt wird und in das die übrigen Kinder eindringen, um dort Gold und Silber einzusammeln; im übertragenen Sinn ein Niemandsland, in dem man tun kann, was man will, besonders in dem man sich ungestört bereichern kann, ein ›umstrittenes Gebiet‹ zwischen zwei Staaten.

** Maurice Paul Emmanuel Sarrail (1856–1929), französischer General, Oberbefehlshaber der Alliierten Streitkräfte im Osten (Saloniki), 1915–1917.

»Kommen Sie schon, Crowder, haben Sie denn die Umschrift noch nicht fertig getippt?«

Der Dicke reichte sie seinem Chef mit zwei Durchschlägen über den Tisch.

»Und jetzt hören Sie zu. Rufen Sie den Marineattaché an, und sagen Sie ihm, ich werde ihn um sieben Uhr in der Gesandtschaft aufsuchen. Verständigen Sie den Hexenmeister, daß er mir um zehn Uhr wahrsagen muß. Ich lege mich jetzt zu einem Nachmittagsschläfchen hin. Nikko soll mich um halb sechs Uhr mit einer Tasse Kaffee wecken, und Sie selbst halten sich bereit, mit mir nach Nummer Zehn hinunterzufahren.«

Nachdem Waterlow zu seiner Siesta entschwunden war, schüttelte Crowder erleichtert den Kopf. Daß der Chef sich wieder der Notwendigkeit eines Nachmittagsschlafs ergab, war ein Zeichen dafür, daß er sich damit abgefunden hatte hierzubleiben. Seit man ihm damals mit dem Angebot der getarnten U-Bootfalle so große Hoffnungen gemacht hatte, hatte er sich geweigert, sein Leben so zu führen, wie ein vernünftiger Mensch es bei einer Temperatur von 110 Grad Fahrenheit führen sollte. Er schien zu glauben, er sei nur noch so kurze Zeit hier, daß es nicht mehr darauf ankomme, was er tat.

»Sich zwei Stündchen ordentlich aufs Ohr legen ist genau das, was er braucht und wir anderen ebenfalls. Nach einem Schläfchen chiffriere ich diese dämlichen Telegramme in der halben Zeit.«

Bald darauf schlief jedermann im Neuen Haus tief und fest. Waterlow lag oben in seinem Schlafzimmer nackt unter dem Baldachin eines Moskitonetzes und schlief. Crowder lag nackt unter einem anderen Moskitonetz und schlief ebenfalls. Nikko, der dicke, große anatolische

Portier, saß mit dem Rücken an das Gartentor gelehnt und schlief. Aphrodite, das schielende Mädchen für alles aus Smyrna, lag bis auf Unterhemd und Strümpfe entkleidet auf einem Strohsack in einer Ecke der Küche und schlief. Stravo, der kleine levantinische Waisenjunge, der Laufbursche in Nummer Zehn gewesen und zu Waterlows persönlichem Burschen befördert worden war, schlief in seinem Verschlag unter der Treppe.

Alle Welt schlief in Limani an diesem brütendheißen Nachmittag. Kein Laut war zu hören außer dem Ratschen der Zikaden in den staubigen Bäumen und dem dünnen Hupen eines beharrlichen Moskitos, der unermüdlich auf und ab tanzte, um ein Loch in dem Netz zu finden, das Crowders appetitanregende Nacktheit behütete.

2

Korvettenkapitän Williamson streckte in seinem kleinen Zimmer in der Britischen Gesandtschaft seine langen Beine von sich, fuhr sich mit der Hand durch einen Haarschopf, der mehr zottige Enden aufwies als bei Marineoffizieren üblich ist, strich sich die große, schnabelartige Nase und sagte schließlich zu Waterlow:

»Tut mir leid, alter Junge, aber ich sehe nicht recht, wie das zu machen wäre. Mein Alter würde einen Mordskrach machen, wenn auf meine Anregung hin einer von unseren Torpedoboot-Zerstörern einen neutralen Passagierdampfer anhält und einen neutralen Diplomaten hoppnimmt, der die offizielle Korrespondenz seiner Gesandtschaft bei sich führt.«

Waterlow runzelte die Stirn.

»Ich sehe nicht, was der DID* mit der Sache zu tun haben soll. Wenn der Vizeadmiral auf Grund Ihrer Informationen Maßnahmen ergreift, dann wird die Sache damit zu seiner Angelegenheit.«

Der Marineattaché strahlte Waterlow an, als wolle er ihm so herzlich, wie er nur irgend konnte, versichern, daß er auf solche Haarspalterei nicht hereinfallen werde.

»Angenommen, ich nähme es auf mich, den Vizeadmiral zu ersuchen, Sophie-wie-heißt-er-noch-gleich auf hoher See festzunehmen und ihm seine Papiere wegzunehmen, dann würde die Regierung hier in ein heilloses Gezeter ausbrechen, und zu Hause würde das halbe Außenministerium Whitehall hinunterrennen, um die Jungens im Marineministerium zu fragen, was eigentlich in die Flotte gefahren sei, und dann würde der DID vom Marineminister eine Zigarre bekommen, und ich würde vom DID eine Zigarre bekommen, und Sir Frederick würde vom Ständigen Unterstaatssekretär eine Zigarre bekommen, und Sie würden von mir sogar zwei Zigarren bekommen, Sie alter Pirat. Und außerdem würde Ihr Alter Ihnen noch eins verpassen. Sie sehen doch, was er sagt: Keine Verletzung der diplomatischen Immunität.«

»Ja, aber Tom Tiddler würde eins verpaßt bekommen, wenn sich in Sophianos Aktentasche etwas befindet, was ihn in Verbindung bringt mit . . .«

»Mein lieber Mann«, unterbrach ihn Williamson, »sogar wenn ein persönliches Handschreiben vom Kaiser an TT dabei wäre, würde es nicht notwendigerweise TT belasten oder hineinziehen. Und ich glaube nicht, daß ein Eingriff in eine Königliche Korrespondenz zu Hause

* DID – Director of Intelligence Division (Direktor der Abwehr-Abteilung)

besonders gern gesehen wäre, ganz gleich, was sie enthält.«

»Dies ist wirklich ein Charlie-Chaplin-Krieg«, seufzte Waterlow.

»So ist es, mein Junge«, pflichtete ihm der Marineattaché bei. »Soll ich Ihnen erzählen, was mir passiert ist? Als ich auf der Incontrovertible torpediert wurde, bin ich an Land gewatet, und alles, was ich noch besaß, war der Lederriemen meiner Armbanduhr. Natürlich habe ich auf Schadenersatz für meine ganze Ausstaffierung eingereicht. Vor ungefähr einem Monat wird die Uhr selber an Land gespült und von jemand aufgelesen, und soeben bekomme ich eine Verständigung vom Marineministerium, daß sie mir von meinem nächsten Sold fünf Pfund abziehen und wohin sie mir die Überreste schicken sollen? Irgendein Bücherrevisor, der sich mal richtig ins Zeug gelegt hat. Was sagen Sie dazu? Wenn das nicht die größte Schäbigkeit des ganzen Krieges ist, dann weiß ich nicht. Und Sie lassen sie nicht auf See gehen? So ein Pech. Ich habe in einem privaten Brief mein Bestes für Sie getan.«

»Davon bin ich überzeugt. Aber falls die Dinge hier ein bißchen lebhafter werden sollten, dann wird es mir nicht soviel ausmachen. Tut mir leid, daß Sie bezüglich dieses Telegramms nicht mit mir zusammen etwas unternehmen wollen.«

»Ich würde Ihnen liebend gern den Gefallen tun, Pirat. Aber es ist ganz einfach nicht zu machen.«

Waterlow stand auf, um zu gehen. In der Tür zögerte er einen Augenblick. Er überlegte, ob er Williamson sagen solle, daß er mit dem Gedanken umgehe, die Franzosen aufzufordern, die Sache mit Sophianos Depeschen in die Hand zu nehmen. Williamson war ein so guter Kamerad, daß es ihm ehrlich widerstrebte, irgend etwas in der Art einer Flottenoperation zu riskieren, ohne ihn vorher ins Vertrauen gezogen zu haben. Es verstand sich natürlich von selbst, daß ihm Marineoffiziere lieber waren als Heeresleute. Vielleicht mochte er sie noch besonders gern, weil er sich seine eigene Flottenkarriere so versaut hatte. Aber es war außerdem etwas grundlegend Anständigeres an ihnen, fand er. Ihre erzkonservative Einstellung und ihre Bigotterie waren in Wahrheit eine jungenhafte Unkenntnis der Welt, die ihnen durch ein System erhalten geblieben war, das ihnen niemals erlaubte, erwachsen zu werden und mit ihrem eigenen Kopf zu denken; es war nicht die engstirnige militärische Unfähigkeit, sich irgendeine Welt vorzustellen außer der kleinen engen Welt, mit der der durchschnittliche Armeeoffizier in Berührung kam.

»Was halten Sie wirklich von der Lage hier draußen, Williamson?« fragte er, indem er in der Tür innehielt.

»Sie sind mir aber ein komischer Vogel, Pirat!« rief der andere. »So eine Frage zu stellen, während Sie schon die Türklinke in der Hand haben. Kommen Sie wieder herein, und setzen Sie sich, wenn Sie wirklich ernsthaft reden wollen.«

Waterlow nahm wieder auf der anderen Seite des Schreibtisches Platz.

»Schauen Sie«, begann er in allem Ernst. »Was wollen wir eigentlich? Unterstützen wir Diamantis, oder geht es uns hauptsächlich darum, Tom Tiddler auf dem Thron zu halten? Wollen wir, daß diese Leute hier auf unserer Seite mitmachen, oder wollen wir es nicht? Liegt uns ein Pfifferling daran, ob die Franzosen hier draußen die ganze Sache an sich reißen, oder nicht? Haben wir mal darüber nachgedacht, welches Spiel die Italiener eigentlich spielen, oder nehmen wir noch immer an, daß Italien überhaupt nicht mitzählt, außer als eine mäßig amüsante Beschäftigung für die Österreicher? Hat Sir Edward Grey eine Politik, oder hat er nur ein paar vage Vorstellungen von Europa, die noch aus seiner Schulzeit stammen? Soll die Saloniki-Unternehmung ernst genommen werden, oder nicht?«

»Der Gesandte hat Ihnen doch das Aide-mémoire gezeigt, das neulich an Sarrail gesandt worden ist, oder?«

»Das, worin er daran erinnert wird, daß wir uns zur Entsendung von Truppen nach Saloniki nur unter der ausdrücklichen Voraussetzung bereit erklärt haben, daß von ihnen nicht verlangt wird, an einer Offensive teilzunehmen? Ich bitte Sie, wenn wir Sarrail als General die Hände binden, wie können wir dann von ihm erwarten, daß er nicht den Politiker spielt?«

»Richtig. Richtig. Aber so ist das nun mal, mein Junge, und Sie und ich werden es nicht ändern.«

»Aber angenommen, die Franzosen haben recht und TT beabsichtigt tatsächlich, mit den Deutschen zu gehen?«

»Er spielt möglicherweise mit dem Gedanken, aber ich glaube nicht, daß er ein solches Rindvieh wäre, wirklich etwas zu tun. Mein Gott, wir würden doch keine drei Wochen brauchen, um ihn auszuhungern.«

»Da bin ich nicht so sicher. Die Ernte ist eingebracht, und dann werden alle für eine Blockade zur Verfügung stehenden Schiffe womöglich damit beschäftigt sein, die Reste der Saloniki-Truppen einzuschiffen.«

»Das Thermometer macht Sie ein bißchen pessimistisch, nicht?«

»Trotzdem«, seufzte Waterlow, »bin ich der Ansicht, daß es die Mühe wert ist, herauszubekommen, was Tom Tiddlers Pläne und Absichten sind.«

»Mein lieber guter alter Freund, glauben Sie denn auch nur einen Augenblick lang, daß er es selbst weiß?«

»Aber dieses Telegramm aus London sieht doch sehr so aus, als fingen sie an, sich über die Möglichkeit Sorgen zu machen, daß er gegen uns in den Krieg eintritt.«

»Gut, warum gehen Sie nicht zum Gesandten und reden mit ihm darüber?«

Waterlow sprang erregt auf.

»Es hat keinen Zweck, daß ich mit ihm rede, ehe ich nicht etwas Bestimmteres und Genaueres in der Hand habe. Hätten Sie etwas dagegen einzuwenden, wenn ich . . .«

Aber es blieb Waterlow keine Zeit, seine Frage auszusprechen, denn in diesem Augenblick trat Scrutton, der Portier der Gesandtschaft, ins Zimmer, um mitzuteilen, daß der französische Marineattaché dringend Korvettenkapitän Williamson zu sprechen wünsche, und ihm folgte auf den Fersen der Comte De Caux in Person.

»Ah-ha! Comment vous portez-vous, mon capitaine?« rief Williamson mit stürmischem Überschwang seinem eintretenden Kollegen zu. Und während die beiden Flottenvertreter Großbritanniens und Frankreichs einander die Hände schüttelten, mußte Waterlow still in sich hineinlachen bei dem Gedanken, daß jeder den anderen für einen kolossalen, ja geradezu grandiosen Witz hielt. De Caux' Englisch war noch schlechter als Williamsons Französisch, wenn das überhaupt möglich war, aber selbst wenn jeder die Sprache des anderen fehlerlos beherrscht hätte, wären sie dem gegenseitigen Verständnis nicht um ein Jota näher gewesen. Williamson behandelte De Caux wie jemand, mit dem man pflichtschuldigst ein lustiges Gesellschaftsspiel zu spielen hat, und De Caux behandelte Williamson, wie man mit einem Geisteskranken umgeht, den man pflichtschuldig bei guter Laune zu halten hat.

Der blonde kleine Franzose spielte im diplomatischen Corps die Rolle eines unruhigen, intelligenten, eigenwilligen und schlecht abgerichteten Foxterriers in einem Privathaus. Er knurrte und zerrte an den Kissen des Vorrangs und Vortritts herum; er hob das intellektuelle Bein an den altmodischen, auf Hochglanz polierten Möbelstücken der Verfahrensweise; er zerkaute die Fußknöchel des pedantisch-heiklen und aufgeblasenen Monsieur Lolivrel, seines eigenen Gesandten; er sprang allen anderen Gesandten gegen die weiße Hemdbrust, ja sogar gegen die besonders makellos gestärkte Sir Frederic Ovendens, und besprenkelte sie mit den Abdrücken seiner schmutzigen Pfoten; er schoß unvermittelt auf die Straße hinaus und schnappte nach sämtlichen Vorübergehenden; er schleppte die halbverfaulten Knochen von Informationen und anderen Unrat nach Hause und legte sie Monsieur Briand und anderen Mitgliedern der französischen Regierung zu Füßen; er erbrach plötzlich auf dem peinlich sauber gekehrten diplomatischen Teppich einen Haufen unverdauter Tatsachen, und er hatte die Angewohnheit, stundenlang auf den Treppenstufen der Französischen Botschaft zu sitzen und ins Blaue hinein zu bellen.

Gleichzeitig war er aber auch ein lustiger kleiner Hund und ein trefflicher Rattenfänger, falls es irgendwelche Ratten zu fangen gab, und obwohl er sich häufig einbildete, es seien Einbrecher im Haus, wenn gar keine da waren, wäre er doch, ohne einen Augenblick an sich selbst zu denken, sofort als erster auf jeden wirklichen Einbrecher losgegangen. Er war einen oder zwei Monate nach der Orient-Armee hier eingetroffen, die hauptsächlich aufgestellt worden war, um General Sarrail daran zu hindern, in Frankreich Unzuträglichkeiten zu stiften, und es war alsbald offenkundig, daß er das Ohr wichtiger politischer Persönlichkeiten daheim, unbegrenzte Geldmittel zu seiner Verfügung und eine klare und eindeutige Politik in seinem Felleisen hatte. Er hatte sich mit einer Anzahl rangjüngerer Marineoffiziere im Französischen Archäologischen Institut eingerichtet, und es war eine von Waterlows ersten Aufgaben gewesen, sich das Vertrauen dieser neuen Organisation zu erwerben, so daß er jederzeit in der Lage war, seine eigenen vorgesetzten Dienststellen über die französischen Pläne informiert zu halten.

Er hatte das Hauptbüro im Französischen Institut nur einmal aufgesucht und ein wenig neidvoll geseufzt, als er das reichhaltig ausgerüstete Personal in diesem kühlen Haus gewahrte, mit den schattenspendenden Zypressen im Garten, den Bruchstücken antiker Marmorskulpturen und Fotografien klassischer Orte und Landschaften und seiner leicht vorwurfsvollen Miene, die daran erinnerte, daß es einer Welt akademischer Ruhe und Stille, einer älteren und lieblicheren Welt angehörte. Alle diese Statuen und Bäume und diese ganze klösterliche Behausung genügten schon, um einen neidisch zu machen; aber daß diese Leute außerdem noch so viele Schreibmaschinen und Autos und Büroangestellte und zweifellos auch so viele Geldmittel hatten, wie sie brauchten oder haben wollten, war beinahe mehr, als der Chef eines darbenden, mit ausgesuchter Knickrigkeit versorgten englischen Abwehrbüros ertragen konnte. Immerhin, sagte sich Waterlow, hatte er auf jeden Fall einen Vorsprung von neun Monaten vor den Franzosen, und mit den Früchten dieser neun Monate hatte er sich Gunst und Wohlwollen dieser neuen und reichbemittelten Organisation erkauft. Nicht, daß er mit De Caux selbst viel in Berührung gekommen wäre. Er bellte hauptsächlich; das Beißen besorgte Monsieur Mortier, der Spionage, Gegenspionage, Propaganda und was sonst zur praktischen Seite der Tätigkeit des französischen Marineattachés gehörte, unter sich hatte.

Waterlow hatte Mortier nicht im Französischen Institut, sondern eines schönen Winternachmittags in Williamsons Büro kennengelernt und sich unverzüglich erboten, ihm sein ganzes, in neun Monaten zusammengetragenes Material über die unterirdische Betätigung des Feindes zur Verfügung zu stellen. Sein ›Gegenüber‹ war noch am gleichen Abend in Nummer Zehn erschienen, um sich dieses Angebots zu bedienen, und die beiden äußerlich und innerlich so grundverschiedenen Männer waren Freunde geworden. Mortier hätte als der echte Franzose, wie er wirklich ist, gelten können, so wie De Caux der Franzose war, wie der Engländer ihn sich vorstellt. Rein äußerlich, der Erscheinung nach, war er klein und unansehnlich, mit jener graublassen Hautfarbe, welche die Angelsachsen für den Beweis schmuddliger Ungewaschenheit halten. Ein borstiger kleiner Schnurrbart, ein Paar leuchtender Augen unter langen Wimpern, dunkles, kurzgeschnittenes und steil hochgebürstetes Haar, feinfühlige Hände, stets schwarz gekleidet, wie heiß es auch sein mochte, stets präzis in seiner Ausdrucksweise, wie erregt er auch sein mochte, und stets höflich korrekt in seinen Gesten, ungeachtet aller unverschämten Anmaßung seiner Zunge – das war Monsieur Mortier.

Er war von Beruf Ingenieur und hatte zu Beginn des Krieges in einer der großen Marine-Munitionsfabriken gearbeitet, wo De Caux ihn herausgeholt und ihm die Weisung erteilt hatte, die hiesige Lage im Interesse seines Landes und seiner politischen Partei nach Kräften zu untergraben. Seine Belohnung werde die Ehrenlegion sein, deren rotes Bändchen einem kleinen Mann, der so auf dunkle Gewandung und dunkle unterirdische Machenschaften versessen war, wie eine ganze Welt lebhafter Farben vorkommen mußte.

»Eher eine kleine Ratte, finden Sie nicht?« hatte General Buckworth, der Militärattaché, einmal zu Waterlow bemerkt, und Waterlow hatte dieses große ungefüge Lebewesen betrachtet, das mit seiner röchelnden Schnarchstimme diese verächtliche Kritik von sich gegeben hatte, und plötzlich war ihm klargeworden, warum die Ratten imstande waren, sich zu einer solchen Menschheitsbedrohung zu machen.

Und jetzt, während die beiden Marineattachés einander in die Rippen stachen und übertrieben dröhnend über ihre beiderseitigen Witze lachten, trat Monsieur Mortier selbst ins Zimmer. Seine hellen Augen lächelten Waterlow zu; seinem Chef gegenüber war er kalt ehrerbietig, Williamson gegenüber von sarkastischer Höflichkeit. Nachdem das Rippenstechen vorüber war, erläuterte De Caux, er habe Mortier mitgebracht, damit er ihm bei seinem schlechten Englisch aushelfe, und fügte mit einer Verneigung in Waterlows Richtung hinzu, wenn er gewußt hätte, daß Monsieur Waterlow zur Hand sei, hätte er sich selbstverständlich mit Vergnügen auf sein Französisch verlassen.

Mortier trat vor und erklärte auf englisch – das zwar

fließend war, aber Williamson, der wie die meisten Artillerie-Spezialisten ein wenig taub war, doch beträchtlich überforderte –, der Vizeadmiral in Mudros habe infolge eines ›malentendu‹ aus Lemnos zwei französische ›agents‹ ausweisen lassen, die damit befaßt seien, Informationen aus der Türkei zu beschaffen.

»Augenblick mal, das habe ich nicht ganz mitgekriegt«, sagte Williamson, indem er die Hand hob und seine verdutzten Ohren anstrengte. »Adjunkte wovon?«

»Agenten, Agenten«, warf Waterlow rasch ein. »Mortier möchte, daß Sie dem Vizeadmiral telegrafieren, die beiden Leute, die er aus Lemnos hat ausweisen lassen, arbeiteten für Kapitän De Caux.«

»Ich verstehe«, sagte Williamson und grinste seinem Kollegen freundlich zu. »Die Jungen sind in Ordnung, wie? Mais la seule chose un peu annoyant – vous me comprenez . . .«

»Oui, oui, je comprends bien«, knurrte De Caux ungeduldig, denn sein Kollege machte mit seinem Französisch reichlich viel her.

Aber Williamson lächelte mit unerschütterlichem Wohlwollen weiter und hielt mit seinen Maschinen auf langsamster Fahrt unbeirrt an seinem Kurs fest.

»La seule chose est que – que l'amiral refuse avoir – wie heißt ›irgendein‹, alter Freund?« Die Frage war an Waterlow gerichtet, der ihm aushalf. »Natürlich, aucun . . . oui, l'amiral refuse avoir aucun agent, vous comprenez, il refuse avoir ces agents absolument. Il est très contre les agents. N'est pas que je parle le verité, Waterlow? Il refuse avoir les agents de Waterlow dans l'île de Lemnos. Alors, je suis très misérable, mais je ne poux pas – ich meine natürlich peux pas . . . vous me comprenez . . . je ne peux pas vous assister. C'est beaucoup regrettable, mais mes mains . . . vous comprenez . . . mais mes mains sont absolument gebunden – was heißt gebunden? Ach, ich bitte Sie, erklären Sie ihm doch, daß ich leider nicht viel machen kann!« Waterlow tat daraufhin sein Bestes, um den offensichtlich ungläubigen und aufgebrachten kleinen Mann davon zu überzeugen, daß der englische Admiral nicht einmal ihm selbst gestattete, Lemnos als Spionage-Zentrale zu verwenden.

»Mais cet amiral est un espèce d'imbécile, mon ami!« prustete der französische Marineattaché hervor. »Mais oui, c'est idiot! Tun wir machen ein Krieg oder tun wir machen ein Garnichts?«

Williamson strahlte seinen wütenden Kollegen an, lehnte sich über den Tisch und klopfte ihm mitfühlend auf die Schulter.

»Ne vous perdrez votre – votre – ich meine, es läßt sich nun mal nicht ändern. C'est beaucoup annoyant, mais nous sommes toute dans le même bateau, vous comprenez. C'est un ordre qu'il a fait.«

Aber De Caux wollte sich nicht beruhigen lassen. Er zupfte an seinem blonden Schnurrbart. Er schlug sich mit der geballten Faust gegen die Stirn; er sprang auf und schüttelte die Faust gegen die Zimmerdecke; er hieb mit ihr auf die Tischplatte. Währenddessen saß Mortier mit blitzenden Augen da und biß sich auf die Lippen.

Schließlich fiel Williamson, der schon an der Entente cordiale zu verzweifeln begann, das Telegramm aus London ein.

»Hören Sie«, sagte er zu Waterlow, »fragen Sie doch Kapitän De Caux, ob er meint, daß sich wegen der Korrespondenz dieses Vogels irgendwas machen läßt?

Erklären Sie ihm, daß ich mich nicht traue, unseren Alten zu bitten, etwas zu unternehmen, aber sagen Sie ihm, vielleicht könnte er seinen Alten dazu kriegen, etwas zu tun.«

Waterlow ließ es sich nicht zweimal sagen. Zwei Minuten später herrschte wieder Frieden und Eintracht unter den Verbündeten. Angesichts der Möglichkeit, den König belasten zu können, vergaß De Caux seine beiden schlecht behandelten Agenten vollständig und gab sogar zu, daß sie in diesem Fall nicht zu brauchen seien und bisher noch nicht eine einzige nützliche Tatsachenangabe über den Feind beigebracht hätten.

»Deux crétins«, erklärte er.

Mortier nickte beistimmend.

»Wenn Ihr Admiral sie erschießen läßt, mir ist es gleich!« erklärte De Caux freigebig.

»Pour moi aussi«, fügte Mortier hinzu.

»Ich habe Ihre Erlaubnis, diese Information an General Sarrail zu telegrafieren?« fragte De Caux.

»Alles, was Sie wünschen, alter Junge, alles, was Sie wünschen«, versicherte ihm Williamson und blickte huldvoll und gütig auf seinen Kollegen mit dem Gesichtsausdruck eines Onkels, der endlich auf das richtige Spielzeug für einen anspruchsvollen Neffen verfallen ist.

»Je trouve que cette dépêche est très intéressante, et même très importante«, sagte De Caux zu seinem Adjutanten, der die Stirn runzelte und heftig zustimmend nickte.

»Aber wann«, fuhr De Caux mit dem Blick auf Waterlow fort, »ist dieser sale type aus Berlin abgereist?«

»Das«, antwortete Waterlow, »hoffe ich sehr bald herauszubekommen.«

»C'est bien«, murmelte der dunkeläugige Mortier.

Die drei waren im Lauf des Gesprächs immer näher zusammengerückt und hatten die Stimmen gesenkt. Plötzlich erhob sich Williamson, und damit schien die Verschwörer-Atmosphäre sich wie Nebel auf der Meeresoberfläche zu verflüchtigen.

»Alsdann, Kinderchens, es hat mich sehr gefreut, aber jetzt muß ich mich wirklich aufmachen und mich zum Abendessen umziehen«, rief er mit seiner liebenswürdigsten Lautstärke. »Ich bin bei Christides zum Diner.«

Christides war einer der Gefolgsleute von Diamantis, des großen Führers der Liberalen und vormaligen Regierungschefs, der ein Gegner der Neutralitätspolitik des Königs und ein Freund der Entente war.

»Ich werde mit der Zeit sehr embêté von Monsieur Diamantis«, knurrte De Caux. »Ah, il est rasant, cet homme. Er macht nichts. Er muß immerfort warten. Bien sûr il faut chasser ce roi ignoble de son royaume, mais Monsieur Diamantis, ah je ne sais pas! La France kann nicht ewig auf Monsieur Diamantis warten. Mais non, c'est la barbe!«

»Ach, ich glaube, der alte Herr weiß, was er tut«, sagte Williamson beschwichtigend. »Er wird handeln, wenn der richtige Augenblick kommt. Er ist ein gerissener alter Vogel.«

»Hein?«

»Je dis que il est beaucoup beaucoup sage.«

De Caux grunzte. Für diese Eigenschaft hatte er bei niemand große Bewunderung übrig.

Während sie zu viert die marmorne Eingangshalle der Gesandtschaft durchquerten, nahm Williamson Waterlow beiseite:

»Ich würde Sir Frederic über diese Sache mit dem Kurier nichts sagen. Die Chancen stehen tausend zu eins dagegen, daß die Francos ihn an die Trense legen, und wenn es einen Krach gibt, ist es besser, der Alte hat vorher nichts davon gewußt.«

In diesem Augenblick kam General Buckworth majestätischen Schrittes vorbei. Er bemühte sich, keine wütenden Blicke auf die vier lästigen Unfugstifter zu schießen, die nach seiner Meinung sämtlich auf See und wenn nicht auf See, dann auf dem Meeresboden, aber ganz gewiß nicht an Land zu sein hatten. Nach Ansicht des Militärattachés stellten Marineoffiziere an Land eine noch ernstere Gefährdung der militärischen Lage dar, als wenn sie sich auf See befanden.

»Der arme Williamson«, hatte er einmal zu Vane-Howard in der Gesandtschaftskanzlei bemerkt. »Er hat kaum soviel Verstand wie ein Hänfling.«

Der zweite Gesandtschaftssekretär fand diesen Witz ebensogut wie Williamson selbst, dem er ihn sofort erzählte, und er verfehlte nie, laut wie ein Hänfling zu zwitschern, wann immer er den Marineattaché bei dem Versuch sah, seinem Kollegen ein Flottenmanöver oder ein Marineerfordernis zu erklären.

»Wenn Billson* sich Buckie vornimmt«, kicherte er, »macht Buckie immer ein Gesicht wie ein alter Herr, den ein Laufbursche in der Bond Street nach der Uhrzeit fragt.«

Draußen vor der Gesandtschaft warteten drei Wagen im Schatten der riesigen Pinien, die alt wie Arkadien schienen und ihre gewaltigen Zweige über die Anlagen des Platzes breiteten.

* Scherzhafte Abkürzung für Williamson. Bill ist die Koseform von William

»Mein Gott«, rief Williamson mit lärmendem Ungestüm, als sie auf die Treppe hinaustraten, »es ist wirklich ein himmelschreiender Skandal, wie ihr Spürhunde euch das Leben bequem macht. Also, welcher von euch Kriegsgewinnlern fährt mich jetzt zurück in mein Hotel?«

»Steigen Sie ein«, sagte Waterlow zu ihm. Dann wandte er sich an Mortier. »Angenommen, ich habe morgen abend irgendwelche Nachrichten für Sie. Könnten Sie bei mir draußen in Limani zu Abend essen? Sie haben mein neues Haus noch nicht gesehen.«

»Alors je viendrai avec plaisir.«

»Alors au revoir. Au revoir, mon capitaine.«

Der französische Marineattaché winkte Waterlow herzlich zu, indem er seinen Wagen bestieg, in welchem er – so voller Energie war er sogar in der Ruhelage – im heißen Luftzug zu flattern schien wie die schmucke kleine Trikolore auf der Kühlerhaube und selber in dem riesigen Panhard, gleich der Flagge, wie ein Miniaturemblem seines Landes wirkte.

Waterlow winkte Mortier nochmals zu sich heran.

»Sie werden doch aufpassen, nicht wahr, daß De Caux über diesen Burschen Sophiano und seine Briefe nicht überall herumschwätzt?« murmelte er.

»Ah, mon cher ami«, erwiderte der andere mit einem vielsagenden Lächeln, »le vent souffle.«

»Ja, natürlich, aber versuchen Sie dafür zu sorgen, daß er den Mund hält. Ich möchte erst herausbekommen, wann Sophiano Berlin verläßt, ehe wir uns mit irgendwelchen Einzelheiten befassen, wie wir seine Korrespondenz kapern können.«

»Kommen Sie, kommen Sie schon!« rief Williamson aus dem Wagen. »Wir wissen doch alle, daß Sie Französisch können, mein Junge. Aber ich muß um halb neun draußen in Ilissa beim alten Christbaum zum Diner sein.«

»Alors à demain.«

»C'est entendu. Demain«, antwortete Mortier und stieg nach einem zeremoniellen Händeschütteln mit den beiden Engländern zu Waterlows Erleichterung in den gleichen Wagen wie De Caux. Vielleicht gelang es ihm, seinen Chef dazu zu bewegen, wenigstens ein, zwei Tage lang den Mund zu halten. Er wußte, wie groß die Versuchung für De Caux war, dem französischen Gesandten Lolivrel mit Geschichten über des Königs haarsträubende Absichten das Blut in den Adern gefrieren zu lassen. Lolivrel würde sofort aufgeregt zu allen seinen Kollegen laufen, und Honorati, der italienische Gesandte, würde es womöglich mit der Angst kriegen, daß sein Land, das sich mit Deutschland noch im Friedenszustand befand, in irgendeine gewalttätige Verletzung der diplomatischen Immunität verwickelt werden könnte, und ...

»Es kann natürlich sein, daß an der ganzen Sache gar nichts dran ist«, sagte er zu Williamson, als der Wagen rechts vom blätterüberdachten Platz abbog und in den Verkehr der Hauptstraße der Stadt einmündete.

»Na ja, aber es mußte irgend etwas geschehen, damit der arme alte Corks aufhörte, sich die Haare auszureißen wegen der beiden Burschen, die Buzfuz* aus Lemnos hinausgesetzt hat. Ich persönlich habe die Francos wirklich sehr gern, aber ich würde lieber ein kleines Baby mit Blähungen besänftigen als einen Franco mit einer Beschwerde. Ich habe ihm schon vor einem Monat klar und deutlich gesagt, daß Buzfuz niemand erlaubt, von Lemnos

* Mr. Serjeant Buzfuz, eine Figur aus Dickens ›Pickwickier‹

aus Spionageausflüge zu machen. Na, besten Dank fürs Mitnehmen, Sie alter Gauner.«

Der Marineattaché sprang aus dem Wagen und lief die Stufen zu seinem Hotel hinauf, nicht ohne unterwegs einen raschen Blick auf das aufgeblähte Thermometer zu werfen, dessen Quecksilber mit der untergehenden Sonne sich inzwischen auf 37 Grad gesenkt hatte, was bedeutete, daß es jetzt nur 98 Grad Fahrenheit zeigte und die Nachttemperatur höchstwahrscheinlich nicht viel mehr als neunzig Grad betragen würde.

Der Wagen fuhr durch das rosig-violette Licht, das allabendlich einige strahlende Minuten lang die weißen Häuser der Stadt färbte, weiter zu Waterlows Hauptbüro Nummer Zehn. Die meisten der Agenten waren schon zum Abendessen fortgegangen; aber Crowder war noch da, und Henderson, der die Kartei der Organisation unter sich hatte, war wie stets emsig bei der Arbeit. Er sah müde und ausgemergelt aus, und die wohltätige Wirkung der vierzehn Tage, die er kürzlich auf Delos verbracht hatte, war ihm nicht mehr anzusehen.

»Ich hoffe, Sie haben für Kairo eine hübsch unheimliche Biographie von Edward Dear verfaßt«, sagte Waterlow zu ihm.

Der Gelehrte sah von seiner Arbeit auf und murmelte etwas in seiner hohen und für gewöhnlich unverständlichen Fistelstimme. Da das Wort ein einsilbiger Plural war, verstand Waterlow, was er gesagt hatte, und pflichtete ihm bei.

»Nicht nur haben wir ihnen letzten Februar sämtliche Details über Theodor Ascarides geschickt«, erklärte Henderson mit nahezu unverständlichem Schnellfeuer-Geschnatter, »sondern ich habe sie ihnen seitdem noch zweimal geschickt. Trotzdem, schätze ich, würden diese militärischen Holzköpfe wahrscheinlich einen Menschen wie mich als unpraktisch bezeichnen.« Dann sank er in totale Unverständlichkeit ab und murmelte und kicherte vor sich hin.

»Wie? Was?«

»Ich habe nur ein griechisches Sprichwort zitiert.«

»Und das heißt?«

»Sogar ein räudiges Kamel kann noch immer mehr schleppen als ein ganzes Rudel Esel.«

Waterlow lachte.

»Übrigens, haben wir in den Akten irgend etwas über diesen Burschen Demetrius Sophiano?«

»Nein, er ist eine virgo intacta«, gurgelte der Gelehrte. Dann fuhr er mit einem schmuddligen langen Finger an den Karteikarten entlang und zog mit der Miene eines abgerichteten Papageis, der für einen Kunden ein Vermögen mit dem Schnabel herauszieht, die neue Karte hervor, die er soeben für Sophiano eingerichtet hatte. »Das wäre wirklich ein Jux, Chef, wenn wir seine Aktentasche erwischen würden«, plapperte er. »Ich kann's gar nicht abwarten, mal eine richtige gute Kartevoll über Tom Tiddler zu kriegen. Ein richtiger Heidenspaß wäre das!«

Waterlow hatte, wenn er seinem Chronisten zuhörte, stets das Gefühl, als lese er irgendeine lange zurückliegende Schulgeschichte in *The Boys' Own Paper**.

»Sie sind sogar in Ihrem Slang noch Archäologe, so altertümlich ist er«, hatte er einmal zu ihm gesagt.

Der Gelehrte steckte die neue, Sophiano zugeteilte Karte zurück an ihren alphabetischen Platz, und Water-

* Altmodische englische Jugendzeitschrift nach Art des ›Guten Kameraden‹

low ging weiter in sein eigenes Zimmer. Hier, wie auch in allen anderen Räumen, waren die Wände mit schalldämpfenden Draperien behängt, deren immer wiederkehrendes Muster den Baum des Lebens zeigte; sein Blutrot und Kobaltblau verglühten im rosig-violetten Licht einen kurzen Augenblick in überströmender, verschwenderischer Lebensfülle, und die groteske Kretonne-Landschaft mit ihrem Gewimmel von Fabeltieren atmete unversehens paradiesische Schönheit und heitere Unschuld.

»Telegramme abgegangen?« fragte Waterlow.

Crowder setzte ein Gesicht auf, das an ihrer zuverlässigen Absendung keinen Zweifel erlaubte.

»Und was ist mit dem Hexenmeister?«

»Er erwartet Sie heute abend um zehn Uhr«, antwortete Crowder und schien das Bewußtsein seiner verdienstvollen Leistung aus allen Poren zu schwitzen.

»Irgendwas von den Dichtern eingegangen?«

Crowder warf den Kopf mit einer Geste mittelmeerischer Verneinung zurück.

»Ihre Meldungen liegen alle auf Ihrem Schreibtisch. Aber es ist in keiner etwas Nennenswertes drin. Ich schätze, bei der Hitze setzt ihnen der Verstand aus.«

Waterlow ließ sich an seinem Schreibtisch nieder und blätterte teilnahmslos die Dichtwerke des Tages durch, während er gleichzeitig mit einem Roßschweifwedel die Fliegen abwehrte. Der Agent mit dem Decknamen Milton hatte eine Frau in Verdacht und stellte weitere Nachforschungen an. Der Agent Chaucer hatte einen Mann in Verdacht und stellte weitere Nachforschungen an. Der Agent Dryden ersuchte um drei Tage Urlaub, um für General Arcucci, den italienischen Militärattaché, einen Auftrag durchführen zu können.

»Dryden kann gehen«, sagte Waterlow zu Crowder. Es konnte sein, daß er demnächst von Arcucci eine freundschaftliche Gegenleistung brauchen würde.

»Was machen wir mit Keats?« fragte Crowder nach einer Weile. »Er ist ein sehr lästiger Quälgeist geworden, seit er nach der Geschichte mit von Rangel aus der Deutschen Gesandtschaft hinausgeflogen ist. Seine verschlampte alte Mutter ist heute nachmittag aufgetaucht und hat mir im Korridor eine hysterische Szene gemacht. Wir können sie hier nicht brauchen, und ganz besonders darf sie sich nicht jetzt hier bei uns herumtreiben, wo ich versuche, mit dem neuen Portier in der Deutschen Gesandtschaft Verbindung aufzunehmen, damit er für uns arbeitet. Pipikos heißt er.«

»Ich werde Keats nach Saloniki hinaufschicken.«

»Und was werden sie im Alliierten Hauptquartier dazu sagen?«

»Ich werde das Alliierte Hauptquartier überhaupt nicht fragen. Welchen Zweck hat für uns ein Agent, der mit einer Genehmigung vom Alliierten Hauptquartier herumgeht, daß er Spione ausspionieren darf?«

»Das stimmt vollkommen«, pflichtete Crowder bei. »Aber es wird möglicherweise einen Krach setzen, wenn sie ihm auf die Schliche kommen.«

»Ihm auf die Schliche kommen?« spottete Waterlow verächtlich. »Sie würden nicht einmal Milton auf die Schliche kommen, wenn ich ihn hinaufschicken würde. Also verständigen Sie Keats, daß ich mich mit ihm treffen werde; lassen Sie mal sehen, was haben wir heute, Dienstag – sagen wir Donnerstag abend bei Maria.«

Waterlow arbeitete noch eine Stunde weiter an seinem Schreibtisch, ohne zu bemerken, daß Crowder ihm flehentliche Blicke zuwarf und von Zeit zu Zeit ostentativ seinen Gürtel enger schnallte.

»So, und jetzt sollten wir vielleicht essen gehen«, sagte er endlich.

Crowder sprang auf, schaufelte die Papiere auf dem Schreibtisch zusammen, stopfte sie in den großen Stahlschrank und knallte die schwere Tür mit einem Geschmetter zu, das seinen Ohren so frohlockend klang, als sei es ein Gong, der zum Abendessen ruft.

Sie nahmen an einem Tisch auf dem Gehsteig vor dem Café Apollo Platz, und Crowder reichte seinem Chef die Speisekarte; nachdem er dem Kellner gesagt hatte, was er dem Chef bringen solle, begann er selbst mit gieriger Hingabe die lange Speisenfolge zu studieren, um sich sein eigenes Abendessen auszusuchen.

»Zerbrechen Sie sich nicht über der Karte den Kopf«, sagte Waterlow. »Ich habe Ihnen doch schon gesagt, was ich haben will.«

»Ich überlege mir, was ich selber essen will.«

»Das kann ich Ihnen sofort sagen. Sie werden einen Teller voll Reis essen.«

»Einen was, Kapitän W?« fragte der Dicke mit bebender Stimme.

»Bei Ihrem Leiden werden Sie sich nicht mit Delikatessen vollfressen. Bestellen Sie sich einen Teller einfachen gekochten Reis.«

Crowder zog die Mundwinkel herab wie ein kleines Kind, dem man etwas verboten hat.

»Aber ich habe den ganzen Tag noch nicht einen einzigen Happen gegessen, Kapitän W«, protestierte er, und ein geradezu schluchzender Laut drang aus seiner Kehle.

»Reis«, wiederholte Waterlow unerbittlich. »Und sagen Sie dem Kellner, er soll sich beeilen, sonst bekommen Sie nicht einmal das. Es ist schon ein Viertel nach neun, und wir müssen um zehn beim Hexenmeister sein.«

Wenn Crowder im Lauf ihrer Zusammenarbeit überhaupt je versucht gewesen war, seinem Chef trotzig die Stirn zu bieten, dann trat diese Versuchung jetzt an ihn heran, und zwar um so stärker, als Waterlow sich eine ganz besondere, exquisit schwere Vorspeise mit einem türkischen Namen bestellt hatte, welcher besagte, sie sei so köstlich, daß der erste Mann, dem sie vorgesetzt wurde, sie so gierig herunterschlang, daß er an ihr erstickte. Andererseits bedachte Crowder, daß Waterlow ihm die Bestallung als Hilfszahlmeister in der RNVR beschafft hatte und daß er ihm als seinem Vorgesetzten Gehorsam schuldig war. Die trotzige Auflehnung erstarb in ihm. Er bestellte sich einen Teller einfachen gekochten Reis. Er aß ihn sogar, als der Kellner ihn vor ihn hinstellte. Und als Waterlow die köstlichen Düfte schnupperte, die von seinem eigenen Teller aufstiegen, und sich dazu äußerte, wie gut sie im Apollo dieses türkische Gericht zubereiteten, murmelte er grämlich-kummervolle Zustimmung und fragte sich, während er sein eigenes Gericht verzehrte, ob es wohl auf der ganzen Welt etwas gebe, das mehr nach nichts schmeckte als einfacher gekochter Reis.

»Meinen Sie nicht, ich könnte vielleicht wenigstens ein bißchen Huhn dazu haben?« fragte er unterwürfig.

»Würde ich an Ihrer Stelle nicht tun. Ich möchte nicht, daß Sie richtig krank werden und ins Bett müssen. Wenn Sie zwei oder drei Tage lang nur Reis essen, kann Ihnen nichts passieren.«

»Zwei oder drei Tage?« schlotterte Crowder.

»Und morgen früh sollten Sie einen großen Löffel Rizinusöl nehmen. Ich werde Nikko sagen, daß er Ihnen um sechs Uhr einen bringt.«

»Nein, wirklich, Kapitän W, bitte nicht. Ich weiß, für manche Leute ist das gut, aber nicht für mich. Es bekommt mir einfach nicht, wirklich nicht. Ein Arzt hat mir einmal gesagt, ich solle niemals Rizinusöl nehmen. Es sei zu stark für mich, sagte er. Es stimmt, Kapitän W, er hat es wirklich gesagt. Für manche Menschen ist es zu stark.«

»Nikko wird es Ihnen um sechs Uhr bringen«, wiederholte Waterlow in entschiedenem Ton. »Und jetzt könnten Sie dem Kellner sagen, er möge bitte dem Herrn mit dem blauen Gesicht rechts von uns mitteilen, daß wir Ihren verdorbenen Magen erörtern und nicht den verdorbenen Magen der hiesigen politischen Lage, und außerdem seien seine langen Ohren nicht so tadellos sauber, als daß ihr fortgesetztes Flattern in meine Richtung geeignet wäre, den Wohlgeschmack meines Abendessens zu erhöhen.«

Crowder war dankbar, daß ihm eine Gelegenheit geboten wurde, gegenüber irgend jemand seine Autorität geltend zu machen. Also fuhr er den Kellner an und sagte ihm, er solle den Geschäftsführer rufen. Dann fuhr er den Geschäftsführer an, der sich sofort hundertmal entschuldigte und zu dem blaugesichtigen Lauscher hinüberging und ihm mitteilte, man könne ihn in einem Restaurant von gutem Ruf nicht bedienen und er müsse das Lokal unverzüglich verlassen. Nachdem der Eindringling abgezogen war, kam der Geschäftsführer, dessen Haar so glatt anlag, daß es aussah, als sei es auf seinen Kopf aufgemalt, zu ihrem Tisch zurück, gab der Hoffnung Ausdruck, Capitaine Waterlow sei mit seinem Abendessen zufrieden, und entschuldigte sich nochmals für das Benehmen gewisser Leute, die von deutschem Gold korrumpiert seien. Danach verwies er aus dem Restaurant noch einen blinden Bettler, der von einem winzigen, um Almosen bittenden Kind an der Hand geführt wurde, einen Mann, der Salzmandeln feilbot, eine Flüchtlingsfrau, die versuchte, einen mottenzerfressenen alten Teppich zu verkaufen, und einen kleinen Schuhputzjungen, der den Wortwechsel ausgenutzt hatte, um unbemerkt unter den Tisch zu kriechen und Crowder, in der Absicht, ihm die Schuhe zu putzen, beim Fußgelenk gepackt hatte. Nach dieser Zurschaustellung seiner Geschäftsführer-Machtbefugnisse sowie seiner Sympathie für die Sache der Entente, zog er sich, die gewichsten Schnurrbartenden zwirbelnd, wieder zurück.

»Haben Sie Ihren Reis aufgegessen, Crowder?« fragte Waterlow. »Gut! Dann zahlen Sie bitte, und rufen Sie eine Droschke. Jetzt werden wir mal sehen, was der Weise aus Trapezunt von der Zukunft hält.«

## 3

Waterlow und Crowder verließen die Droschke in der Nähe ihres Fahrtziels und gingen zu Fuß zwei oder drei Straßen eines Villenviertels hinunter, bis sie zu einem leeren, verwilderten Baugrundstück kamen, dessen Eigentümer vermutlich wartete, bis er einen guten Preis dafür bekam, ehe es den gleichen Weg ging wie so viele andere Grundstücke in dieser rasch wachsenden Stadt. Es war eine mondlose Nacht; aber die Straßenlaternen erleuchteten den hölzernen Zaun des Grundstücks, dessen verkommener, wüster Anblick noch verstärkt wurde durch den funkelnagelneuen und tadellos sauberen Gehsteig, der von der Stadtverwaltung bereits vorsorglich im Hinblick auf die vollständige Bebauung der Straße angelegt worden war. Sie gingen etwa fünfzig Meter an diesem Zaun entlang und kamen zu einem Gattertor, auf dem etwas mit Kreide in torkelnden Großbuchstaben stand. Dies war nicht etwa eine geheimnisvolle kabbalistische Inschrift, welche die Behausung des Hexenmeisters bezeichnete; es war in Wahrheit nichts anderes als die vertraute Warnung ›Zutritt verboten‹. Crowder ließ sich von diesem Verbot nicht abhalten, sondern fummelte an der Vorrichtung herum, die das Gattertor weit mehr davor bewahrte, flach auf sein Gesicht zu fallen, als daß sie es halbwegs geschlossen hielt, und es gelang ihm schließlich, das Gatter aufzuziehen, so daß sein Chef hindurchgehen konnte. Die Straßenlaternen, die über den Zaun hinwegschienen, enthüllten einen Morgen wüsten und leeren staubigen Bodens, auf dem drei Ziegen zwischen Haufen von Abfall und verstreuten alten Konservenbüchsen herumschnüffelten. Alle drei sahen auf und meckerten entrüstet, als die Besucher auf dem Weg zum erleuchteten Fenster einer Gruppe niedriger Gebäude in der hintersten Ecke des Grundstücks an ihnen vorbeikamen, gleich als wollten sie die Menschheit auf die höchst unbefriedigende Beschaffenheit des Weidelandes hinweisen, von dem sie die Milch zu liefern hatten, die man ihnen vermutlich mit ebensoviel Schwierigkeit abzapfte, wie sich Blut aus einem Stein pressen läßt.

»Macht, daß ihr aus dem Weg kommt, ihr Mistviecher!« befahl Crowder grimmig.

»Lassen Sie die armen Biester in Ruhe«, sagte Waterlow. »Sie sollten eher Mitgefühl mit ihnen haben, wo Sie jetzt selber auf Hungerdiät gesetzt sind.«

»Ich traue Ziegen nicht«, antwortete Crowder, so wie ein Zyniker vielleicht erklären würde, er traue Witwen nicht über den Weg.

»Aber *Sie* werden sie bestimmt nicht anrühren, Zahlmeister. Ich weiß, Ziegen fressen nahezu alles. Aber ich glaube nicht, daß eine Ziege, sogar nachdem sie sich monatelang von Blechbüchsen ernährt hat, versuchen würde, *Sie* zu fressen.«

Sie hatten mittlerweile die Behausung des Hexenmeisters erreicht, und es war wahrhaftig ein absonderliches Anwesen. Es bestand aus einer brüchigen und baufälligen Ansammlung von alten Holzplanken, Stücken von Wellblech, Schilfbündeln, viereckigen Pappstücken, die zusammen mit der Seitenwand eines abgewrackten Straßenbahnwagens und dem Dach eines Zeitungskiosks rings um eine Art alten Stallgebäudes oder Bauernkate aufgehäuft waren, welche den festen Kern dieser Lumpensammler-Anbauten bildete. Doch wenn schon das Äußere absonderlich war, so war das Innere noch weit absonderlicher. An einem Tisch im Mittelraum, dessen Wände aus Stein und dessen Fußboden aus festgestampftem Erdreich waren, saß ein Mann, der so dick war wie die berühmten Fettwänste, deren enorme Leibesfülle die neugierigen Beobachter des achtzehnten Jahrhunderts auf primitiven Abbildungen in den volkstümlichen Zeitschriften jener Zeit zum Staunen der zeitgenössischen Welt festzuhalten liebten.

Der Mann konnte nicht ein Kilo weniger als drei Zentner wiegen, und wenn jemand behauptet hätte, er wiege noch dreißig Kilo mehr, so wäre es sehr voreilig gewesen, dagegen zu wetten. Diese riesige Masse Fleisch studierte beim Licht einer Paraffinlampe ein aufgelegtes Spiel Karten. Die Deckenbalken des Raums waren dicht besetzt mit Truthähnen, Geflügel und Tauben, und unmittelbar über seinem Kopf hing von der Decke ein ausgestopftes Krokodil herab, dem der Schwanz fehlte. An einem anderen Deckenbalken war eine Wiege aufgehängt, in welcher ein kleines Kind aus Leibeskräften schrie, und zwar vermutlich nicht ohne Grund, denn ein Truthahn hatte sich am Fußende der Wiege niedergelassen und kollerte das Kind zornig an.

Auf dem Fußboden tummelten sich Schwärme ruheloser Katzen und Kinder. Die Wände waren mit grellfarbigen Bildern aus dem ›Petit Journal‹ tapeziert. Auf einem Regal außer Reichweite der Kinder und Katzen stand eine Reihe dunkelblauer Flaschen, die alle Etiketts mit einer Aufschrift trugen, welche kurzweg deleterois oder, wie wir sagen würden, giftig bedeutete. Auf einem anderen Regal standen Schalen und Becken mit Goldfischen, auf einem dritten Käfige mit weißen und scheckigen Mäusen, und auf einem vierten ein hoher Zylinderhut. Mehrere Türdurchgänge öffneten sich in anstoßende Schlupfwinkel, die in diesem wüst zusammengezimmerten Durcheinander von Baumaterialien, das um den Mittelraum herum aufgehäuft worden war, vermutlich als zusätzliche Räumlichkeiten zählten.

In ihrem Innern erhaschte man Blicke von noch mehr zerlumpten Kindern, noch mehr Ziegen und gelegentlich von einer kleinen, dunklen, dünnen und abgehärmten Frau mit einem glatten gelben Gesicht wie altes Wachs, die vermutlich die Frau des Hexenmeisters und Mutter seiner zahlreichen Kinder war. Und gleich als genüge all dieses wimmelnde Leben noch nicht, fand auf dem gestampften Erdfußboden zugleich noch ein unablässiges Ballett von Flöhen statt, die stellenweise in so dichten Scharen auf und ab tanzten, daß man spürte, wie sie einem wie die Sandhüpfer am Strand um die Knöchel trillerten.

Dies war der Hausstand des Emmanuel Pneumatikos, des Hexenmeisters von Trapezunt. Es war bereits einige Monate her, seit Crowder seinem Chef mitgeteilt hatte, ein Flüchtling aus Trapezunt, der sich mit seiner Familie in der Stadt niedergelassen habe und sich seinen Lebensunterhalt mit Wahrsagerei verdiene, wünsche seine Zauberdienste der britischen Regierung zur Verfügung zu stellen. Der Mann konnte Horoskope stellen, aus den Karten die Zukunft vorhersagen, aus einer Kristallkugel hellsehen, Handlesen und dem Kaffeesatz die Absichten des Schicksals entnehmen. Diesen üblichen Fertigkeiten des Hexenmeister-Gewerbes hatte er noch einige besondere, eigene Künste hinzugefügt; so vermochte er aus der Art, wie ein Hahn Körner aufpickte, aus Kuchenteig, Mäusedreck und den Eingeweiden von Goldfischen mit gleicher Unfehlbarkeit die Zukunft vorherzusagen. Zudem war er noch in Zahlenmagie gut beschlagen, konnte Geister beschwören, Träume deuten, Hexerei abwehren und die Liebhaber einer Frau aus den Flecken auf ihren Fingernägeln und den Reichtum eines Mannes aus der Anordnung seiner Muttermale errechnen.

Später kam dann heraus, daß der Agent mit dem Dichternamen Herrick, der mit Crowder einen Streit gehabt hatte, Pneumatikos gedungen hatte, Wachsabbilder von Crowder zu verfertigen, Nadeln in sie hineinzustechen und sie sodann langsam über schwacher Flamme schmelzen zu lassen. Herrick hatte entweder den Hexenmeister für seine Arbeit nicht nach Gebühr bezahlt, oder aber Pneumatikos selbst war, wie er versicherte, von Gewissensbissen wegen seines Vorgehens gepeinigt. Wie auch immer, er wandte sich an Crowder und gestand ihm, wozu er sich von Herrick hatte dingen lassen. Crowder erklärte zwar natürlich, er glaube nicht an solchen Unfug, hatte aber doch offensichtlich einen gewissen Schock erlitten und bestand sehr nachdrücklich darauf, man müsse, wenn irgend möglich, Pneumatikos' Fähigkeiten den Interessen der Entente dienstbar machen.

»Wozu wollen Sie denn, daß ich ihn anstelle? Daß er ein Wachsabbild von Hindenburg macht?« hatte Waterlow gefragt. »Oder schlagen Sie vor, daß wir den Krieg in Schwung bringen, indem wir ihn anstellen, vorerst einmal einige unserer eigenen Generäle und Politiker einzuschmelzen?«

Crowder machte ein mißbilligendes Gesicht.

»Nein, natürlich nicht, Kapitän W. Nein, daran hatte ich eigentlich nicht gedacht. Aber er sagt, eine Menge Leute aus hohen Gesellschaftskreisen komme zu ihm, um sich wahrsagen zu lassen, und er meint, wenn Sie mal irgend etwas herausbekommen wollen, so könne er vielleicht behilflich sein.«

»Und wenn ich ihn nicht beschäftige, macht er dann ein Wachsbild von mir und sticht mit Nadeln hinein?« hatte Waterlow gefragt. »Könnte sein, er tut es, wissen Sie. Und mich würde er wesentlich rascher einschmelzen können als Sie. Ich nehme an, als er Ihren Umfang gesehen hat, waren ihm die Wachskosten ein bißchen zu hoch.«

»Ach, Sie machen Witze über mein Fett, Kapitän W. Warten Sie erst mal, bis Sie Pneumatikos gesehen haben.«

Als Waterlow die gewaltige Leibesfülle mit eigenen

Augen erblickt hatte, mußte er zugeben, daß Witze über Crowders Fett hinfort nicht mehr so angebracht waren wie bisher. Pneumatikos war während des ersten Kriegsherbstes mit seiner Familie und seinen Habseligkeiten vor den Türken geflohen und hatte es auf die eine oder andere Weise fertiggebracht, sich in diesem alten Stall in der Ecke dieses Baugeländes häuslich niederzulassen. Vermutlich hatte er Frau und Kinder ausgeschickt, die Baumaterialien zusammenzusuchen, aus denen die Anbauten zu seinem neuen Heim gefertigt waren, und sie dann den Bau ausführen lassen, denn es war unmöglich, sich vorzustellen, daß Pneumatikos selbst irgend etwas anderes tat, als an diesem Tisch zu sitzen und die Kristallkugel zu betrachten oder über Reihen von Zahlen oder hufeisenförmig angeordneten Spielkarten zu brüten. In der Tat, es fiel schon schwer, sich ihn auf der Flucht vor den Türken vorzustellen, und daß er den ganzen Weg aus dem fernen Trapezunt bis hierher zurückgelegt hatte, ohne etwas Lebenswichtigeres einzubüßen als den Schwanz seines ausgestopften Krokodils, war allein schon, so fand Waterlow, ein schlüssiger Beweis dafür, daß er übernatürliche Kräfte besaß.

»Fragen Sie ihn erst mal, was ihn veranlaßt hat, die Zauberei zu seinem Beruf zu erwählen«, hatte er Crowder angewiesen.

»Er sagt, es war sein Name.«

»Sein Name?«

»Ja, er bedeutet soviel wie ›geistig‹.«

»Ach, er bedeutet nicht Autoreifen?«

Crowder hatte pflichtschuldig gelacht, wenngleich nicht ohne eine gewisse Nervosität. Selbst wenn die Sache mit den Wachsabbildern abergläubischer Unsinn war, machten die dunkelblauen Flaschen mit dem Etikett ›Gift‹ doch einen recht glaubwürdigen Eindruck.

Schließlich fand Waterlow, daß er zwar vielleicht nicht aus der Art, wie der Minorkahahn des Hexenmeisters seine Körner aufpickte, London genaue Informationen über die bulgarischen Reserven geben konnte und daß die Exkremente der gescheckten Mäuse vielleicht auch keine zuverlässige Auskunft darüber enthielten, wie weit der Bau der Bagdadbahn fortgeschritten war, daß aber Emmanuel Pneumatikos in anderer Hinsicht ein höchst nützlicher und brauchbarer Mittelsmann war. Es gab eine oder zwei hochgestellte Damen, mit denen es bisher schwierig gewesen war, Verbindung zu unterhalten, ohne sofort Argwohn zu erregen in dieser kleinen Hauptstadt, in der Augen und Zungen so geschäftig waren und der durchschnittliche Einwohner so höllisch besser und genauer beobachtete als der durchschnittliche Engländer oder die durchschnittliche Engländerin. Der Hexenmeister aus Trapezunt konnte möglicherweise der ideale Verbindungsmann zu solchen Damen sein.

Waterlow stellte seine Ehrlichkeit und Aufrichtigkeit so streng auf die Probe wie er nur konnte, aber da man bei jeder Art von Spionage letztlich, was immer man an Vorsichtsmaßregeln ergriff, doch unweigerlich dem Spion und dem Zwischenträger auf Gnade oder Ungnade ausgeliefert war, beschloß Waterlow schließlich, abergläubisch zu werden und den Hexenmeister von Zeit zu Zeit aufzusuchen, um zu erfahren, was die Zukunft für ihn bereithielt. Wenn er auf Grund einer ungewöhnlichen Ansammlung von schwarzen Karten oder der Progression des Mondes über einen unheilvollen Planeten im elften Haus oder der eigentümlichen Anordnung des Innern eines toten Goldfischs die Warnung erhielt, daß seine Agenten ihn hintergingen oder verrieten, so sorgte er stets dafür, daß die Warnung, die er erhalten hatte, allgemein bekanntwurde. Und da es in der Tat höchst selten vorkam, daß nicht der eine oder andere der von ihm Beschäftigten sich entweder mit dem Gedanken an Verrat trug oder ihn bereits übte, gerieten Ruf und Ansehen des Hexenmeisters als eines Sehers nie in Zweifel.

Wenn diesem Ruf überhaupt noch etwas fehlte, dann wurde es geliefert, als der Agent namens Byron, der seit langem im Verdacht stand, daß er die Geheimnisse der britischen Abwehrorganisation an die Deutschen verkaufte, endlich dabei erwischt wurde, wie er aus dem Haus des berüchtigten Spione-Organisators Weissmann herauskam und zwei Tage nach seiner Entlassung von den gräßlichsten Schmerzen in sämtlichen Gliedmaßen heimgesucht wurde. Gleichviel, ob der Capitaine sich der Gifte des Hexenmeisters oder seiner Zauberkünste bedient hatte, auf jeden Fall war die Wirkung auf den Doppelagenten Byron unverkennbar und die Warnung für die anderen heilsam gewesen.

Und doch schien Waterlow heute abend, als er auf der anderen Seite des Tisches Platz nahm und seine Handfläche dem prüfenden Blick jener müden, milchig-blauen Augen hinhielt, den Worten, welche die riesige, schwer atmende Fleischesmasse ihm gegenüber hervorpustete, nicht viel Aufmerksamkeit zu schenken. Erst als der Hexenmeister sich erkundigte, ob er irgendwelche Fragen zu stellen habe, schien er aufzumerken.

»Wichtige Fragen«, wies er Crowder an, dem Mann zu sagen, denn nicht einmal einem Hexer gegenüber gab

Waterlow zu, daß er seine Sprache beherrschte oder verstand.

Als die Fleischesmasse dies vernahm, begann sie sich tatkräftig zu rühren, und einen Augenblick später hatte der Raum sich von sämtlichen Kindern und Katzen und allem Federvieh, das nicht auf den Deckenbalken fest schlief, geleert. Sie wurden durch die verschiedenen Türen in die ringsum gelegenen dunklen Schlupfwinkel hinausgekehrt. Die dünne, abgehärmte Frau mit dem gelben Gesicht, das wie altes Wachs glänzte, wurde ersucht, das Kind aus der aufgehängten Wiege zu entfernen. Dann wurden die Türen geschlossen. Es ertönte kein Laut mehr außer dem Gefiederschütteln eines schlafenden Vogels oder dem Krabbeln der Mäuse in ihren Käfigen, und nichts regte sich außer den Goldfischen in den Behältern und den Flöhen, die unablässig auf dem festgestampften Erdboden tanzten.

Vor den müden, milchig-blauen Augen befand sich eine Kristallkugel auf einem Ebenholzgestell.

»Ich möchte von Madame Chi wissen, ob sie im Außenministerium einen ihrer Attachés erwarten, der aus Berlin eintreffen soll.«

Der Hexenmeister nickte, und seine Kinne wackelten.

»Ich möchte wissen, ob er das Schiff in Messina nehmen wird und wann.«

Der Hexenmeister nickte, und seine Kinne schwabbelten.

»Das ist alles, was ich wissen will. Schicken Sie die Antwort zusammen mit dem Verhalten des Mondes im nächsten Monat morgen nach Nummer Zehn, wenn möglich vor acht Uhr. Kommen Sie, Crowder.«

»Eine Tasse Kaffee, ehe Sie gehen?« hüstelte Pneumatikos gastfreundlich.

Aber Waterlow hatte es eilig und lehnte dankend ab.

Der Hexenmeister erhob sich mühsam, um sie zur Tür zu geleiten, und als Crowder im Begriff war, seinem Chef hinauszufolgen, legte er ihm einen Pudding von einer Hand auf die Schulter.

»Mein Gehalt für letzten Monat, Monsieur Crowder?« flüsterte er heiser.

Crowder griff in die Gesäßtasche und zog die Summe in Banknoten hervor. Der Hexenmeister feuchtete den Daumen mit der Zunge an und zählte sie langsam.

»Stimmt's?«

Er nickte und unterschrieb die Quittung, die Crowder ihm vorlegte.

»Und jetzt«, sagte Waterlow, als er mit seinem Adjutanten die leere, erleuchtete Straße in Richtung auf die Hauptverkehrsstraße der Stadt entlangwanderte, »gehen wir zum Apollo zurück, wo unser Wagen wartet, und fahren hinaus nach Limani. Ich will heute abend noch Ihre Abrechnungen durchsehen.«

Der Hilfszahlmeister stöhnte, nicht etwa, weil er die Gelder des Secret Service unterschlagen hatte, sondern weil sein Chef wie gewöhnlich sich für die Durchsicht der Rechnungsbücher ausgerechnet den Augenblick ausgesucht hatte, in dem er selbst gedacht hatte, es sei allmählich Zeit, daß er die Kontoabrechnungen zusammenstellte.

»Ich wollte sie bis morgen früh fertig haben, um sie Ihnen vorzulegen«, meinte er hoffnungsvoll.

»Ich möchte Ihre Rechnungsbücher heute durchgehen«, wiederholte Waterlow.

Während sie nach Limani zurückfuhren, versicherte Crowder sich selbst im stillen einmal über das andere, daß wohl niemand im Dienst des Vaterlandes so hart und streng angefaßt wurde wie er.

»Zu dumm, daß Sie sich selbst zwingen, so lange aufzubleiben, wo Sie doch um sechs Uhr schon wieder mit Ihrem Rizinusöl geweckt werden«, sagte Waterlow, als sein geplagter und verstörter Gehilfe um halb zwei Uhr morgens schließlich mit einem Seufzer der Erleichterung seine Kontobücher wieder im Stahlschrank verschloß. »Sie wissen doch ganz genau, daß die Abrechnungen am letzten Tag des Monats fertig vorzuliegen haben.«

»Sie meinen doch nicht wirklich im Ernst, daß ich morgen früh Rizinusöl nehmen muß?« schlotterte Crowder.

»Nikko hat seine Anweisungen erhalten.«

»Aber, Kapitän W, wirklich . . .«

»Nikko hat seine Anweisungen erhalten«, wiederholte Waterlow kalt. »Und, wie ich hinzufügen darf, Sie ebenfalls.«

»Aber ich werde den ganzen Vormittag nicht imstand sein, irgend etwas zu tun.«

»Sie werden imstand sein, Ihre Abrechnungen zusammenzustellen, eine Liste der Autobenutzer zu tippen, die um Benzin angesucht haben, sowie die von ihnen angeforderten Mengen, und danach wünsche ich, daß Sie sich mit dem Problem der türkischen Division befassen, die Nummer 45 in Smyrna gemeldet hat, die sich aber zufolge dem russischen Militärattaché im Kaukasus befindet. Sie werden alle unsere Akten über Truppenbewegungen seit der Evakuierung der Dardanellen ganz genau durchgehen müssen. Und jetzt machen Sie, daß Sie ins Bett kommen.«

In diesem Augenblick trat Yorghi, der große, schwere Anatolier, der Nachtdienst hatte, ins Zimmer und meldete, ein Herr wünsche Mr. Crowder zu sprechen.

Zwei Minuten später war Crowder wieder da.

»Es ist Nummer 29«, verkündete er. »Er ist schon wieder draußen. Sagt, es ist unmöglich, irgendwas zu machen. Die Deutschen haben einen neuen Mann, der seine Zentrale in Brussa eingerichtet hat und ihre ganze Gegenspionage neu auf Draht zieht. Alle haben einen mächtigen Bammel.«

»Ist er denn gar nicht nach Smyrna gekommen?«

»O doch, bis nach Smyrna ist er schon gekommen.«

»Dann fragen Sie ihn, welche Regimenter er dort festgestellt hat.«

»Ich glaube nicht, daß er überhaupt irgendwas festgestellt hat. Er schlottert noch am ganzen Leibe. Sie hätten ihn um ein Haar gefaßt, als er zum Strand hinunterging.«

»Also holen Sie ihn herein, und wir werden sehen, was wir über diese türkische Division herausbekommen können.«

Es war halb vier Uhr morgens, als Waterlow und Crowder schließlich ins Bett kamen, nach einem eingehenden, langen Verhör des stumpfsinnigen, schwerfälligen, fettglänzenden kleinen Agenten Nummer 29, der jetzt einstweilen zu seinem Friseurberuf zurückkehrte, bis sich seine Nerven ausreichend erholt hatten, damit er einen neuerlichen Versuch machen konnte, nach Konstantinopel zu gelangen. Aber pünktlich um sechs Uhr brachte Nikko nichtsdestoweniger Crowder seine Dosis Rizinusöl, und um elf Uhr saß Crowder in sein Bettlaken gehüllt und ächzte und stöhnte gleicherweise über die Wirkungen der Medizin wie über die Statistik der Benzinzuteilungen.

Um die nämliche Zeit läutete einer der zerlumpten Söhne des Hexenmeisters von Trapezunt an der Tür von Monsieur Charitakis Haus und teilte dem Hausmädchen, das ihm öffnete, mit, sein Vater habe ihn geschickt, um Madame Charitaki zu sagen, daß die Mondphasen um zwölf Uhr für sie bereitliegen würden. Madame Charitaki, eine adrette Frau mit großen, strahlenden rehbraunen Augen saß in diesem Augenblick gerade vor ihrem Toilettenspiegel und betrachtete mit prüfendem Stirnrunzeln ein überflüssiges Haar an ihrem spitz zulaufenden gespaltenen Kinn.

Als das Mädchen mit der Mitteilung eintrat, der ›horoskopos‹ erwarte sie zur Mittagsstunde, fuhr Madame Charitaki leicht zusammen, denn sie konsultierte ihn mehr aus persönlicher Zuneigung zu Waterlow als aus irgendeinem Wunsch, ihrem Patriotismus und ihrer Anhänglichkeit an Monsieur Diamantis Genüge zu tun, den großen Führer der Liberalen und Freund der Entente, der ihrem Gatten ein so guter Freund gewesen war und ihn, als er selbst politisch stürzte, in sicherem Besitz der wichtigsten Abteilung des Außenministeriums zurückgelassen hatte.

Wenn Madame Charitaki vom Hexenmeister eine dieser Mitteilungen erhielt, fiel es ihr stets schwer, ihr Herz in der Gewalt zu behalten, das wie beim Anblick eines Liebesbriefs ihr alsbald im Leibe zu hüpfen begann. Es hatte zwischen ihr und Waterlow nie irgendein geheimes Liebesverhältnis bestanden. Sie hatte Waterlow eines Nachts auf einem Ball in Ilissa kennengelernt; das war noch in den Tagen gewesen, ehe die Erbitterung zwischen den Diamantisten und den Royalisten sich so verschärfte und als gesellschaftlicher Umgang in dieser parteisüchtigen Stadt noch möglich war. Sie waren im Garten unter dem warmen Sternenhimmel ein wenig auf und ab gegangen und hatten über Politik gesprochen, und sie hatte in einem plötzlichen Anfall verzweifelter Sorge um die Zukunft ihres Landes Waterlow gebeten, er solle sie in jeder nur möglichen Weise helfen lassen, die Absichten jener zu durchkreuzen, die ihr Vaterland auf Abwege führten.

Waterlow hatte damals ihrem Enthusiasmus keine sonderliche Beachtung geschenkt; aber sie trafen danach noch bei verschiedenen anderen Gelegenheiten zusammen, und jedesmal verlangte sie dringlich und beharrlich, er solle sich ihrer Hilfe bedienen. Schließlich erklärte sie ihm rundheraus, ihr Mann wäre nur zu erfreut über eine Gelegenheit, der Entente nützlich zu sein, und sie einigten sich darauf, sich auf dem Weg über den Hexenmeister miteinander zu verständigen. Von diesem Augenblick an war Waterlow natürlich sorglich darauf bedacht, mit Madame Charitaki nicht mehr zusammenzutreffen, und sie war genötigt, alle ihre romantischen Gefühle aus der Verbindung mit ihm über Pneumatikos zu nähren und das Äußerste aus ihr herauszuholen. Pneumatikos wiederum, der schließlich ein Wahrsager war, erriet zweifellos, daß Madame Charitakis Vaterlandsliebe sich inzwischen unentwirrbar mit ihrer Liebe zu dem britischen Offizier verschlungen hatte, der ihm ein so nützliches Monatsgeld zahlte, denn er verfehlte nie, in den Karten zu lesen, daß seine Kundin, die Treff-Königin, sehr eindringlich die Gedanken des Herz-Königs beschäftige.

Als das Mädchen ihr mitteilte, der ›horoskopos‹ erwarte sie um zwölf Uhr mittags, verschwendete sie folglich keine Zeit mehr auf das überflüssige Haar auf ihrem spitzen Kinn, sondern sagte ihr, sie solle ihm ausrichten lassen, sie werde um zwölf Uhr bei ihm sein. Sodann machte Madame Charitaki sich daran, sich umzukleiden, denn irgendwo ganz hinten in ihren Gedanken spielte sie stets, wenn eine solche Aufforderung eintraf, mit der verführerischen Vorstellung, es könne vielleicht sein, daß Waterlow selbst in dem absonderlichen Raum zwischen den Katzen und Hühnern und dem Zaubergerät sitze.

»Ich kann Ihnen die Antwort sofort geben«, sagte Madame Charitaki, als sie unter dem schadhaften Krokodil dem Hexenmeister gegenübersaß. »Mein Mann erwähnte heute morgen beim Frühstück, daß er Monsieur Sophiano aus Berlin erwarte. Er ist aus Berlin bereits abgereist und soll nächste Woche in Messina den Dampfer Byzantium nehmen.«

Der Hexenmeister knurrte befriedigt.

»Heben Sie bitte zweimal ab«, sagte er und schob ihr die Karten hin. Er meinte wohl, daß sie für eine solch klare und entschiedene Antwort eine sofortige Belohnung verdiene.

Sie gehorchte ihm mit flatternder, bebender Hand.

»Heben Sie noch einmal ab, mit derselben Hand.«

Er prüfte die hufeisenförmig ausgebreiteten Karten.

»Das ist seltsam«, murmelte er.

»Was ist seltsam?«

»Wieder dieser Herz-Mann, der mit Ihrem Schicksal verknüpft ist. Ihr Gatte ist doch wohl kein Herz-Mann, Madame?«

»O nein«, versicherte Madame Charitaki, und ihre Rehaugen glitzerten. »Nicht einmal Treff. Ganz entschieden Pik.«

Der Hexenmeister betrachtete den Rest des Kartenspiels in seiner Hand und hievte die Schultern.

»Ihr Gatte ist nicht herausgekommen«, schnaufte er.

»Nein«, pflichtete Madame Charitaki ihm nachdenklich bei. Dann knöpfte sie die Handschuhe zu und erhob sich. An der Tür hielt sie inne, biß sich zweifelnd auf die Lippe, begann etwas zu sagen, überlegte es sich anders und eilte hinaus. Während sie die Wüstenei des Baugrundstücks durchschritt, wo die Ziegen ihr klagend nachmekkerten, war sie sich mit sich selbst einig, daß es gänzlich verkehrt wäre, Pneumatikos auch nur andeutungsweise zu verstehen zu geben, daß sie sich für Waterlow persönlich interessierte. Ja, es war klug von ihr gewesen, keine Zusammenkunft mit ihm vorzuschlagen. Wenn ihr Geschick in der Tat mit dem seinen verknüpft war, dann würde das Geschick auch bestimmen, wann sie einander wiedersahen. Aber beim Mittagessen hatte Madame Charitaki das Gefühl, ihr Mann habe noch nie so aufdringlich geräuschvoll gegessen.

Ein anderer zerlumpter Sohn des Hexenmeisters brachte die Antwort auf Waterlows Fragen nach Nummer Zehn, wo Waterlow sie in einem Briefumschlag auf seinem Schreibtisch vorfand, als er nach einem zum Verzweifeln ärgerlichen Nachmittag, den er über den türkischen Truppenverschiebungen seit dem Beginn des Gallipoli-Unternehmens verbracht hatte, in seinem Privatbüro eintraf. Er schickte einen Mann hinunter zum Büro der Schiffahrtsgesellschaft, um zu erfragen, wann die Byzantium voraussichtlich aus Messina auslaufen werde, und als er hörte, daß sie frühestens in einer Woche abfahren werde, machte er sich nicht die Mühe, eigens zum Französischen Institut zu gehen und De Caux zu verständigen. Die Sache konnte bis zum Diner mit Mortier heute abend warten.

Waterlow fand ein ausgesprochenes Vergnügen an diesen gelegentlichen Abendessen mit seinem ›Gegenüber‹, und auch Crowder bereiteten sie Vergnügen, denn es war seine Pflicht, zusammen mit Aphrodite die Speisenfolge zusammenzustellen, und ein Franzose hatte, so ernst er den Krieg auch nahm, für gewöhnlich für eine sorgfältig geplante Mahlzeit ein Lächeln übrig. Trotz des drohenden einfachen gekochten Reis hatte Crowder heute abend vergnügt zwei Stunden vor seinem Chef Büroschluß gemacht und war vorausgefahren, um die letzten krampfartigen Zuckungen von Aphrodites Kochkünsten zu überwachen, und als Waterlow und sein französischer Kollege zusammen im Wagen um halb neun Uhr eintrafen, machte Crowder selbst den Eindruck eines Mannes mit gesundem und kräftigem Appetit. Niemand, der ihn energisch den Cocktail-Mixer schütteln sah, hätte vermuten können, daß er erst um halb vier Uhr morgens ins Bett gekommen und um sechs Uhr bereits mit einer Dosis Rizinusöl geweckt worden war. Er sah so gesund und rund und rosig aus wie die Kirschen, die er mit elegantem Schwung in die Gläser schnippste.

»Crowder war ziemlich krank«, sagte Waterlow auf französisch.

»Oh, tut mir aber leid, das zu hören.«

»Ach, ich bin schon wieder ganz in Ordnung«, versicherte Crowder eilig, denn das Abendessen war zu gut und die Gesellschaft zu anregend, als daß er sie im Austausch gegen eine Einöde von gekochtem Reis hätte einbüßen mögen.

»Dank meinem Rezept«, fügte sein Chef hinzu.

Stavro trat ein, um mitzuteilen, daß das Abendessen serviert sei.

»Das ist unser verwundeter Held«, sagte Waterlow zu Mortier.

»Der von den Boches angeschossen wurde?«

»Während er davongerannt ist«, lachte Crowder.

Der Knabe flammte blitzartig auf und rief in seiner eigenen Sprache, er sei ganz und gar nicht davongerannt.

»Necken Sie ihn nicht«, sagte Waterlow scharf.

Der Knabe lächelte sein feines Cinquecento-Lächeln, während er wie ein venezianischer Page bei einem längst vergangenen Festmahl die Gäste zu dem auf der Terrasse gedeckten Tisch führte. Der hochgewachsene Nikko hatte seine zeremonielle Festtracht angelegt: hohe Stulpenstiefel mit goldenen Quasten, bauschige Kniehosen, mit gelber Schnur besetztes blaues Jackett und eine Weste aus goldener Moiréseide. Eine hauchartige Andeutung einer frischen Brise wehte vom Meer herauf. Die Sterne strahlten aus dem mondlosen, purpurnen Himmel herab. Der Krebs war so fest und saftig, wie er zu sein hatte; der Wein sah kühl wie Bernstein aus, und die Moskitos wurden einstweilen noch durch den aromatischen Rauch der Pastillen abgewehrt, die Nikko rings um die Terrasse angezündet hatte.

»Ah, il fait bon ici«, seufzte Mortier.

»Salut«, rief Waterlow und hob sein Glas.

Der kleine Franzose verneigte sich förmlich, und während dieses Austausches von Höflichkeitsbezeugungen stopfte Crowder sich rasch soviel von dem Krebs in den Mund, wie er nur konnte, ehe sein Chef sich an den Reis erinnerte. Aber Waterlow hatte Crowders Leiden völlig vergessen. Er dachte auch nicht mehr an Spionage und Gegenspionage, sondern versuchte, sich in der köstlichen Trägheit dieser Stunde die passenden Zeilen aus Omar Khayyám ins Gedächtnis zurückzurufen.

## 4

»Und jetzt, mein Freund«, sagte Monsieur Mortier, nachdem er sein zweites Glas Cordial Médoc geleert und die Kaffeetasse zur Seite geschoben hatte, »lassen Sie uns über unsere kleine Angelegenheit sprechen.«

Sie erhoben sich vom Tisch auf der Terrasse und ließen sich in Waterlows Zimmer nieder. Sie hatten nicht ein einziges Wort über berufliche Angelegenheiten gewechselt, seit der Franzose seinen Gastgeber in Nummer Zehn abgeholt hatte und sie zusammen zu Crowders höchst gelungenem Abendessen gefahren waren. Das Gespräch, das jetzt folgte, fand in französischer Sprache statt.

»Sophiano ist bereits aus Berlin abgereist und wird sich nächste Woche auf der Byzantium in Messina einschiffen«, teilte Waterlow mit. »Das genaue Datum der Abfahrt des Schiffes wissen die Leute hier noch nicht.«

Mortier blätterte sinnend in einem kleinen Notizbuch.

»Nach meinen Informationen befindet sich Sophiano bereits in Rom.«

»Das könnte inzwischen durchaus der Fall sein«, unterbrach ihn Waterlow.

»Ja, aber meiner weiteren Information zufolge, wird er sich nicht in Messina auf der Byzantium einschiffen, sondern in Neapel auf der Ypsilanti.«

Jetzt runzelte Waterlow die Stirn.

»Meine Quelle ist bisher stets sehr zuverlässig gewesen«, wandte er ein.

»Und meine ebenfalls, lieber Freund«, beharrte Mortier.

»Wann geht die Ypsilanti nach Neapel ab?«

»Heute in einer Woche.«

»Und die Byzantium wahrscheinlich ebenfalls, obwohl die Leute im Schiffahrtsbüro sagen, es könnte noch einen oder zwei Tage länger dauern.«

»Ich glaube nicht, daß wir die Byzantium in Betracht zu ziehen brauchen, denn ich kann Ihnen versichern, daß meine Information perfekt ist.«

»Mein lieber, guter Freund«, sagte Waterlow ernsthaft, »Sie und ich können doch gewiß nicht behaupten, und ganz besonders nicht voreinander, daß es so etwas wie eine perfekte Information gibt. Ich bin durchaus bereit, die Richtigkeit der meinen anzuzweifeln, und ich bitte Sie doch sehr, unserer angenehmen oder darf ich sagen intimen Zusammenarbeit während der letzten sechs Monate das Kompliment zu erweisen, Ihrerseits auch die Ihre anzuzweifeln.«

Mortiers Stirn verdüsterte sich einen Augenblick lang; dann fragte er Waterlow mit einem Achselzucken, was man von ihm erwarte.

»Ich weiß ja noch nicht, worin Ihr Plan besteht. Sagen Sie mir, was Sie mit der Ypsilanti zu tun gedenken, und ich werde gewisse Maßnahmen bezüglich der Byzantium vorschlagen.«

»Mit der Ypsilanti ist die Sache ganz einfach. Ich habe in Neapel eine Agentin, die sich mit Sophiano anfreunden und an Bord sehr viel und oft mit ihm sprechen wird. Folglich, wenn unser Torpedoboot die Ypsilanti anhält, um eine französische Spionin hoppzunehmen, wird man ganz selbstverständlich ihren Begleiter ebenfalls verhaften. Dann wird sich herausstellen, daß ihr Begleiter ein courrier du cabinet ist, und wir werden ihm unter vielen Entschuldigungen seine Papiere zurückgeben, aber falls wir darunter Vorschläge der Boches finden sollten, die Orient-Armee anzugreifen, nun, dann werden wir einen sehr amüsanten Knüppel haben, mit dem wir den König prügeln können.«

»Das kommt mir alles viel zu kompliziert und umständlich vor«, antwortete Waterlow mit einem Seufzer. »Erstens einmal, welche Garantie haben Sie, daß Ihre Agentin sich tatsächlich mit Sophiano anfreunden wird?«

»Ah, elle est épatante.«

»Sie mag durchaus épatante und appétissante sein, aber Sie können nicht garantieren, daß Sie imstand sein wird, Sophiano einzuwickeln. Und wozu wollen Sie sie überhaupt in der Sache drinhaben?«

»Um uns gegen eine gaffe abzuschirmen. Es ist für uns ebenso unmöglich wie für Sie, einen courrier du cabinet zu verhaften, ohne einen Grund dafür zu haben.«

»Also ehrlich gestanden, ich finde diese Variante von cherchez la femme so ungefähr die schwächste, die ich je gehört habe. Und angenommen, meine Information stimmt? Angenommen, Sophiano reist tatsächlich in der Byzantium aus Messina ab?«

»Es ist eine Kleinigkeit für uns, herauszubekommen, ob er von Messina abreist, und für diesen Fall hätte ich einen anderen Plan, der sehr amüsant ist.«

In diesem Augenblick betrat Crowder das Zimmer, und der dunkeläugige kleine Franzose schwieg unvermittelt still.

»Haben Sie etwas dagegen, wenn ich Crowder sage, worin Ihr ursprünglicher Plan bestand?« erkundigte sich Waterlow.

»Nein, nein«, antwortete Mortier mürrisch, denn gleich so vielen Franzosen wurde er stets sofort argwöhnisch, sobald er sich in der Gegenwart von mehr als einem einzelnen Engländer befand.

»Die Ypsilanti?« sagte Crowder. »Aber die Ypsilanti ist doch vorigen Monat versenkt worden – von einer Mine oder einem Unterseeboot; es war die Frage, was es war, erinnern Sie sich nicht?«

»Ich wußte doch, mit der Ypsilanti stimmt irgendwas nicht«, lachte Waterlow.

Mortier blickte finster drein.

»Sind Sie sicher?«

»Ja, ganz gewiß«, erklärte Crowder und holte aus dem Stahlschrank das überzeugende Beweisdokument hervor.

»Ich kann nicht verstehen, wie mein Informant so nachlässig sein konnte«, murmelte der Franzose.

»Ach, nur ein Versehen, ein kleiner Schreibfehler«, meinte Crowder fröhlich. Ihm waren selbst häufig solche Versehen unterlaufen, und er hatte nie begreifen können, warum sein Chef sie immer gleich so todernst nahm.

Mortier blieb noch eine Weile finster und verdrossen; aber seine freundschaftliche Zuneigung zu Waterlow ermöglichte es ihm schließlich, sein Gefühl verletzten Stolzes zu überwinden, und gleich darauf fand er den Gedanken, auf hoher See ein Schiff anzuhalten, das sich längst auf dem Meeresboden befand, ganz ausgesprochen rigolo.

»Alors«, sagte er schließlich. »Wir müssen meinen Plan fallenlassen und uns nach einem anderen umsehen.«

Waterlow war hocherfreut, das zu hören, aber da es verhängnisvoll gewesen wäre, seine Genugtuung zu zeigen, gab er sich den Anschein echter und aufrichtiger Anteilnahme und fragte, warum die Agentin nicht Sophiano mit gleicher Macht in Messina in ihren Bann ziehen könne.

»Das wäre ganz und gar nicht das Richtige«, sagte Mortier. »Außerdem ist sie eine sehr dumme Person und würde bestimmt eine gaffe machen. Nein, nein, es ist ganz offenkundig, daß ich meinen zweiten Plan durchführen muß. Aber was ich Ihnen jetzt sagen werde, mein lieber Freund, ist ganz außerordentlich streng vertraulich.«

Waterlow neigte den Kopf.

»Wäre es Ihnen lieber, wenn Crowder uns allein ließe?«

»Nein, nein«, antwortete Mortier rasch. »Es ist mir sehr recht, wenn er mit anhört, was ich Ihnen sagen werde.«

Wenn ein Franzose sich einmal entschließt, ein Geheimnis zu enthüllen, so hat er gern eine richtige Zuhörerschaft, und indem er Crowder zu einem seiner Vertrauensleute erwählte, konnte er sicher sein, daß seine Investition sich bezahlt machte.

»Sollte ich nicht vielleicht besser die Tür abschließen, wie?« meinte Crowder.

»Es wäre vielleicht angezeigt«, pflichtete Mortier bei.

Und dann begann Mortier in jenem glasklaren Französisch, das sogar der Schilderung eines Alptraums einen Anschein nüchterner Logik zu verleihen vermag, die Politik seiner Vorgesetzten darzulegen.

»Ich muß vorerst darauf hinweisen, daß General Sarrail und Kapitän De Caux beide fest davon überzeugt sind, daß der König beabsichtigt, der Orient-Armee, wenn er kann, einen mauvais coup zu versetzen. Unsere sämtlichen Informationen stimmen in diesem Punkt überein. Bedauerlicherweise sind Monsieur Briand und andere Mitglieder der Regierung in Paris von seinen Absichten noch nicht überzeugt. Monsieur Briand befindet sich sehr stark unter dem Einfluß einer gewissen königlichen Dame, und dies macht ihn nur allzu bereit, den Argumenten Ihrer Regierung Gehör zu schenken, die sich selbstverständlich völlig unter dem Einfluß des royalistischen Gedankens befindet.

Sie werden mich nicht mißverstehen, mein Freund, wenn ich sage, daß wir in Frankreich es pénible finden, in einem Augenblick, da Frankreich um seine Existenz kämpft, zwangsweise von einem Verbündeten behindert zu werden, der Ideen hegt, von welchen wir uns bereits vor einem Jahrhundert befreit haben. Glücklicherweise ist Monsieur Poincaré den Schmeicheleien königlicher Persönlichkeiten weniger zugänglich als Monsieur Briand. Als Prinz Theodor, der Bruder des Königs, unlängst Paris besuchte, war Monsieur Briand geradezu lächerlich höflich zu ihm, während Monsieur Poincaré kein Blatt vor den Mund nahm und ihm bündig erklärte, er werde sich keinerlei Beschwerden über die Art, wie man seinen königlichen Bruder behandle, anhören, solange sein königlicher Bruder nicht gelernt habe, sich Frankreich gegenüber in ehrenhafter Weise zu betragen.

Kapitän De Caux ist völlig überzeugt, daß es für uns nur eine Politik geben kann, und das ist die restlose Entwaffnung der Streitkräfte des Königs, und er sieht keinen anderen Weg, sie herbeizuführen, als durch eine Flottendemonstration. Sein Gedanke geht dahin, die französische Flotte herzuholen. Die britische Regierung will gegenwärtig von diesem Plan nichts wissen, und Monsieur

Briand, der infolge der Reize einer gewissen königlichen Dame in Paris stets bereit ist, für die königliche Seite Partei zu ergreifen, nimmt diese ablehnende Haltung der britischen Regierung zum Vorwand, um nichts zu unternehmen. Glücklicherweise stimmt der Marineminister mit Kapitän De Caux völlig überein, und wenn wir nur die übrigen Mitglieder des Kabinetts von der Gefährlichkeit der Lage überzeugen könnten, in der sich die Orient-Armee mit diesem Verräter von einem König in ihrem Rücken befindet, so bestünde keinerlei Zweifel, daß die Maßnahmen, die wir für wünschenswert halten, getroffen werden würden.«

»Aber was ist mit Diamantis?« fragte Waterlow.

»Ach, wir haben Monsieur Diamantis allmählich recht herzlich satt. Wir warten immerfort darauf, daß Monsieur Diamantis endlich etwas tut, aber stets lautet die Antwort: Noch nicht. Man muß noch etwas warten. Er scheint zu vergessen, daß Frankreich um sein Leben kämpft und daß wir nicht gestatten können, daß die Orient-Armee vernichtet wird, nur weil Monsieur Diamantis noch nicht so weit ist einzugreifen. Außerdem ist Monsieur Diamantis, was das Thema Royalismus betrifft, wirklich ganz lächerlich. Diese idiotische Voreingenommenheit mit diesen Königen – man erstickt ja darunter. Und natürlich, wenn Monsieur Diamantis erklärt, sein Land sei noch nicht reif für eine Republik, schätzt sich die britische Regierung nur zu glücklich, mit ihm einer Meinung zu sein.

Es ist ganz offenkundig, daß Monsieur Diamantis keine Revolution machen wird, außer wenn Frankreich ihm die nötigen Mittel hierzu liefert. Mein lieber Freund, Sie sind ein ganz ungewöhnlich intelligenter Engländer, und Sie werden mir ohne weiteres beipflichten, daß die Geschichte uns immer wieder die gleiche Lehre erteilt: Immer ist es Frankreich, das die Truppen, das Geld, die Munition für irgendwelche miserablige kleine Patrioten liefern muß, damit sie ihre Aufstände anführen. Mon dieu, mit Frankreich im Rücken ist es nicht schwer, eine Revolution zu machen.

Wir können jedoch fürs erste Monsieur Diamantis aus der Sache herauslassen. Er sitzt in seinem Lehnstuhl und lächelt und gibt sich Allüren politischer Weisheit; aber da er sich Frankreich nur anvertrauen will, wenn England beifällig zustimmt, muß Frankreich sich anderwärts umsehen. Die Wahrheit ist, daß England mit Rumänien ganz entêté ist. Alles wird gutgehen, wenn nur erst die feigen Rumänen marschieren, und deshalb hat General Sarrail Befehl erhalten, sich auf eine Offensive vorzubereiten, wenn Rumänien demnächst den Krieg erklärt.

Und das ist natürlich der Augenblick, wo General Sarrail sich Sorge macht, was in seinem Rücken vor sich geht. Es ist völlig sicher, daß die Deutschen eine große Anstrengung machen werden, den König dahin zu bringen, daß er uns in den allernächsten Wochen einen mauvais coup versetzt. Das Telegramm, das Sie gestern so freundlicherweise Kapitän De Caux gezeigt haben, hat einen großen Eindruck auf ihn gemacht. Er hat bereits dem Marineministerium telegrafiert, daß die Lage hier draußen verzweifelt ist, und hat den ganzen Vormittag damit zugebracht, ce vieux con Lolivrel dazu zu bringen, daß er im gleichen Sinn an den Quai d'Orsay telegrafiert.

Leider haben wir hier als Gesandten le plus grand imbécile in ganz Frankreich, und alles, was Monsieur Lolivrel vorzubringen weiß, ist, daß er erst mit seinen Kollegen Rücksprache nehmen muß. Also treffen er und

Sir Frederic und der Comte Honorati und der Fürst Ilmenef sich heute nachmittag wieder wie üblich. Sie sprechen die Dinge durch und gelangen zum Resultat, daß die Lage im Augenblick ruhig ist. Deshalb hat Kapitän De Caux beschlossen, daß etwas geschehen muß, um die öffentliche Meinung in Paris aufzurühren. Der erste Vorschlag ging dahin, Monsieur Lolivrel entführen und in die Berge des Epirus verschleppen zu lassen.«

»Den französischen Gesandten entführen?« Waterlow verschlug es fast den Atem.

»Es wäre überaus amüsant und geschähe ihm nur recht dafür, daß er ein solcher Trottel ist. Sodann würden wir dem Quai d'Orsay telegrafieren, daß Monsieur Lolivrel von royalistischen Verschwörern verschleppt worden ist und daß es absolut lebenswichtig ist, die Flotte sofort herzuschicken, um General Sarrail zu schützen.«

»Sie haben doch nicht etwa vor, General Sarrail ebenfalls zu entführen, wie?«

»Aber nein, nicht doch«, sagte Mortier ungeduldig. »Um General Sarrail vor dem Verrat durch den König zu schützen.«

»Gut, schön, aber ich kann trotzdem nicht recht glauben, daß der König, wenn er die Absicht hätte, uns den Krieg zu erklären, damit beginnen würde, den an seinem Hof akkreditierten französischen Gesandten zu entführen.«

»Wir haben uns sowieso dagegen entschieden«, antwortete Mortier. »Folglich ist es unnütz, es zu diskutieren. Das einzige, was ich daran bedaure, ist nur, daß ein solcher alter Schwachkopf wie Lolivrel davonkommt. Es hätte ihm sehr gutgetan, von ein paar brutalen Schurken in den Epirus verschleppt zu werden. Aber wir haben uns zu einem anderen Plan entschlossen.

General Barraud, unser Militärattaché, wird in Kürze eine Reise nach Dyse unternehmen. Barraud hat fortgesetzt jedem Telegramm widersprochen, das sein Kollege, Kapitän De Caux, abgesandt hat. Folglich haben wir beschlossen, das Eisenbahngleis vor seinem Zug in die Luft zu sprengen. Das wird General Barraud darüber belehren, daß die Lage hier draußen wirklich verzweifelt ernst ist, und sein nächstes Telegramm an das Kriegsministerium wird vielleicht nicht allem direkt widersprechen, was der Marineattaché sagt. Ich habe den Ärger mit General Barraud restlos satt.

Et bien, lieber Freund, wir können es ganz leicht so einrichten, daß General Barraud aus Dyse im gleichen Zug zurückfährt wie Sophiano, und wenn die Explosion erfolgt, werden wir keine Schwierigkeiten haben, uns Sophianos Depeschen zu verschaffen.«

»Das meinen Sie doch nicht wirklich im Ernst?« fragte Waterlow in größter Verwunderung.

»Ganz gewiß meine ich es ernst.«

Waterlow schüttelte den Kopf.

»Die Sache gefällt mir nicht, Mortier. Ich bin ganz Ihrer Meinung, daß der König Sarrail angreifen würde, wenn er es sich getrauen würde. Aber offen gesagt glaube ich nicht, daß er es sich trauen wird. Es würde mir die größte Genugtuung verschaffen, Sophianos Briefe in die Hand zu bekommen und auf jeden Fall mich selbst zu vergewissern, ob Tom Tiddler mit dem Kaiser über die Angelegenheiten hier draußen in regelmäßiger Verbindung steht oder nicht. Aber was den Plan betrifft, diesen Zug in die Luft fliegen zu lassen, so kann ich Ihnen nicht beistimmen. Vor allem einmal können Sie sich auf die Burschen nicht verlassen, die Sie für ein solches Unternehmen heranziehen müssen. Sie werden die Sache wahrscheinlich verpfuschen und möglicherweise ernste Verluste an Menschenleben verursachen.«

Der Franzose zwirbelte böse seinen kleinen Schnurrbart.

»Es ist sehr schade«, sagte er, »daß England nicht von den Boches verwüstet worden ist. Sie würden unseren Standpunkt in Frankreich sonst besser verstehen können.«

»Ich bin ganz genauso wie Sie dafür, dem König die Klauen zu stutzen und ihn zu zwingen, sofort zu demobilisieren, wenn er nicht auf unserer Seite in den Krieg eintreten will. Niemand liegt mehr daran als mir, zu beweisen, daß er viel zu gefährlich ist, als daß man ihn frei herumlaufen lassen kann. Aber warum konzentrieren Sie sich nicht erst einmal auf diesen Kurier, ehe Sie anfangen, Eisenbahnzüge in die Luft zu sprengen und Gesandte zu entführen, um eine Krise heraufzubeschwören?«

Mortier runzelte die Stirn, erhob sich und erklärte kühl, er müsse jetzt gehen. Er konnte nicht einmal jenen schwachen Anflug der Kritik vertragen, der in einem momentanen Zaudern enthalten war. Wie eine Frau, die sofortige Bewunderungsrufe für einen extravaganten Hut oder ein Kleid erheischt, verlangte er unverzügliche Komplimente für seine übertriebensten und haarsträubendsten Pläne; und so wie die gesamte Frauenwelt und nicht nur die einzelne Frau sich verletzt fühlt, wenn ein Mann irgendeiner Mißgeburt der Mode seine Bewunderung vorenthält, so verübelte Mortiers Nationalbewußtsein weit mehr als seine persönliche Eitelkeit dem Engländer seine Kritik.

»Ich bedaure sehr, daß ich Sie mit meinen Projekten gelangweilt habe«, erklärte er seinem Gastgeber steif.

»Unsinn«, versetzte Waterlow. »Sie haben mich überhaupt nicht gelangweilt. Ich weiß Ihren Freimut sehr zu schätzen. Und Sophiano und seine Briefe sind jetzt sowieso zu Ihrer Angelegenheit geworden, da ich seinetwegen nichts unternehmen kann.«

»Ich glaube, wir werden ihn haben, wenn wir das Bahngleis in die Luft sprengen.«

»Gut, gut, aber sprengen Sie nicht auch gleich Ihren Militärattaché in die Luft.«

Mortier warf den Kopf zurück.

»Ich versichere Ihnen, mein Freund, daß ich keine Träne vergießen würde, wenn General Barraud in die Luft gesprengt werden könnte. Er ist sehr gegen Kapitän De Caux.«

Der Eisenbahnzug wurde jedoch nicht in die Luft gesprengt, weil die Leute, denen Mortier die Bomben mit Zeitzündung anvertraut hatte, zur Ansicht gelangten, es sei patriotischer, die bulgarische Gesandtschaft in die Luft zu sprengen. Also legten sie eine Woche später drei Bomben auf die Treppenstufen des Eingangs, zogen die Uhrwerke der Bomben auf, stellten sie so ein, daß sie in einer Stunde explodierten, und zogen sich mit dem Geld, das Mortier ihnen gezahlt hatte, in die Berge des Epirus zurück. Sie hatten darauf bestanden, daß ihnen die ganze Summe im voraus ausbezahlt werde, denn falls sie, wie sie mit unwiderlegbarer Logik darlegten, zusammen mit dem Eisenbahngleis in die Luft fliegen sollten, würde ihr Erfolg nie die Belohnung erhalten, die er verdiente.

Tatsächlich ging nur eine der drei Bomben überhaupt los, und sie stiftete keinen ärgeren Schaden, als daß sie das Türschloß der Eingangstür beschädigte und den Portier weckte, der die Abreise des Gesandtschaftspersonals in ein kühleres Haus in Ilissa ausgenutzt hatte, um sich einmal eine Nacht ordentlich auszuschlafen. Die Gesandten der Entente-Mächte hatten den örtlichen Behörden in letzter Zeit wegen ihrer böswilligen Neutralität so oft auf die Finger klopfen müssen, daß es nicht überraschen konnte, wenn die örtlichen Behörden jetzt die Gelegenheit dieser Komiker-Freveltat ergriffen, um über die Terrorakte der Entente-Agenten Beschwerde zu führen.

»Lieber Waterlow«, schrieb Sir Frederic Ovenden, »der Innenminister teilt mir mit, daß die Explosion in der bulgarischen Gesandtschaft Ihr Werk sei. Bitte haben Sie die Freundlichkeit, heute oder morgen bei mir hereinzuschauen und mir diese, wie ich hoffen darf, lächerliche Anschuldigung gegen Sie zu erklären.«

Es gelang Waterlow, den britischen Gesandten davon zu überzeugen, daß weder er selbst noch einer seiner Leute mit der Sache etwas zu tun hatten.

»Gut, ich verlasse mich auf Ihr Wort«, sagte Sir Frederic. Er lehnte sich in seinem abgeschabten Saffianledersessel zurück und blickte Waterlow über die Brücke seiner riesigen Hände an. »Aber ich habe den Eindruck, daß dieser lästige kleine Bursche De Caux versucht, die Dinge hier zu überstürzen. Das ist das Schlimmste an den Franzosen. Nicht einer von ihnen kann der Versuchung widerstehen, den Napoleoncello zu spielen, sobald er mal aus Frankreich heraus ist. Es ist weiß Gott schon schwierig genug, hier draußen zu entscheiden, wie man vorgehen und was man sagen soll, ohne diese diplomatischen Freischärler, die auf eigene Faust handeln.«

»Ich glaube, der französische Geheimdienst ist überzeugt, daß der König beabsichtigt, uns eine unangenehme Überraschung zu bereiten, Sir.«

»Ach, das ist französisches Kikeriki-Gekrähe!« rief Sir Frederic mit dröhnender Verachtung. »Es ist völlig unerträglich, daß ein alberner kleiner Leichtgewichtler wie De Caux in der Lage ist, über den Kopf seines Gesandten hinweg direkt mit Paris zu korrespondieren. Nicht, daß ich etwas für Lolivrel übrighabe; er ist ein aufgeblasener Esel. Trotzdem, es ist ein unerträglicher Zustand.«

Waterlow hatte überlegt, ob es tunlich sei, dem Gesandten Mortiers Darlegung der französischen Politik in allen Einzelheiten zu berichten. Aber er beschloß, den Mund zu halten. Wenn der Quai d'Orsay den französischen Vertretern hier draußen gestattete, eine eigene Politik zu verfolgen, und wenn Downing Street außerstande war, sich auf eine politische Linie festzulegen – was machte es schon? Was machte überhaupt irgend etwas?

»Sie sehen nicht gerade glänzend aus heute nachmittag«, sagte Sir Frederic von irgendwoher, aus meilenweiter Entfernung.

»Oh, mir fehlt nichts, Sir«, antwortete er mit einer Stimme, die knatternd und donnernd aus seinem Mund hervordröhnte wie ein Eisenbahnzug aus einem Tunnel.

Und dann schienen Sir Frederics ein Meter achtundachtzig zu einem Nichts zusammenzuschrumpfen, und Sir Frederics große Hakennase wurde immer länger und länger und kräuselte sich um Sir Frederics Kinn und wickelte sich um seinen Hals, einmal, noch einmal herum und herum und herum . . . und von ganz weit weg kam Sir Frederics Stimme, die fragte, ob er seinen Wagen draußen habe. Diesmal blieb seine Stimme bei dem Versuch zu antworten im Tunnel stecken, und er konnte nur nicken, nicken und nicken und nicken wie ein Porzellan-Mandarin auf einem Kaminsims . . . nicken und nicken und die Zunge herausstrecken.

»Ich hoffe, ich strecke nicht die Zunge heraus, Sir?« Hatte er das wirklich gesagt?

»Je eher Sie sich Ihre Zunge von einem Arzt ansehen lassen, desto besser.«

»Nein, ich bin ganz in Ordnung . . . völlig in Ordnung.«

Wahrhaftig, sie gingen ja jetzt die breite Marmortreppe der Gesandtschaft hinunter und quer durch die kühle, schattige Marmoreingangshalle. Und jetzt hatte Scrutton, der Portier, seinen anderen Arm ergriffen.

»Mein Gott, diese Sonne haut es einem aber über den Schädel wie mit einem Cricketschläger . . . zu albern, daß einem die Zähne so klappern . . . kann aber gar nichts dagegen machen . . . sie schnattern einfach von selbst . . . zu albern . . . gebe mir alle Mühe . . . s-s-s-ehr ei-ei-ei-eigenartig.«

»Ist Mr. Crowder draußen in Limani?«

»Jawohl, Sir Frederic.«

Das war Gunton. Was für eine absurde Stimme Gunton hatte!

». . . und sagen Sie ihm, er soll Kapitän Waterlow sofort ins Bett stecken und seine Temperatur messen . . .«

Komisch, wie die Straßen heute nachmittag aussahen. Zum Teil waren sie genau wie sonst . . . dieselben Leute, die auf der Schattenseite entlangtrippelten . . . dieselben

Geschäfte mit den herabgelassenen Jalousien auf der Sonnenseite ... und dann auf einmal gehen alle wie Korkenzieher herum, und die Häuser rollen sich zusammen und rollen sich wieder auf ... dieses verdammte Zähneklappern ... verdammt peinlich, so durch die Straßen zu fahren und dabei einen Lärm zu machen wie durcheinandergewürfelte Dominosteine ... warum können sie bloß Autos nicht ordentlich bauen ... unmöglich, sich in einem Auto auszustrecken ... rede ja Unsinn ... muß mich zusammenreißen ...

Schon gut, Crowder. Ich werde völlig in Ordnung sein, wenn ich mich ein bißchen hingelegt habe ... da wird das Zähneklappern gleich auf-auf-auf-hören ... sticht mich wie mit Nadeln ... aber ganz in Ordnung nach ein bißchen Ausruhen ... Um Gottes willen, nehmen Sie dieses verdammte Moskitonetz weg. Ich will hier nicht wie eine Braut mit ihrem verdammten Brautschleier liegen ... was sagen Sie da von einem Arzt? Ich will keinen Arzt. Das ganze ist nichts als eine royalistische Verschwörung. Wer ist der alberne kleine Herr da mit dem weißen Bart? Dr. Zaphiropoulos? Den kenne ich, der ist ein Verdächtiger. Wir haben ihn in den Akten. Hat im Oktober 1915 versucht, Puffbohnen nach Ägypten hineinzuschmuggeln. Habe Ananias und Zaphiropoulos in Kreta getroffen und ihnen wie üblich einen Haufen Lügen erzählt. Richtig, Crowder, mein Guter, stopfen Sie mir den Mund, damit ich nicht noch mehr von unseren Geheimnissen ausplaudere ...

»Wer hält denn da meine Hand?« Ach ja, natürlich, das war das Thermometer. »Na, was sagt es denn?«

»Bißchen erhöhte Temperatur.«

»Na, das weiß ich auch so, dazu brauche ich kein

Thermometer. Aber hören Sie mal zu, Doktor, was ich brauche, das ist eine lange Seereise. Gibt nichts Besseres auf der Welt. Eine ganz, ganz lange Seereise. Warum einigt ihr Leutchen euch nicht darauf, was ihr nun tun wollt, und laßt mich auf eine lange Seereise gehen? Ehrlich gesagt, Doktor, ehrlich gesagt muß ich Ihnen sagen, daß mir in diesem Augenblick, was immer dieser Augenblick sein mag nach osteuropäischer Zeit . . . ehrlich gesagt muß ich Ihnen sagen, daß mir gar nicht so zumute ist, als ob mir je besser zumute sein wird.

Und unter uns gesagt, würde ich sogar so weit gehen zu sagen, daß es mir total wurscht und schnuppe ist, ob es mir jemals besser gehen wird, solange das Wetter nicht kühler wird. Hat Crowder Ihnen erzählt, daß das Haus hier nur so gewimmelt hat von Bulgaren, als wir es gemietet haben? Konnte kein Auge zumachen, an Schlaf nicht zu denken. Ganz durchtriebene Biester, haben sich unter meinem Kopfkissen versteckt. Wenn Sie jemals Ärger mit Bulgaren haben sollten, Doktor, lassen Sie sich von Crowder eine Benzinzuteilung geben und ersäufen Sie sie darin.«

»Der Arzt kommt später heute abend noch mal wieder, Kapitän W. Hätten Sie gern einen Schluck Limonade?«

»Ist es eigentlich dunkel oder bin ich inzwischen erblindet?«

»Nein, es ist neun Uhr. Sie haben geschlafen. Ich werde jetzt noch mal Ihre Temperatur messen. Der Arzt meint, Sie haben einen leichten Anfall von Pappatacifieber.«

»Crowder, mir ist wie zum Sterben.«

»Na, ist ja auch kein Wunder bei der Temperatur.«

»Wie hoch ist sie denn?«

»Jetzt nur noch vierzig.«

»Ist das im Schatten gemessen? Lachen Sie doch nicht so

idiotisch, Crowder. Jeder, der Sie so lachen hört, würde ja glauben, mir geht es besser.«

»Ich dachte, es ginge Ihnen schon etwas besser.«

»Also dann denken Sie nicht. Diese schauderhafte Angewohnheit von Ihnen, zu denken, wird Sie noch zugrunde richten. Hat mich schon beinahe zugrunde gerichtet. Die Franzosen denken nicht. Sie handeln. Manchmal handeln sie wie die Narren, aber das ist immer noch besser als nachzudenken und überhaupt nicht zu handeln. Mein ganzes Nachdenken hilft mir nicht, die Probleme hier draußen zu lösen.

Verstehen Sie, der wahre Haken an diesem ganzen verdammten Krieg ist, daß die meisten Leute oben an der Spitze genauso ahnungslos und unwissend sind wie Leute wie ich. Und alle sind ganz gleich dumm. Sonst würde der Krieg ja aufhören. Das begreifen Sie doch, nein?

Alles, was gebraucht wird, damit dieser Krieg aufhört, ist, daß alle Leute in führenden Stellungen Pappatacifieber kriegen, und dann werden sie sofort einsehen, wie idiotisch das Ganze ist, genauso wie ich jetzt sehe, wie idiotisch es ist. Sie glauben, ich habe Fieberphantasien. Ich sehe es Ihrem rosa Reispuddinggesicht doch an, daß Sie glauben, ich phantasiere. Aber ich phantasiere ganz und gar nicht. Das ist der Witz an der Sache. In diesem Augenblick, was immer der Augenblick ist nach osteuropäischer Zeit ... bin ich vielleicht zum erstenmal in meinem Leben und ganz bestimmt zum erstenmal, seit ich hier herausgekommen bin, bei absolut normalen und gesunden Geisteskräften.

Die Franzosen wollen eine Puppe hinschicken, damit sie Sophiano ins Verderben lockt. Aber diesen alten Trick der Romanschreiber habe ich schon voriges Frühjahr versucht. Erinnern Sie sich, wie wir diese Frau bis nach Zürich geschickt haben, damit sie Grigoromichelaki nachstellt und bestrickt und betört und ihm auflauert und ihm seine Diplomatenvalise stiehlt? Erinnern Sie sich nicht an sie? Dieser große glotzäugige Klumpen parfümiertes Weiberfleisch, dieses übertrieben damenhafte Lotterlieschen mit ihren Schuhen, die ihr drei Nummern zu klein waren? Na ja, ich hätte mir vorher denken können, daß ein Mann mit einem Namen wie Grigoromichelaki sich von dieser Art Miezekatze nicht einfangen läßt. Im Augenblick, wo er über die Schweizer Grenze war, nachdem er mit ihr geschlafen hatte, hat er den Italienern gesagt, daß sie eine deutsche Spionin ist, und sobald die Italiener ganz sicher waren, daß sie keine deutsche Spionin war, haben sie sie verhaftet.

Aber das tut nichts zur Sache. Worauf ich hinauswill, wenn Sie genug Verstand haben, um mir zu folgen, ist, daß es nicht den mindesten Sinn und Zweck hat, Sophiano hochzunehmen. Und jetzt hören Sie mir mal ganz genau zu, denn wer weiß, in einem oder zwei Tagen bin ich vielleicht wieder gesund und wieder ganz genauso idiotisch wie alle anderen auch. Jetzt, in diesem Augenblick, ist mir völlig klar, daß wir nicht das mindeste Recht haben, dieses Volk hier zu zwingen, gegen Deutschland in den Krieg zu ziehen. Dieser ganze infernalische Imperialismus ist völlig verkehrt und ein regelrechtes Unrecht. Und ich weiß, daß er verkehrt und unrecht ist. Was ich gegen die Imperialisten habe, ist ganz einfach, daß sie nicht einmal ihre eigene verrottete Weltanschauung richtig handhaben können.

Es hat gar keinen Zweck, daß Sie jetzt dasitzen und ein schockiertes Gesicht machen, Crowder, weil ich mich nämlich im gegenwärtigen Augenblick, was immer dieser gegenwärtige Augenblick nach osteuropäischer Zeit sein mag, im Fieberwahn befinde und folglich nichts, was ich sage, als Beweismaterial gegen mich verwendet werden kann. Auch Diamantis ist ein Imperialist, aber die Pointe bei Diamantis ist, daß er weiß, was er will. Er will ein imperium in imperio, wenn Sie wissen, was das ist, was wahrscheinlich nicht der Fall ist, weil Sie, bis Sie hier zu mir in diese Klapsmühle von einem Geheimdienstladen gekommen sind, überhaupt nichts gewußt haben, außer wie man Lakritzen anbaut. Und damals waren Sie ein klügerer Mann, als Sie es heute sind.

Diamantis will das Land hier mit Hilfe des britischen Empire zu einem Westentaschen-Weltreich ausbauen. Nun, Sie wissen, daß große Ideen nicht immer gute Ideen sind. Also dann, nun findet aber Tom Tiddler nicht, daß Diamantis' große Idee eine gute Idee ist. Tom Tiddler hätte lieber eine kleine Idee. Ich kann Ihnen das jetzt nicht im einzelnen erklären, weil ich mich gerade jetzt in diesem osteuropäischen Augenblick nicht wohl genug fühle, um Ihnen all die komplizierten Verwicklungen und Feinheiten des persönlichen Verhältnisses zwischen Diamantis und Tom Tiddler zu erläutern. Aber was ich Ihnen erklären möchte, das ist die abgrundtiefe Torheit unseres Benehmens. Glauben Sie denn, mir ist nicht klar, daß General Sarrail Diamantis in seine Tasche und die ganze Stadt hier in seinen Rucksack stecken will, um dann nach Paris zurückzukehren und durch den Arc de Triomphe zu reiten wie ein Zirkusbesitzer, der ein Vermögen gemacht hat? Natürlich habe ich das begriffen.

Aber unsere Imperialisten zu Hause, die Männer, die das britische Empire zu dem gemacht haben, was es nicht ist, haben nicht die Courage einzusehen, daß wir, wenn wir den Nahen Osten nicht fest in der Hand behalten, Ägypten und vielleicht auch Indien verlieren werden. Mir persönlich ist es völlig schnuppe, ob wir das eine oder das andere oder beide verlieren. Mir soll es gleich sein, wenn uns nichts weiter bleibt als Kleopatras Nadel*. Aber darum geht es nicht. Es gibt in England eine Menge bedauernswerter Unglücklicher, denen es gar nicht gleichgültig ist und die in diesem Augenblick felsenfest davon überzeugt sind, daß ihre Herren und Meister alle nötigen Vorsichtsmaßnahmen treffen, um unsere Interessen hier draußen zu schützen.

Diese Leute glauben, daß wir Diamantis unterstützen, und dabei tun wir nichts dergleichen. Das Foreign Office, Crowder, ist der Mr. Micawber** unseres Staatsapparates. Es tut nichts außer zu warten, daß ›irgendwas auftaucht‹. Neulich hat Sir Frederic an das Foreign Office telegrafiert und angefragt, was unsere Politik hier draußen eigentlich ist, und das Foreign Office hat ihm zurücktelegrafiert, wir hätten hier draußen keine Politik, außer die Franzosen sanft in Schach zu halten.

Aber wenn die Franzosen anfangen, Züge in die Luft zu sprengen und Zwischenfälle zu schaffen, wie sollen wir sie daran hindern? Niemand scheint zu begreifen, daß die Franzosen beabsichtigen, dieses Land hier zu besetzen. Und warum? Weil sie beabsichtigen, nach dem Krieg den ganzen Nahen Osten in die Hand zu nehmen und zu regieren. Die Italiener beabsichtigen das gleiche. Und im innersten Herzen, nehme ich an, wenn wir ehrlich sind,

* Die Nadel der Kleopatra ist ein kleiner ägyptischer Obelisk, der am Themseufer in London steht.
** Sprichwörtlich gewordene Romanfigur aus Dickens' ›David Copperfield‹

auch wir. Aber welchen Zweck hat es zu beweisen, daß Tom Tiddler mit dem Gedanken liebäugelt, mit den Deutschen gemeinsame Sache zu machen, wenn wir nicht bereit sind, Diamantis offen zu unterstützen? Wenn Sir Frederic morgen früh zu Diamantis hinginge und sagte: ›Hören Sie zu, schießen Sie los, und wir unterstützen Sie‹, ich glaube, der alte Knabe könnte das ganze Land auf die Beine bringen. Aber nein, das wäre, wie Sir Edward Grey es ausdrückt, Einmischung in die inneren Angelegenheiten eines anderen Landes.

Verstehen Sie, wir haben damals wegen Belgien in der ganzen Welt ein solches Geschrei gemacht, daß wir es uns jetzt nicht leisten können zuzugeben, daß wir die Neutralität dieses Landes bereits verletzt haben. Und wir schieben die Schuld daran dem armen alten Diamantis zu, so daß er neulich an Sir Edward Greys Ehrgefühl appellieren mußte, er solle doch nicht sagen, daß wir auf seine Aufforderung hin nach Saloniki gegangen seien. Und obwohl ich hier draußen an einer, wie es so schön heißt, kriegswichtigen Stelle arbeite, möchte ich, daß Sie sich darüber im klaren sind, daß ich in diesem Fieberzustand genau weiß, daß ich etwas tue, was ich verabscheue, und für etwas arbeite, woran ich nicht glaube.

Ich will natürlich Deutschland besiegen, selbstverständlich, aber ich will es besiegen, indem ich U-Boote vernichte und nicht, indem ich emsig daran arbeite, ein kleines Land zu zertrümmern, ohne irgendeine feierliche Versicherung, daß wir ehrlich beabsichtigen, wieder aufzubauen, was wir zerschlagen haben. Und während ich mich in diesem Zustand befinde, möchte ich es Ihrem Fettschädel eintrichtern, daß ich mir tief drinnen sehr genau bewußt bin, daß unser Benehmen hier draußen restlos unentschuldbar ist. In einem oder zwei Tagen werde ich wieder mein unwirkliches Selbst sein, und dieser Alptraum der Wirklichkeit, in dem ich in diesem Augenblick herumwandere, was immer der verdammte Augenblick sein mag und wo immer ich mich befinden mag, wird nicht das geringste mehr bedeuten. Ich wollte, ich wüßte, ob die Franzosen Sophiano hoppgenommen haben, und ich wollte, ich wüßte, ob die Rumänen jetzt in den Krieg eintreten und ob die Deutschen und Bulgaren einen Großangriff machen werden und ob Sarrail bereit ist für den . . .«

Waterlow drehte sich um und war bald darauf eingeschlafen. Drei Tage später war er wieder im Dienst. Als er im Wagen nach Nummer Zehn hinunterfuhr und am Außenministerium vorbeikam, stieg gerade ein bebrillter junger Mann aus einer Droschke und ging mit zwei Aktentaschen hinein. Hätte Waterlow ein wenig gewartet, so hätte er bald darauf sehen können, wie der junge Mann mit einer Aktentasche wieder herauskam und mit ihr zur deutschen Gesandtschaft fuhr.

An diesem Abend verkündete Crowder strahlend vor Stolz, er habe den neuen Portier der deutschen Gesandtschaft, der an die Stelle von Keats getreten war, gekauft, und dieser Mann habe ihm als erste kostbare Information soeben hinterbracht, Monsieur Sophiano sei aus Berlin eingetroffen und habe dem deutschen Gesandten mehrere Bündel Briefe eingehändigt.

# Eric Ambler
## *Belgrad 1926*

*Der Verleger dieses Sammelbandes meinte, ich solle darin auch eine meiner eigenen Geschichten aufnehmen. Zu meinem Bedauern habe ich nie eine Spionage-Kurzgeschichte geschrieben. ›Belgrad 1926‹ ist ein Kapitel aus meinem Roman ›Die Maske des Dimitrios‹. Der Aufbau dieses Romans aus einzelnen Episoden – er handelt von der Bemühung, die Vorgeschichte eines unter dem Namen Dimitrios bekannten Verbrechers zusammenzutragen – bringt es mit sich, daß ›Belgrad 1926‹ mehr oder weniger in sich geschlossen ist und sich so liest, als sei es als Kurzgeschichte geschrieben worden. Ich habe den Text leicht bearbeitet, um diesen Eindruck zu verstärken.*

Die Menschen haben gelernt, ihrer Phantasie zu mißtrauen. Es berührt sie folglich seltsam, wenn sie durch Zufall entdecken, daß eine in der Phantasie, außerhalb ihrer Lebenserfahrung ersonnene Welt tatsächlich existiert. In diesem Sinn erinnert sich Latimer des Nachmittags in der Villa Acacias, während er Wladislaw Grodek zuhörte, als einen der seltsamsten seines Lebens. In einem Brief an den Griechen Marukakis, den er am gleichen Abend begann, als die Sache ihm noch frisch im Gedächtnis war, legte er die ganze Geschichte schriftlich nieder.

Genf, Sonnabend

Mein lieber Marukakis,

ich erinnere mich, daß ich Ihnen zu schreiben versprach, um Sie zu verständigen, falls ich noch etwas Weiteres über Dimitrios herausbekommen sollte. Sie werden möglicherweise ebenso erstaunt sein wie ich, daß es tatsächlich dazu gekommen ist. Ich meine, daß ich etwas herausgefunden habe; denn ich hatte Ihnen in jedem Fall schreiben wollen, um Ihnen nochmals für die Hilfe zu danken, die Sie mir in Sofia gewährt haben.

Sie werden sich entsinnen, daß ich, als ich Sie dort verließ, nach Belgrad unterwegs war. Warum dann schreibe ich Ihnen aus Genf?

Ich war darauf gefaßt, daß Sie diese Frage stellen würden.

Lieber Freund, ich wollte, ich wüßte die ganze Antwort darauf. Ich weiß sie nur zum Teil. Der Mann, der Dimitrios im Jahr 1926 in Belgrad beschäftigte, wohnt knapp außerhalb von Genf. Ich kann sogar erklären, wie ich mit ihm in Verbindung kam. Ich wurde mit ihm bekannt gemacht. Aber warum ich ihm vorgestellt wurde und was der Mann, der uns bekannt machte, sich davon verspricht, kann ich mir nicht denken. Ich hoffe, diese Zusammenhänge früher oder später herauszubekommen. Falls Sie dieses Geheimnis ärgerlich finden sollten, so lassen Sie mich Ihnen inzwischen versichern, daß es mir genauso geht.

Haben Sie je an die Existenz eines Meisterspions geglaubt? Ich bisher ganz gewiß nicht. Jetzt, seit heute, glaube ich daran. Der Grund hierfür ist, daß ich den größten Teil des Tages damit zugebracht habe, mit einem zu sprechen.

Er ist ein hochgewachsener, breitschultriger Mann von etwa sechzig mit schütterem grauem Haar, in dem das ursprüngliche Strohblond noch durchscheint. Er hat eine glatte, makellose Gesichtshaut, hellblaue Augen und völlig ruhige Hände – also offenkundig ein Mann mit wenigen Lastern, der gut auf sich achtgegeben hat. Er wohnt in einer teuren Villa am Seeufer mit zwei Dienstboten und einem Chauffeur für seinen Rolls-Royce. Von einer Frau nichts zu bemerken. Er sieht wie ein Mann aus, der ruhig und still die wohlverdienten Früchte einer untadeligen und ehrenwerten Laufbahn genießt. Er behauptet, er beschäftige sich zu seiner Erholung damit, eine Biographie des heiligen Stephan zu schreiben. Er stammt, wie ich höre, ursprünglich aus Polen. Ich darf Ihnen seinen Namen nicht nennen und werde ihn folglich nach bester Spionagegeschichtenart mit dem Buchstaben G. bezeichnen.

G. war ein Meisterspion (er lebt jetzt natürlich im Ruhestand) im gleichen Sinn, in dem der Drucker, den mein Verleger beschäftigt, ein Handwerksmeister ist. Das heißt, er beschäftigte Spione als Arbeitnehmer. Seine eigene Arbeit hatte hauptsächlich (wenn auch nicht ausschließlich) verwaltungsmäßigen Charakter.

Ich weiß, daß über Spione und Spionage eine Menge Unsinn geredet und geschrieben wird, und folglich möchte ich versuchen, Ihnen die Sache so darzulegen, wie G. sie mir dargelegt hat.

Er begann mit dem Napoleon-Zitat, daß im Krieg das Grundelement jeder erfolgreichen Strategie das Überraschungsmoment sei.

G. ist, wie ich sogleich anmerken muß, ein eingefleischter Napoleon-Zitierer. Zweifellos hat Napoleon diesen oder einen ähnlichen Ausspruch getan. Aber ich bin überzeugt, daß er nicht der erste militärische Führer war, der diesen Gedanken aussprach. Alexander, Cäsar, Dschingis-Khan und Friedrich der Große hatten alle die gleiche Idee. Und 1918 kam auch Foch darauf. Aber kehren wir zu G. zurück.

G. erklärt, die ›Erfahrungen des Krieges von 1914 bis 1918‹ zeigten, daß in einem künftigen Krieg (das klingt so wunderschön weit entfernt, finden Sie nicht?) die Beweglichkeit und Schlagkraft der neuzeitlichen Armeen und Flotten und die Existenz einer Luftwaffe dem Überraschungsmoment eine größere Bedeutung verschaffen werden denn je zuvor; ja, seine Bedeutung könne geradezu ausschlaggebend sein: wer den ersten Überraschungsangriff führe, könne möglicherweise sofort den ganzen Krieg gewinnen. Es sei folglich notwendiger denn je, sich vor der Überraschung zu schützen, und zwar schon bevor der Krieg überhaupt begonnen habe.

Nun gibt es in Europa an die siebenundzwanzig unabhängige Staaten. Ein jeder hat ein Heer und eine Luftwaffe, und die meisten haben auch irgendeine Art von Flotte. Aus Gründen ihrer eigenen Sicherheit muß jede dieser drei Waffengattungen wissen, was jede entsprechende Waffengattung in jedem der anderen sechsundzwanzig Ländern treibt – wie stark sie ist, wie schlagkräftig, welche geheimen Vorbereitungen sie trifft. Und das bedeutet Spione – Heerscharen von Spionen.

Im Jahr 1926 stand G. in italienischen Diensten, und im Frühling jenes Jahres ließ er sich in Belgrad nieder.

Die Beziehungen zwischen Jugoslawien und Italien waren damals gespannt. Die Wegnahme Fiumes durch die Italiener war den Jugoslawen noch in ebenso frischer

Erinnerung wie das Bombardement von Korfu; außerdem liefen Gerüchte um (die nicht der Grundlage entbehrten, wie man später im selben Jahr erfuhr), daß Mussolini sich mit der Absicht trug, Albanien zu besetzen.

Italien seinerseits traute Jugoslawien nicht über den Weg. Fiume lag unter der Nase der jugoslawischen Geschütze. Ein jugoslawisches Albanien entlang der Straße von Otranto war schlechthin undenkbar. Ein unabhängiges Albanien konnte nur so lange geduldet werden, als es sich unter vorwiegend italienischem Einfluß befand. Es konnte jedoch wünschenswert sein, auf Nummer Sicher zu gehen. Die Jugoslawen andererseits würden vielleicht mit Waffengewalt dazwischentreten. Die Berichte der italienischen Agenten in Belgrad gaben zu verstehen, daß Jugoslawien im Kriegsfall beabsichtigte, seine Küste zu schützen, indem es sich mit Hilfe von Minenfeldern nördlich der Straße von Otranto im Adriatischen Meer einkapselte.

Ich verstehe von diesen Dingen nicht viel, aber anscheinend braucht man, wenn man eine dreihundert Kilometer breite Meerenge für die Schiffahrt sperren will, nicht jeden Meter dieser Strecke mit Minen zu bepflastern. Man legt lediglich ein oder zwei kleine Minenfelder, ohne den Feind wissen zu lassen, wo sie sich genau befinden. Folglich steht dieser Feind vor der Notwendigkeit, die Lage dieser Minenfelder herauszubekommen.

Das also war G.s Auftrag in Belgrad. Italienische Agenten hatten ermittelt, daß die Minenfelder geplant waren. G., der Spionagefachmann, hatte jetzt die eigentliche Arbeit zu leisten: er mußte herausbekommen, wo sie gelegt werden würden, ohne daß – ein sehr wichtiger Punkt! – ohne daß die Jugoslawen herausbekamen, daß er es herausbekommen hatte. Wenn sie darauf kamen, würden sie die Lage der Minenfelder natürlich sofort ändern.

Bei diesem letzten Teil seines Auftrags versagte G. Der Grund für sein Versagen war Dimitrios.

Die Arbeit eines Spions ist mir immer schon ganz ungewöhnlich schwierig vorgekommen. Was ich damit sagen will, ist folgendes. Wenn ich von der britischen Regierung nach Belgrad geschickt würde mit dem Auftrag, mir die Einzelheiten eines geheimen Minenlege-Vorhabens in der Straße von Otranto zu beschaffen, so würde ich vorerst einmal schon überhaupt nicht wissen, wo anfangen. Aber angenommen, ich weiß, wie G. wußte, daß die Einzelheiten auf einer Seekarte der Meerenge mit gewissen Markierungen eingetragen sind. Gut und schön. Wie viele Ausfertigungen dieser Karte gibt es? Ich hätte keine Ahnung. Wo werden sie aufbewahrt? Ebenfalls keine Ahnung. Ich würde vielleicht annehmen, daß zumindest eine Ausfertigung irgendwo im Marineministerium aufbewahrt wird; das hätte immerhin Hand und Fuß. Aber das Marineministerium ist ein riesiger Laden. Außerdem wird die Seekarte höchstwahrscheinlich streng unter Verschluß gehalten. Und selbst gesetzt den unwahrscheinlichen Fall, daß ich herausbekäme, in welchem Zimmer des Ministeriums sie aufbewahrt wird und wie an sie heranzukommen ist, wie würde ich es anfangen, mir eine Kopie von ihr zu beschaffen, ohne daß die Jugoslawen merken, daß ich sie kopiert habe?

Wenn ich Ihnen nun sage, daß G. binnen eines Monats nach seiner Ankunft in Belgrad nicht nur herausgefunden hatte, wo eine Ausfertigung der Karte aufbewahrt wurde, sondern auch bereits genau wußte, wie er diese Ausfertigung kopieren würde, ohne daß die Jugoslawen etwas davon erfuhren, dann werden Sie verstehen, daß er sich mit Recht als einen fachmännischen Könner bezeichnete.

Wie fing er es an? Welches erfinderische Manöver, welcher subtile Trick machte es möglich? Ich werde versuchen, Ihnen die Trauernachricht schonungsvoll beizubringen.

G. gab sich als Deutscher aus, und zwar als Vertreter einer Fabrik für optische Instrumente aus Dresden, und schloß Bekanntschaft mit einem Beamten der U-Boot-Abwehr-Abteilung (die für U-Boot-Netze, Sperrbäume, Minenlegen und Minensuchen zuständig ist) des Marineministeriums!

Eher jämmerlich, finden Sie nicht? Das Erstaunliche daran ist, daß er selbst es sehr schlau und durchtrieben findet. Sein Sinn für Humor ist total gelähmt. Als ich ihn fragte, ob er je Spionagegeschichten lese, antwortete er, nein, sie kämen ihm immer sehr naiv vor. Aber es kommt noch ärger.

Er schloß diese Bekanntschaft, indem er sich in das Ministerium begab und den Portier am Eingang ersuchte, er solle ihm sagen, wie er zur Versorgungs-Abteilung komme, ein völlig normales Ersuchen für jemand, der von draußen hereinkommt und ein Außenstehender ist. Nachdem er auf diese Weise am Portier vorbei war, hielt er irgend jemand im Korridor an, erklärte ihm, man habe ihn zur U-Boot-Abwehr-Abteilung geschickt, aber er habe sich verirrt, und könne der Betreffende ihm bitte sagen, wie er hinkomme. Nachdem er so die U-Boot-Abwehr-Abteilung gefunden hatte, ging er einfach hinein und fragte, ob er hier richtig in der Versorgungs-Abteilung sei. Man sagte ihm, nein, das sei er nicht, und er ging wieder hinaus. Er war höchstens eine Minute lang drin gewesen, aber in dieser Zeit hatte er einen raschen Blick auf das Personal der Abteilung geworfen oder doch zumindest auf diejenigen Beamten, die er sehen konnte. Er suchte sich drei heraus und merkte sie sich. Am Abend wartete er draußen vor dem Ministerium, bis der erste von ihnen herauskam. Diesem Mann folgte er bis zu seiner Wohnung. Nachdem er seinen Namen herausbekommen und auch sonst soviel er konnte über ihn ermittelt hatte, wiederholte er das Verfahren an den folgenden Abenden mit den beiden anderen. Dann traf er seine Wahl. Sie fiel auf einen Mann namens Bulic.

Nun mögen G.s Methoden zwar nicht gerade besonders schlau und raffiniert gewesen sein, aber die Art, wie er sie anwandte, war es. Er selbst sieht gar nicht, daß hierin ein Unterschied besteht. Er ist nicht der erste erfolgreiche Mann, der die Gründe für seinen eigenen Erfolg mißversteht.

G.s Raffinement lag vorerst einmal darin, daß er sich Bulic als Werkzeug aussuchte.

Bulic war ein unangenehmer, eingebildeter Mensch zwischen vierzig und fünfzig, älter als die meisten seiner Kollegen im Amt und bei ihnen nicht beliebt. Seine Frau war zehn Jahre jünger als er, unzufrieden und hübsch. Er litt an einem chronischen Katarrh. Er hatte die Gewohnheit, nach Dienstschluß im Ministerium in ein nahegelegenes Café zu gehen und dort etwas zu trinken. In diesem Café machte G. seine Bekanntschaft, und zwar mittels des ältesten Verfahrens der Welt: er bat ihn um Feuer, bot ihm eine Zigarette an und spendierte ihm schließlich einen Drink.

Wie man sich vorstellen kann, wird ein kleiner Beamter in einem Ministerium, das sich mit streng vertraulichen

chen Dingen befaßt, selbstverständlich dazu neigen, gegenüber Café-Bekanntschaften, die versuchen, ihn über seine Arbeit auszuholen, mißtrauisch zu sein. G. war darauf vorbereitet, einem solchen Argwohn zu begegnen, lange ehe er Bulic selbst überhaupt in den Kopf kam.

Die Bekanntschaft reifte heran. G. befand sich jeden Abend im Café, wenn Bulic hereinkam. Sie plauderten zusammenhanglos über dies und das. G., der in Belgrad fremd war, fragte Bulic über dieses und jenes um Rat. Er bezahlte Bulics Getränke. Er gestattete Bulic eine gewisse leutselige Herablassung. Zuweilen spielten sie eine Partie Schach zusammen. Er ließ Bulic gewinnen. Bei anderen Gelegenheiten spielten sie mit anderen Stammgästen des Cafés Bezique zu viert. Dann, eines Abends, erzählte G. Bulic eine Geschichte.

Ein gemeinsamer Bekannter, sagte er, habe ihm gesagt, daß er, Bulic, im Ministerium eine wichtige Stellung bekleide.

Bulic mußte meinen, der gemeinsame Bekannte könne eigentlich nur einer der Herren gewesen sein, mit denen er im Café Karten spielte und sich unterhielt und die wohl eine ungefähre Ahnung hatten, daß er im Ministerium arbeitete. Er runzelte die Stirn und öffnete den Mund zum Sprechen. Vermutlich war er im Begriff, mit gespielter Bescheidenheit die Bezeichnung ›wichtig‹ abzuwehren. Aber G. ließ ihn nicht zu Worte kommen. Als Generalvertreter einer hochangesehenen Firma, die optische Instrumente herstelle, habe er Weisung erhalten, seiner Firma einen Auftrag auf Ferngläser zu verschaffen, den das Marineministerium demnächst vergeben werde. Er habe sein Lieferungsangebot bereits eingereicht und hege die nicht unberechtigte Hoffnung, sich den Auftrag sichern zu können, aber wie Bulic wohl wissen werde, gehe bei solchen Geschäften nichts über einen guten Freund bei Hofe. Falls also der liebenswürdige und einflußreiche Bulic einen gewissen Druck ausüben und darauf hinwirken wolle, daß die Dresdener Firma den Auftrag erhalte, so würden für ihn dabei zwanzigtausend Dinar abfallen.

Man muß diesen Vorschlag von Bulics Standpunkt aus betrachten. Da saß er, ein unbedeutender kleiner Beamter, und der Vertreter einer großen deutschen Firma umschmeichelte ihn und versprach ihm zwanzigtausend Dinar dafür, daß er genau nichts tat. Da das Lieferangebot bereits eingereicht war, ließ sich sowieso gar nichts mehr machen. Es hatte die gleiche Chance wie alle anderen Angebote. Wenn der Dresdener Firma der Auftrag zugesprochen wurde, hatte er zwanzigtausend Dinar in der Tasche, ohne sich in irgendeiner Weise bloßgestellt zu haben. Wenn sie ihn nicht bekam, dann hatte er dabei nichts verloren außer dem Respekt dieses dummen und schlecht informierten Deutschen.

G. gibt zu, daß Bulic einen halb entschlossenen Versuch machte, ehrlich und aufrichtig zu sein. Er murmelte etwas des Inhalts, daß er nicht sicher sei, ob sein Einfluß dabei helfen werde. G. tat, als habe er diese Äußerung als einen Versuch verstanden, die Bestechungssumme hinaufzudrücken. Bulic wehrte empört ab, an etwas Derartiges habe er überhaupt nicht gedacht. Damit war er verloren. Binnen fünf Minuten hatte er sich einverstanden erklärt.

Während der folgenden Tage wurden Bulic und G. enge Freunde. G. ging keinerlei Risiko ein. Bulic konnte nicht wissen, daß die Dresdener Firma überhaupt kein Angebot eingereicht hatte, da alle in der Versorgungs-Abteilung eingegangenen Angebote vertraulich behandelt wurden, bis der Auftrag plaziert war. Falls er so neugierig war, sich zu erkundigen, würde er feststellen – wie G. selbst vorher aus dem ›Regierungsanzeiger‹ festgestellt hatte –, daß die Versorgungs-Abteilung tatsächlich einen Auftrag auf Ferngläser ausgeschrieben hatte. Jetzt machte G. sich an die Arbeit.

Bulic, wohlverstanden, blieb nichts anderes übrig, als die Rolle zu spielen, die G. ihm zugeteilt hatte, nämlich die Rolle des einflußreichen Regierungsbeamten. G. seinerseits gab sich überaus liebenswürdig, indem er Bulic und die hübsche, aber dumme Madame Bulic in teure Restaurants und Nachtlokale einlud. Die beiden reagierten wie durstige Pflanzen auf Regen. Würde Bulic wohl vorsichtig und zurückhaltend sein, wenn er, nachdem er fast eine ganze Flasche süßen Champagners getrunken hatte, in ein Gespräch über Italiens überwältigende Flottenstärke und die Bedrohung der jugoslawischen Küste verwickelt wurde? Es war höchst unwahrscheinlich. Er war ein wenig betrunken. Seine Frau war anwesend. Zum erstenmal in seinem trübseligen Leben behandelte man seine Meinung mit der Achtung, die ihr gebührte. Außerdem mußte er ja seine Rolle spielen. Er durfte nicht den Eindruck erwecken, daß er keine Ahnung von dem hatte, was sich hinter den Kulissen abspielte. Er begann zu prahlen. Er habe selbst mit eigenen Augen die Pläne gesehen, die gegebenenfalls die italienische Flotte im Adriatischen Meer immobilisieren würden. Er müsse natürlich diskret sein und dürfe nichts ausplaudern, aber . . .

Am Ende dieses Abends wußte G., daß Bulic Zugang zu einer Ausfertigung der Seekarte hatte. Er hatte außerdem beschlossen, daß Bulic ihm diese Ausfertigung beschaffen werde.

Er entwarf einen sorgfältig ausgearbeiteten Plan. Dann sah er sich nach einem geeigneten Mann um, der ihn durchführen konnte. Er brauchte einen Mittelsmann. Er fand Dimitrios.

Wie G. von Dimitrios erfuhr, ist nicht klar. Ich könnte mir denken, daß ihm daran lag, keinen seiner alten Kumpane bloßzustellen. Man kann sich vorstellen, daß seine Zurückhaltung möglicherweise verständlich wäre. Wie auch immer, Dimitrios wurde ihm empfohlen. Ich fragte, welches die berufliche Tätigkeit des Empfehlers gewesen sei, aber G. drückte sich nicht deutlich aus. Das alles sei schon so lange her. Aber er erinnerte sich des mündlichen Zeugnisses, das die Empfehlung begleitete.

Dimitrios Talat war ein griechischsprechender Türke mit einem ›gültigen‹ Paß und dem Ruf, ein ›brauchbarer‹ und zugleich diskreter Mann zu sein. Er hatte außerdem angeblich Erfahrung mit ›Finanzarbeiten vertraulicher Art‹.

Wenn man nicht zufällig wußte, wofür er brauchbar war und welcher Art seine Finanzarbeit gewesen war, hätte man annehmen können, der Betreffende sei eine Art Bücherrevisor oder Steuerberater gewesen. Aber es scheint auf diesem Gebiet einen Jargon, eine Fachsprache zu geben. G. verstand diese Geheimsprache und entschied, daß Dimitrios für dieses Vorhaben der richtige Mann sei.

Dimitrios traf fünf Tage später in Belgrad ein und erschien in G.s Wohnung in der Nähe der Knez Miletina.

G. erinnert sich sehr genau an diese erste Begegnung. Dimitrios, sagt er, war ein mittelgroßer Mann von unbestimmbarem Alter zwischen fünfunddreißig und fünfzig – tatsächlich war er siebenunddreißig. Er war elegant gekleidet und ... aber ich zitiere Ihnen lieber G.s eigene Worte:

›Er war auf eine gewisse kostspielige Art ausgesprochen schick angezogen, und sein Haar begann an den Schläfen zu ergrauen. Er hatte ein geöltes, glattes, zufriedenes und zuversichtliches Gehaben und etwas an den Augen, das ich sofort erkannte. Der Mann war ein Zuhälter. Das erkenne ich immer. Fragen Sie mich nicht, wie. Ich habe in diesen Dingen den Instinkt einer Frau.‹

Da haben Sie es also. Dimitrios florierte, er hatte es inzwischen zu etwas gebracht. Hatte es seither noch mehr Madame Prevezas gegeben? Das werden wir nie erfahren. Auf jeden Fall spürte G. in Dimitrios den Zuhälter auf, und das mißfiel ihm durchaus nicht. Bei einem Zuhälter, so sagte er sich, konnte man sich darauf verlassen, daß er sich auf keine Weibergeschichten einließ und dadurch womöglich dem Vorhaben schadete. Außerdem besaß Dimitrios angenehme Manieren und gutes Benehmen. Ich zitiere Ihnen am besten noch einmal G.s eigene Worte:

›Er verstand es, seine Kleider auf elegante und gepflegte Art zu tragen. Und er sah intelligent aus. Das freute mich, denn ich beschäftigte nicht gern irgendwelches Lumpengesindel aus der Gosse. Zuweilen war es freilich nötig, aber ich tat es nie gern. Diese Leute verstanden mein eigentümliches Temperament nicht.‹

G. war, wie Sie sehen, einigermaßen heikel.

Dimitrios hatte seine Zeit nicht vergeudet. Er hatte inzwischen Deutsch und Französisch gelernt und sprach beides einigermaßen korrekt. Er sagte:

›Ich bin sofort hergekommen, als ich Ihren Brief erhielt.

Ich hatte zwar in Bukarest zu tun, aber ich freute mich über Ihren Brief, da ich bereits von Ihnen gehört hatte.‹ G. erklärte sorgfältig und mit Umsicht (es war nicht tunlich, einem voraussichtlichen Angestellten zuviel zu verraten), was zu tun war. Dimitrios hörte ungerührt zu. Als G. geendet hatte, fragte er, wieviel man ihm zu bezahlen gedenke.

›Dreißigtausend Dinar‹, antwortete G.

›Fünfzigtausend‹, sagte Dimitrios, ›und ich hätte sie gern in Schweizerfranken.‹

Sie einigten sich auf vierzigtausend, die in Schweizer Währung auszuzahlen waren. Dimitrios lächelte und bekundete mit einem Achselzucken sein Einverständnis.

Es waren die Augen des Mannes, als er lächelte, sagt G., die zum erstenmal Mißtrauen gegenüber seinem neuen Angestellten in ihm wachriefen.

Ich fand das sonderbar. War es denkbar, daß es eine Art Ehre unter Schurken gab, daß G. der Mann war, der er war und (bis zu einem gewissen Grad) wußte, was für eine Art Mann Dimitrios war, und dennoch ein Lächeln benötigte, um Mißtrauen in ihm wachzurufen? Aber es bestand kein Zweifel, daß er sich sehr lebhaft dieser Augen erinnerte. Die Preveza erinnerte sich ebenfalls an sie, nicht wahr? Braune, besorgte Augen, die einen an die Augen eines Arztes erinnerten, wenn er etwas mit einem macht, das weh tut. Das sagte sie doch, stimmt's? Nach meiner Theorie wurde sich G. erst, als Dimitrios lächelte, über die besondere Eigentümlichkeit des Mannes klar, den er in seine Dienste genommen hatte. ›Er machte den Eindruck, als sei er zahm, aber wenn man in seine braunen Augen blickte, sah man, daß er nichts von jenen Gefühlen besaß, die gewöhnliche Männer weich und nachgiebig machen, sondern daß er stets und immer gefährlich war.‹ Das sagte die Preveza. Spürte G. das gleiche? Vielleicht hat er es sich selbst nicht in derselben Weise erklärt – er ist nicht die Art Mann, die viel auf Gefühle gibt –, aber ich glaube, er dürfte sich doch wohl gefragt haben, ob er mit der Anstellung Dimitrios' nicht einen Fehler gemacht habe. Sie waren einander in ihrer Denkart gar nicht so unähnlich, und diese Sorte Wolf jagt lieber allein. Auf alle Fälle beschloß G., ein wachsames Auge auf Dimitrios zu haben.

Inzwischen fand Bulic das Leben angenehmer denn je zuvor. Er wurde in teure Lokale eingeladen. Seine Frau, vom ungewohnten Luxus erwärmt, sah ihn nicht mehr mit einem Ausdruck der Verachtung und des Widerwillens an. Mit dem Geld, das sie an den Mahlzeiten sparten, die der dumme Deutsche ihnen auftischte, konnte sie sich ihren Lieblingscognac leisten, und wenn sie trank, wurde sie freundlich und umgänglich. Binnen einer Woche würde er überdies vielleicht zwanzigtausend Dinar besitzen. Es bestand immerhin eine Chance. Er fühle sich überaus wohl, erklärte er eines Abends und fügte hinzu, billiges Essen sei schlecht für seinen Katarrh. Er fiel beinahe aus der Rolle, aber nur beinahe, nicht ganz.

Der Ferngläser-Auftrag wurde einer tschechoslowakischen Firma erteilt. Der ›Regierungsanzeiger‹, der diese Tatsache mitteilte, erschien um zwölf Uhr mittags. Eine Minute nach zwölf hatte G. sich bereits eine Nummer des Blattes verschafft und war unterwegs zu einem Graveur, auf dessen Werkbank ein halbfertiger Kupferprägestempel lag. Um sechs Uhr wartete er gegenüber dem Eingang des Ministeriums. Kurz nach sechs tauchte Bulic auf. Er hatte den ›Regierungsanzeiger‹ gelesen; er hatte ein Exemplar in der Hand. G. sah sogar aus der Entfernung sein niedergeschlagenes Gesicht. Er ging ihm nach.

Für gewöhnlich hätte Bulic nach wenigen Schritten die Straße überquert, um zu seinem Stammcafé zu gelangen. Diesmal zögerte er und ging dann geradeaus weiter. Er wollte dem Mann aus Dresden lieber nicht begegnen.

G. bog in eine Seitenstraße ein und winkte ein Taxi heran. Zwei Minuten später hatte das Taxi einen kleinen Umweg gemacht und kam auf Bulic zugefahren. Plötzlich wies er den Fahrer an, stehenzubleiben, sprang mit einem Satz auf das Trottoir und schloß Bulic hocherfreut in die Arme. Noch ehe der verwirrte Beamte etwas vorbringen konnte, hatte G. ihn bereits in das Taxi geschoben, überschüttete ihn mit Glückwünschen und Dankesworten und drückte ihm einen Scheck auf zwanzigtausend Dinar in die Hand.

›Aber ich dachte, Sie hätten den Auftrag nicht bekommen‹, murmelte Bulic schließlich.

G. lachte schallend, als sei dies ein kolossaler Witz ›Nicht bekommen!‹ Dann ›verstand‹ er. ›Ach so, natürlich! Das muß ich wohl vergessen haben, Ihnen zu sagen. Das Angebot war durch unsere tschechoslowakische Tochterfirma eingereicht worden. Hier – das wird Ihnen den Zusammenhang erklären.‹ Er drückte Bulic eine der frisch gedruckten Geschäftskarten in die Hand. ›Ich verwende diese Karte nicht oft. Die meisten Leute wissen ja, daß diese tschechische Fabrik meiner Firma in Dresden gehört.‹ Er schob die ganze Sache beiseite. ›So, und jetzt müssen wir sofort zusammen einen trinken. Fahrer!‹

An diesem Abend feierten sie. Nachdem Bulic seine anfängliche Verwirrung hinter sich hatte, nutzte er die Situation vollauf aus. Er betrank sich. Er begann aufzuschneiden und mit seinem Einfluß im Ministerium zu prahlen, bis es sogar G., der allen Grund zur Befriedigung hatte, schwerfiel, keine Miene zu verziehen.

Aber gegen Ende des Abends nahm er Bulic beiseite. Das Ministerium habe Kostenanschläge für Entfernungsmesser ausgeschrieben. Ob er, Bulic, dabei wohl behilflich sein könne? Selbstverständlich konnte er es. Und nun wurde Bulic durchtrieben. Jetzt, da der Wert ihrer Zusammenarbeit feststehe, habe er doch wohl Anspruch auf eine Anzahlung?

G. war darauf nicht gefaßt gewesen, aber es belustigte ihn insgeheim, und er war sofort einverstanden. Bulic erhielt einen zweiten Scheck, diesmal auf zehntausend Dinar. Sie vereinbarten, daß er weitere zehntausend erhalten sollte, sobald der Auftrag bei G.s Firma placiert war.

Bulic war jetzt wohlhabender denn je zuvor. Er besaß dreißigtausend Dinar. Zwei Abende darauf, im Speisesaal eines eleganten Hotels, stellte G. ihm den Freiherrn von Kiessling vor. Unnötig zu sagen, daß des Freiherrn von Kiessling anderer Name Dimitrios war.

›Man hätte ohne weiteres glauben können‹, sagt G., ›daß er sein ganzes Leben in einer solchen Umgebung verbracht hatte. Und wer weiß, vielleicht hatte er es sogar. Sein Auftreten war absolut perfekt. Als ich ihm Bulic als einen hohen Beamten des Marineministeriums vorstellte, war seine aristokratische Leutseligkeit einfach prachtvoll. Madame Bulic wußte er auf geradezu superbe Weise zu nehmen. Als ob er eine Prinzessin begrüße. Aber ich sah, als er sich herabbeugte, um ihr die Hand zu küssen, wie seine Finger ihr sanft innen über die Handfläche strichen.‹

Dimitrios hatte sich im Speisesaal bereits zur Schau gestellt, noch ehe G. vorgab, ihn zu kennen, um G. Zeit zu geben, den Boden zu bereiten. Der ›Freiherr‹, sagte G., nachdem er die Bulics auf Dimitrios aufmerksam gemacht hatte, sei eine sehr bedeutende Persönlichkeit. Vielleicht ein wenig geheimnisvoll, aber ein überaus wichtiger Mann im großen internationalen Geschäftsleben. Er sei enorm reich und angeblich Hauptaktionär von siebenundzwanzig großen Unternehmungen. Ein Mann, dessen Bekanntschaft nützlich sein könne.

Die Bulics waren hocherfreut, ihm vorgestellt zu werden. Als der ›Freiherr‹ sich herabließ, an ihrem Tisch ein Glas Champagner zu trinken, kamen sie sich ungeheuer geehrt vor. Sie gaben sich mit ihrem gebrochenen Deutsch die größte Mühe, liebenswürdig und gefällig zu sein. Bulic dürfte das Gefühl gehabt haben, daß dies der Augenblick war, auf den er sein ganzes Leben lang gewartet hatte: endlich hatte er Beziehungen zu Leuten, auf die es ankam, zu den wirklichen Leuten, den Leuten, die andere Menschen groß machten und zerbrachen, den Leuten, die vielleicht auch ihn groß machen würden. Vielleicht sah er sich als Direktor einer der Gesellschaften des ›Freiherrn‹, mit einem schönen Haus und umgeben von anderen Menschen, die von ihm abhingen, treu ergebenen Dienern, die ihn als Mann und Menschen wie als Herrn und Meister respektierten. Als er sich am nächsten Morgen zu seinem Büroschemel im Ministerium begab, muß ihm das Herz vor Freude fast zersprungen sein, einer Freude, welche von den leisen Zweifeln, den leichten Gewissensbissen, die sich so leicht stillen ließen, noch versüßt wurde. Schließlich und endlich, G. hatte für sein Geld etwas bekommen. Er selbst, Bulic, hatte nichts zu verlieren. Außerdem konnte man nicht wissen, was bei dem Ganzen vielleicht noch herausschauen würde. Es hatten schon seltsamere Pfade zu Reichtum und Glück geführt.

Der ›Freiherr‹ hatte freundlicherweise zugesagt, mit Herrn G. und seinen beiden reizenden Freunden zwei Tage später zu Abend zu essen.

Ich fragte G.: ›Warum erst zwei Tage später? Wäre es nicht besser gewesen, das Eisen zu schmieden, solange es heiß war? Zwei Tage gaben den Bulics Zeit zum Nachdenken.‹ ›Sehr richtig, genau das‹, antwortete G. ›Zeit, um an die guten Dinge zu denken, die im Kommen waren, um sich auf das Festmahl vorzubereiten, um zu träumen.‹ Er wurde bei dem Gedanken ganz unnatürlich ernst und feierlich und zitierte dann plötzlich mit einem grinsenden Lächeln Goethe: ›Ach! warum, ihr Götter, ist unendlich alles, alles, endlich unser Glück nur?‹ Wie Sie sehen, nimmt G. einen gewissen Sinn für Humor für sich in Anspruch.

Dieses Souper war für ihn der entscheidende, kritische Moment. Dimitrios begann Madame zu bearbeiten. Es sei ein solches Vergnügen, so reizende Menschen wie Madame – und natürlich auch ihren Gatten – kennenzulernen. Sie – und natürlich auch ihr Gatte – müsse unbedingt nächsten Monat sein Gast auf seiner Besitzung in Bayern sein. Er ziehe Bayern seinem Haus in Paris vor, und in Cannes sei es im Frühling zuweilen noch recht kalt. Madame werde es in Bayern gut gefallen, und gewiß auch ihrem Gatten. Das hieß, falls er sich vom Ministerium frei machen könne.

Grobes, primitives Zeug, gewiß; aber die Bulics waren grobe, primitive Leute. Madame schlürfte es alles mit ihrem süßen Champagner in wonniger Gier, während Bulic verdrießlich wurde. Dann kam der große Augenblick.

Ein Blumenmädchen blieb mit seinem Tablett voll Orchideen an ihrem Tisch stehen. Dimitrios wandte sich zu ihr um, wählte die größte und teuerste Blüte und reichte sie Madame Bulic mit einer schwungvoll-graziösen Handbewegung und dem Ersuchen, sie möge sie als Unterpfand seiner Hochschätzung entgegennehmen. Madame Bulic nahm sie entgegen. Dimitrios zog seine Brieftasche hervor, um zu zahlen. Dabei fiel ein dickes Bündel Tausend-Dinar-Scheine aus seiner inneren Rocktasche auf den Tisch.

Dimitrios tat mit einem Wort der Entschuldigung das Geld zurück in seine Tasche. G. nahm sein Stichwort auf und meinte, das sei doch ein bißchen viel Geld, um es so lose in der Tasche zu tragen, und ob der ›Freiherr‹ immer so viel bei sich habe. Nein, das habe er nicht. Er habe das Geld vor einigen Stunden bei Alessandro gewonnen und vergessen, es oben in seinem Zimmer aus der Tasche zu nehmen und einzuschließen. Ob Madame Alessandros Spielklub kenne? Sie kannte ihn nicht. Die beiden Bulics versanken in tiefes Schweigen, während der ›Freiherr‹ weiterredete: Sie hatten noch nie in ihrem Leben so viel Geld auf einem Haufen gesehen. Nach Ansicht des ›Freiherrn‹ war Alessandro der zuverlässigste Spielklub in Belgrad. Bei Alessandro kam es nur auf das eigene Glück an und nicht auf das Geschick des Croupiers. Er persönlich habe heute abend eine Glückssträhne gehabt – sein samtener Blick ruhte dabei auf Madame – und etwas mehr gewonnen als gewöhnlich. An dieser Stelle zögerte er kurz. Und dann: ›Da Sie noch nie dort waren, würde es mich freuen, wenn Sie mir später, nach dem Souper, als meine Gäste dort Gesellschaft leisten würden.‹

Natürlich gingen sie mit, und natürlich erwartete man sie und hatte die entsprechenden Vorbereitungen getroffen. Dimitrios hatte alles arrangiert. Kein Roulett – es ist schwierig, jemand beim Roulettspiel zu betrügen –, aber Trente-et-Quarante. Der Mindesteinsatz waren zweihundertfünfzig Dinar.

Sie ließen Getränke kommen und sahen dem Spiel eine Weile zu. Dann beschloß G., ein bißchen zu spielen. Sie sahen, wie er zweimal gewann. Dann fragte der ›Freiherr‹ Madame, ob sie nicht auch ein bißchen spielen wolle. Sie sah fragend auf ihren Mann. Bulic sagte entschuldigend, er habe nur sehr wenig Geld bei sich. Aber Dimitrios war darauf vorbereitet. Aber das macht nicht das geringste, Herr Bulic! Er persönlich sei Alessandro gut bekannt. Man werde einem seiner Freunde selbstverständlich gefällig sein. Sollte er ein paar Dinar verlieren, so werde Alessandro gern einen Scheck oder einen Schuldschein dafür nehmen.

Die Farce ging weiter. Alessandro wurde gerufen und vorgestellt. Man erklärte ihm die Situation. Er hob abwehrend die Hände. Ein Freund des ›Freiherrn‹ brauche um dergleichen gar nicht eigens zu ersuchen. Außerdem habe er ja noch nicht gespielt. Darüber brauche man erst zu reden, falls er ein bißchen Pech haben sollte.

G. meint, wenn Dimitrios den beiden gestattet hätte, auch nur einen Augenblick lang miteinander zu reden, hätten sie nicht gespielt. Zweihundertfünfzig Dinar waren der Mindesteinsatz, und nicht einmal der Besitz von dreißigtausend konnte sie vergessen lassen, wieviel zweihundertfünfzig für sie an Wohnungsmiete und Lebensmitteln bedeuteten. Aber Dimitrios gab ihnen keine Gelegenheit, ihre Zweifel und Befürchtungen miteinander auszutauschen. Statt dessen murmelte er, während sie hinter G.s Stuhl warteten, Bulic zu, falls Bulic an einem Tag dieser Woche Zeit habe, würde er, der ›Freiherr‹, gern mit ihm beim Mittagessen geschäftliche Dinge besprechen.

Der Augenblick war wundervoll richtig gewählt. Ich glaube, Bulic kann die Bemerkung nur so verstanden haben: Mein lieber Bulic, Sie brauchen sich wirklich wegen ein paar hundert läppischen Dinar keine Sorgen zu machen. Ich interessiere mich für Sie, und das bedeutet, daß Sie Ihr Glück bereits gemacht haben. Bitte enttäuschen Sie mich nicht, indem Sie sich als weniger bedeutend erweisen, als Sie sich jetzt den Anschein geben. Madame Bulic begann zu spielen.

Ihre ersten zweihundertfünfzig verlor sie auf couleur. Die zweiten gewannen auf inverse. Dann riet ihr Dimitrios zu größerer Vorsicht und schlug vor, sie solle à cheval spielen. Es kam ein refait und dann ein zweites refait. Zum Schluß verlor sie wieder.

Nach Ablauf einer Stunde waren die fünftausend Dinar in Spielmarken, die man ihr gegeben hatte, weg. Dimitrios bezeugte sein Mitgefühl mit ihrem ›Pech‹, entnahm einem vor ihm liegenden Haufen Chips einige zu fünfhundert Dinar, schob sie zu ihr hinüber und bat sie, sie möge mit ihm ›als Glücksbringer‹ spielen.

Der angstgequälte Bulic mag geglaubt haben, diese Chips seien ein Geschenk, denn er gab nur einen ganz schwachen Protestlaut von sich. Daß sie kein Geschenk waren, sollte er binnen Kürze entdecken. Madame Bulic, mittlerweile schon gründlich verzweifelt und folglich ein wenig fahrig, spielte weiter. Sie gewann ein wenig; sie verlor mehr. Um halb drei Uhr morgens schrieb Bulic Alessandro einen Wechsel über zwölftausend Dinar aus. G. spendierte ihnen etwas zu trinken.

Man kann sich leicht vorstellen, was sich zwischen den

Bulics abspielte, als sie schließlich allein waren – die beiderseitigen Vorwürfe, die Tränen, die endlosen Auseinandersetzungen. Und doch, so böse das Ganze war, leuchtete doch ein Lichtschein in der Finsternis; denn Bulic sollte am folgenden Tag mit dem ›Freiherrn‹ zu Mittag speisen. Und sie würden über Geschäfte sprechen.

Sie sprachen über Geschäfte. Dimitrios hatte Weisung, entgegenkommend zu sein und Bulic Hoffnungen zu machen. Und das tat er zweifellos auch. Geheimnisvolle Andeutungen über große bevorstehende Geschäftsabschlüsse, Gelegenheiten, phantastische Summen zu verdienen, für Leute, die eingeweiht waren und Bescheid wußten, Gerede von Schlössern in Bayern – er tischte es alles auf. Bulic brauchte nur zuzuhören und sein Herz rascher schlagen zu lassen. Was hatten zwölftausend Dinar schon zu bedeuten? Man mußte in Millionen denken.

Dessenungeachtet war es Dimitrios, der die Angelegenheit der Schuld seines Gastes bei Alessandro zur Sprache brachte. Er nehme an, Bulic werde noch heute abend hingehen, um sie zu regeln. Er selbst werde auch dasein – am Spieltisch. Schließlich und endlich könne man nicht so viel gewinnen, ohne Alessandro eine Chance zu geben, noch etwas mehr zu verlieren. Wie wäre es, wenn sie zusammen hingingen – nur sie beide allein. Frauen seien schlechte Spieler.

Als sie sich an diesem Abend trafen, hatte Bulic annähernd fünfunddreißigtausend Dinar in der Tasche. Er dürfte zu G.s dreißigtausend noch seine Ersparnisse dazugetan haben. Als Dimitrios G. Bericht erstattete – in den frühen Morgenstunden des folgenden Tages –, sagte er, Bulic habe trotz Alessandros Protesten darauf bestanden, seinen Schuldschein einzulösen, ehe er zu spielen begann. ›Ich bezahle meine Schulden‹, erklärte er Dimitrios stolz. Den Rest des Geldes gab er schwungvoll auf Fünfhundert-Dinar-Chips aus. Heute nacht gedachte er, den großen Treffer zu machen. Er lehnte es ab, etwas zu trinken. Er beabsichtigte, einen klaren Kopf zu behalten.

G. grinste, als er dies sagte, und das war vielleicht klug. Mitleid ist zuweilen unbehaglich, und ich finde Bulic bemitleidenswert. Sie werden vielleicht sagen, er war schwach und ein Dummkopf. Das war er auch. Aber die Vorsehung ist nie ganz so berechnend, wie G. und Dimitrios es waren. Sie knüppelt und drischt auf einem Menschen herum, aber sie kitzelt ihn nicht mit dem Messer zwischen den Rippen. Bulic hatte keine Chance. Sie wußten über ihn Bescheid und verwendeten ihr Wissen mit teuflischem Geschick. Wenn die Karten gegen mich so schlau und durchtrieben gepackt wären, wie sie es gegen ihn waren, würde ich mich in der gleichen Situation vermutlich nicht weniger schwach, nicht weniger töricht verhalten. Es ist mir ein gewisser Trost zu glauben, daß eine solche Gelegenheit sich wohl kaum ergeben wird.

Natürlich verlor er. Er begann das Spiel mit vierzig Chips oder etwas mehr. Nach zwei Stunden des Gewinnens und Verlierens war er sie los. Dann nahm er in aller Seelenruhe noch zwanzig auf Kredit. Er erklärte, die Pechsträhne müsse ja unweigerlich irgendwann aufhören. Der arme Tropf argwöhnte nicht einmal, daß man ihn vielleicht betrog. Und warum sollte er auch irgendeinen Verdacht haben? Der ›Freiherr‹ verlor sogar noch mehr als er. Er verdoppelte seine Einsätze und hielt sich vierzig Minuten lang. Er borgte abermals und verlor abermals. Er hatte achtunddreißigtausend Dinar mehr verloren, als er in der ganzen Welt besaß, als er schließlich kalkweiß und schweißgebadet beschloß aufzuhören.

Von nun an hatte Dimitrios keine Schwierigkeiten mehr; alles ging glatt. Bulic kam am nächsten Abend wieder. Sie ließen ihn dreißigtausend zurückgewinnen. Am dritten Abend verlor er wiederum vierzehntausend. In der vierten Nacht, als er mit ungefähr fünfundzwanzigtausend in der Kreide war, verlangte Alessandro sein Geld. Bulic versprach, seine Schuldscheine binnen einer Woche einzulösen. Der erste Mensch, an den er sich um Hilfe wandte, war G.

G. gab sich verständnisvoll. Fünfundzwanzigtausend sei ja nun freilich eine Menge Geld, nicht wahr. Die Gelder, die ihm im Zusammenhang mit Aufträgen zur Verfügung stünden, gehörten natürlich seiner Firma, und er sei nicht ermächtigt, damit nach seinem Belieben zu verfahren. Aber er selbst könne für einige Tage zweihundertfünfzig entbehren, wenn ihm damit geholfen wäre. Er würde gern mehr tun, aber ... Bulic nahm die zweihundertfünfzig.

Zugleich mit dem Geld gab G. ihm einen Rat. Der ›Freiherr‹ sei der richtige Mann, um ihm aus seinen Schwierigkeiten herauszuhelfen. Er verleihe zwar kein Geld – das tue er, soviel er wisse, grundsätzlich nicht –, aber er stehe im Ruf, daß er seinen Freunden helfe, indem er es ihnen ermögliche, recht ansehnliche Summen zu verdienen. Er solle doch mit ihm sprechen.

Das ›Gespräch‹ zwischen Bulic und Dimitrios fand nach einem Abendessen statt, das Bulic bezahlte, und im Privatsalon des ›Freiherrn‹ im Hotel. G. befand sich im anstoßenden Zimmer außer Sicht.

Schließlich kam Bulic zum springenden Punkt. Er

fragte wegen Alessandro. Würde er auf seinem Geld bestehen? Was würde geschehen, falls es nicht bezahlt würde?

Dimitrios tat überrascht und erstaunt. Er hoffe doch sehr, sagte er, es bestehe kein Zweifel darüber, daß Alessandro sein Geld erhalten werde. Schließlich habe Alessandro auf seine, des ›Freiherrn‹ persönliche Empfehlung hin ihm überhaupt Kredit eingeräumt. Er wünsche in dieser Hinsicht keine Unzuträglichkeiten. Was für Unzuträglichkeiten? Nun, Alessandro habe schließlich die Schuldscheine und könne die Sache der Polizei übergeben. Er hoffe aufrichtig, daß es nicht dazu kommen werde.

Auch Bulic hoffte es. Jetzt hatte er alles zu verlieren, einschließlich seiner Stellung im Ministerium. Es konnte womöglich sogar herauskommen, daß er von G. Geld genommen hatte. Und das konnte Gefängnis bedeuten. Würde man ihm glauben, wenn er versicherte, daß er als Gegenleistung für jene dreißigtausend Dinar nicht das geringste getan hatte? Nur ein Verrückter konnte sich einer solchen Erwartung hingeben. Seine einzige Chance bestand darin, sich das Geld vom ›Freiherrn‹ zu beschaffen – irgendwie.

Seinen Bitten um ein Darlehen begegnete Dimitrios mit einem Kopfschütteln. Nein. Das würde die Sache nur noch verschlimmern, denn dann würde Bulic das Geld einem Freund schulden anstatt einem Feind; außerdem tue er es grundsätzlich nicht. Andererseits wolle er gern helfen. Es gebe zwar einen Weg, aber ob Herr Bulic wohl geneigt sei, ihn zu beschreiten? Das sei die Frage. Es widerstrebe ihm, diese Möglichkeit überhaupt zu erwähnen. Aber da Herr Bulic ihn dränge, könne er ihm sagen, daß er von gewissen Personen wisse, die daran interessiert seien, bestimmte Informationen aus dem Marineministerium zu erlangen, die auf dem üblichen Dienstweg nicht zu bekommen seien. Diese Personen könnten wahrscheinlich bis zu fünfzigtausend Dinar für diese Information zahlen, wenn sie sich darauf verlassen könnten, daß sie stimme.

G. meinte, er schreibe einen guten Teil des Gelingens seines Plans (er betrachtete ihn als gelungen in der gleichen Weise, in der ein Arzt eine Operation als gelungen ansieht, wenn der Patient den Operationssaal lebendig verläßt) seiner umsichtigen Staffelung der Ziffern zu. Jede Summe, von den ursprünglichen zwanzigtausend Dinar bis zu den aufeinander folgenden Schulden bei Alessandro (der ein italienischer Agent war) und dem von Dimitrios angebotenen Schlußbetrag, war sorgfältig im Hinblick auf ihre psychologische Wirkung berechnet. Zum Beispiel diese letzten fünfzigtausend. Sie besaßen für Bulic eine doppelte Anziehungskraft: er konnte seine Schulden bezahlen, und es blieb ihm darüber hinaus noch beinahe soviel, wie er besessen hatte, ehe er den ›Freiherrn‹ kennenlernte. Dem Ansporn der Angst fügten sie noch den Antrieb der Habgier hinzu.

Aber Bulic gab sich nicht sofort geschlagen. Als er hörte, worin die gewünschte Information bestand, bekam er Angst und wurde zornig. Mit seinem Zorn wurde Dimitrios auf rasche und wirksame Weise fertig. Falls Bulic irgendwelche Zweifel an der Ehrlichkeit und Vertrauenswürdigkeit des ›Freiherrn‹ aufgekommen waren, so wurden sie jetzt zur Gewißheit; denn als er ›Dreckiger Spion!‹ schrie, ließ den ›Freiherrn‹ seine charmante Liebenswürdigkeit im Stich. Bulic erhielt einen Schlag in die Magengrube und dann, als er sich würgend nach vorn beugte, einen zweiten ins Gesicht. Dimitrios stieß den verzweifelt nach Atem Ringenden, der sich vor Schmerzen krümmte und am Mund blutete, in einen Sessel und erklärte ihm kaltblütig, die einzige Gefahr, die er laufe, bestehe darin, daß er nicht tue, wie ihm geheißen.

Seine Weisung war einfach. Bulic hatte sich eine Ausfertigung der Seekarte zu beschaffen und sie am folgenden Abend, nach dem Verlassen des Ministeriums, ins Hotel zu bringen. Eine Stunde später würde ihm die Karte zurückgegeben werden, so daß er sie am nächsten Morgen wieder an ihren Platz tun konnte. Das war alles. Er würde bezahlt werden, wenn er die Karte brachte. Er wurde vor den Folgen gewarnt, die er sich zuzog, falls er beschloß, sich mit seiner Geschichte an die Behörden zu wenden, an die fünfzigtausend erinnert, die ihn erwarteten, und weggeschickt.

Er kam pünktlich am nächsten Abend mit der Karte wieder, die er doppelt gefaltet unter dem Mantel trug. Dimitrios trug die Karte zu G. ins Nebenzimmer und kehrte dann zurück, um auf Bulic aufzupassen, während die Karte fotografiert und das Negativ entwickelt wurde. Bulic hatte anscheinend nichts vorzubringen. Als G. mit seiner Arbeit fertig war, nahm er das Geld und die Karte von Dimitrios entgegen und ging wortlos weg.

G. sagt, in diesem Augenblick, als er sich im anstoßenden Schlafzimmer befand, das Negativ gegen das Licht hielt und hörte, wie die Tür sich hinter Bulic schloß, sei er mit sich überaus zufrieden gewesen. Die Unkosten waren niedrig gewesen, es hatte keine fruchtlos verschwendeten Mühen und keine ärgerlichen Verzögerungen gegeben, und alle Beteiligten, sogar Bulic, hatten bei dem Geschäft gut abgeschnitten. Jetzt mußte man nur noch hoffen, daß

Bulic die Seekarte wieder wohlbehalten an ihren Platz zurücktat. Es bestand eigentlich kein Grund, warum er das nicht tun sollte. Eine in jeder Hinsicht sehr befriedigend abgewickelte Sache.

Und dann trat Dimitrios ins Zimmer.

In diesem Augenblick erkannte G., daß er einen Fehler gemacht hatte.

›Meine Bezahlung‹, sagte Dimitrios und streckte die Hand aus.

G. blickte seinem Angestellten in die Augen und nickte. Jetzt brauchte er eine Schußwaffe und hatte keine. ›Wir gehen jetzt in meine Wohnung‹, sagte er und wollte zur Tür gehen.

Dimitrios schüttelte den Kopf. ›Meine Bezahlung ist in Ihrer Tasche.‹

›Nicht Ihre. Nur meine.‹

Dimitrios zog einen Revolver heraus. Ein Lächeln spielte um seine Lippen. ›Was ich verlange, befindet sich in Ihrer Tasche, mein Herr. Tun Sie die Hände hinter den Kopf.‹

G. gehorchte. Dimitrios trat auf ihn zu. G. blickte fest in die braunen Augen und erkannte, daß er sich in Gefahr befand. Dimitrios blieb einen Schritt vor ihm stehen. ›Bitte sehen Sie sich vor, mein Herr.‹

Das Lächeln verschwand. Dimitrios trat plötzlich vor, stieß G. den Revolver in die Magengrube und nahm ihm mit einem raschen Griff seiner freien Hand das Negativ aus der Tasche. Dann trat er ebenso plötzlich wieder zurück. ›Sie können gehen‹, sagte er.

G. ging. Dimitrios hatte seinerseits einen Fehler gemacht.

Während jener ganzen Nacht durchsuchten eiligst in

den Verbrechercafés zusammengetrommelte Leute ganz Belgrad nach Dimitrios. Aber Dimitrios war verschwunden. G. sah ihn nie wieder.

Was wurde aus dem Negativ? Ich kann es Ihnen mit G.s eigenen Worten berichten:

›Als der Morgen kam und es meinen Leuten nicht gelungen war, ihn zu finden, wußte ich, was ich zu tun hatte. Mir war recht erbittert zumute. Nach all meiner sorgfältigen Arbeit war dies eine große Enttäuschung. Aber es blieb mir nichts anderes übrig. Ich hatte seit einer Woche gewußt, daß Dimitrios sich mit einem französischen Agenten in Verbindung gesetzt hatte. Das Negativ mußte sich inzwischen bereits in den Händen dieses Agenten befinden. Ich hatte wirklich keine andere Wahl. Ein Freund in der deutschen Botschaft war in der Lage, mir gefällig zu sein. Den Deutschen lag zu jener Zeit daran, ihrerseits Belgrad gefällig zu sein. Was wäre natürlicher gewesen, als daß sie eine Information weiterleiteten, die für die jugoslawische Regierung von Interesse war?‹

›Wollen Sie damit sagen‹, fragte ich, ›Sie haben ganz absichtlich dafür gesorgt, daß die jugoslawischen Behörden von der Entfernung der Karte und der Tatsache, daß sie fotografiert worden war, unterrichtet wurden?‹

›Es war leider das einzige, was ich tun konnte. Sie verstehen, ich mußte die Karte wertlos machen. Es war wirklich töricht von Dimitrios, mich gehen zu lassen. Aber er war unerfahren. Er glaubte wahrscheinlich, ich würde Bulic erpressen, damit er die Karte noch einmal herausgab. Aber mir war klar, daß man mir nicht sehr viel für eine Information bezahlen würde, die sich bereits im Besitz der Franzosen befand. Außerdem hätte es meinem Ruf geschadet. Ich war sehr ärgerlich über die ganze

Sache. Das einzig Amüsante an ihr war, daß die Franzosen Dimitrios bereits die Hälfte des vereinbarten Preises für die Karte gezahlt hatten, bevor sie entdeckten, daß die auf ihr enthaltenen Informationen durch meine kleine démarche überholt und veraltet waren.‹

›Und Bulic?‹

G. zog ein Gesicht. ›Ja, das tat mir leid. Ich habe mich für Leute, die für mich arbeiten, stets in gewisser Weise verantwortlich gefühlt. Er wurde beinahe unverzüglich verhaftet. Es gab gar keinen Zweifel darüber, welche der Ausfertigungen des Ministeriums verwendet worden waren. Die Karten wurden gerollt in Metallzylindern aufbewahrt. Bulic hatte seine gefaltet, um sie unbemerkt aus dem Ministerium hinauszuschaffen. Sie war das einzige Exemplar, das Knickfalten aufwies. Seine Fingerabdrücke besorgten das übrige. Klugerweise erzählte er den Behörden alles, was er über Dimitrios wußte. Folglich wurde er nicht erschossen, sondern bekam nur lebenslängliches Zuchthaus. Ich war durchaus darauf gefaßt, daß er mich hineinziehen und belasten werde, aber er tat es nicht. Das überraschte mich ein wenig. Schließlich hatte ich ihn ja mit Dimitrios bekannt gemacht. Ich fragte mich damals, ob er es unterließ, weil er sich nicht noch die zusätzliche Anklage der Bestechung auf den Hals ziehen wollte oder aus Dankbarkeit dafür, daß ich ihm die zweihundertfünfzig Dinar geliehen hatte. Wahrscheinlich brachte er mich mit der ganzen Seekarten-Geschichte überhaupt nicht in Zusammenhang. Wie auch immer, ich war natürlich froh darüber. Ich hatte in Belgrad noch zu tun, und von der Polizei gesucht zu werden, auch unter anderem Namen, hätte mir das Leben möglicherweise etwas kompliziert gemacht. Ich habe mich nie dazu entschließen können, Masken und Vermummungen zu tragen.‹

Ich stellte ihm noch eine Frage. Hier ist seine Antwort:

›O ja, ich verschaffte mir die neuen Seekarten, sobald sie hergestellt waren. Natürlich auf ganz andere Art und Weise. Nachdem ich schon so viel Geld in das Unternehmen gesteckt hatte, konnte ich nicht mit leeren Händen zurückkehren. Es ist immer das gleiche: aus dem einen oder anderen Grund ergeben sich stets diese Verzögerungen, diese Vergeudungen von Mühe und Geld. Sie werden vielleicht sagen, ich sei Dimitrios gegenüber nachlässig und unachtsam vorgegangen. Das wäre ungerecht. Es war eine geringfügige falsche Beurteilung, das ist alles. Ich rechnete damit, daß er genau wie alle anderen Dummköpfe in der Welt zu habgierig sein werde; ich dachte, er werde warten, bis er seine vierzigtausend Dinar von mir erhalten hatte, ehe er versuchte, sich außerdem noch die Fotografie zu verschaffen. Er überrumpelte mich. Diese Fehlbeurteilung hat mich eine Menge Geld gekostet.‹

›Sie kostete Bulic die Freiheit.‹ Es muß wohl ein bißchen spießig und altmodisch-pedantisch geklungen haben, denn er runzelte die Stirn.

›Mein lieber Monsieur Latimer‹, erwiderte er, ›Bulic war ein Verräter und erhielt den Lohn, den er verdiente. Man darf sich über ihn keinen Gefühlsduseleien hingeben. Im Krieg gibt es immer Verluste. Bulic hatte noch sehr viel Glück. Ich hätte ihn bestimmt wieder verwendet, und er wäre zum Schluß womöglich erschossen worden. So kam er nur ins Gefängnis. Und wer weiß, vielleicht sitzt er noch immer. Ich möchte nicht gefühllos erscheinen, aber ich muß doch sagen, daß er im Gefängnis besser aufgehoben ist. Seine Freiheit? Dummes Zeug! Er hatte keine zu verlieren. Und was seine Frau betrifft, so habe ich keine Zweifel, daß sie sich inzwischen verbessert hat. Sie machte mir stets den Eindruck, als sei sie darauf aus. Ich kann es ihr nicht übelnehmen. Er war ein unangenehmer Mensch. Ich erinnere mich, daß er beim Essen sabberte. Mehr noch, er war ein lästiges Ärgernis. Man hätte doch denken sollen – oder nicht? –, daß er an jenem Abend, als er Dimitrios verließ, auf der Stelle sofort zu Alessandro gehen und seine Schulden bezahlen würde? Er tat es nicht. Als er spät am nächsten Tag verhaftet wurde, hatte er die fünfzigtausend Dinar noch in der Tasche. Noch mehr Vergeudung. Lieber Freund, das sind die Gelegenheiten, bei denen man einen Sinn für Humor nötig hat.‹

Nun denn, mein lieber Marukakis, das ist alles. Ich glaube, es ist mehr als genug. Für mich, der ich zwischen den Gespenstern alter Lügen umherwandle, liegt ein gewisser Trost in dem Gedanken, daß Sie mir vielleicht schreiben und mir sagen werden, es habe sich gelohnt, das alles herauszubekommen. Vielleicht. Was mich selbst betrifft, so kommen mir die Zweifel. Es ist doch eine recht armselige Geschichte, meinen Sie nicht? Sie hat keinen Helden, keine Heldin; nur Bösewichter und Dummköpfe.

Ich hoffe, wir werden einander recht bald wiedersehen. Croyez en mes meilleurs souvenirs.

*Charles Latimer*

# Ian Fleming
## *Der Meldefahrer*

*Ian Fleming war der Meinung, daß Thriller zwar vielleicht keine Literatur sind, daß es aber möglich sei, Thriller so zu schreiben, daß man sie wie Literatur lesen könne.*

*Diese Absicht hat er, glaube ich, erfolgreich verwirklicht. Gewiß, die Handlung der James-Bond-Geschichten ist häufig geradezu lachhaft unsinnig (Fleming selbst gab dies vergnügt zu), aber das macht nichts. Der Autor zielt nicht auf den Intellekt des Lesers, sondern auf seine Sinne; er schreibt, wie er es ausdrückte, für warmblütige Heterosexuelle in Eisenbahnzügen, Flugzeugen oder Betten; aber die Art, wie er es tut, hat Stil.*

*Außerdem versteht er es, während er uns unterhält, uns auch Auskünfte zu geben. Wo sonst beispielsweise, außer in ›Thunderball‹, erfahren wir, daß eine Diät bestehend aus Gemüsesuppe und schwachem Tee, wenn sie von einem H-Mann überwacht wird, eine den Geschlechtstrieb anregende Wirkung hat? Wo sonst fände man eine so scharfsinnige und konstruktive Schilderung der Schwierigkeiten, sich zu entschließen, was man in einem Pariser Café trinken soll, wie die in der nachfolgenden Geschichte?*

*Ian Fleming war ein überaus zivilisierter und amüsanter Mann.*

Die Augen hinter der breiten schwarzen Gummischutzbrille waren kalt wie Kiesel. Im Donnergeheul des Motorrades, einer BSA M 20 im Hundertzehn-Kilometer-Tempo, waren sie die einzigen Ruhepunkte des wirbelnden Aufruhrs von Fleisch und Metall. Vom Glas der Schutzbrille geschirmt, starrten sie von knapp oberhalb der Mitte der Lenkstange unverwandt nach vorn, und ihre dunkle, unergründliche Bewegungslosigkeit hatte die starre, beharrliche Zielrichtung von Revolvermündungen. Unterhalb der Schutzbrille war der Wind durch den Mund in das Gesicht eingedrungen und hatte die Lippen zu einem eckigen Grinsen zurückgezerrt, das große rechteckige, grabsteinförmige Zähne und Streifen weißen Zahnfleisches sehen ließ. Auf beiden Seiten des Grinsens hatte der Wind die Backen zu Beuteln aufgebläht, die im Luftzug und der Erschütterung bebten und auf und nieder schwappten. Rechts und links von dem Gesicht unter dem Sturzhelm sahen die schwarzen Handschuhe, die mit eingeknickten Handgelenken die Steuergriffe hielten, wie die zupackenden Tatzen eines großen wilden Tieres aus.

Der Mann trug die Uniform eines Meldefahrers des Royal Corps of Signals, der britischen Nachrichtentruppe, und seine olivgrüne Maschine war, abgesehen von gewissen Abänderungen an den Ventilen und dem Vergaser und der Entfernung einiger Schalldämpfer-Prallbleche zwecks Erhöhung der Geschwindigkeit, identisch mit dem Standardmodell des britischen Armee-Motorrads. Nichts an dem Mann oder seiner Ausrüstung deutete darauf hin, daß er nicht das war, was er zu sein schien, außer einer geladenen Luger-Pistole, die auf der Oberseite des Benzintanks in einer Klammer saß.

Es war sieben Uhr an einem Maimorgen, und die

schnurgerade Straße durch den Wald glitzerte von den winzigen leuchtenden Tautropfen des Frühlings. Beiderseits der Straße atmete der tiefe Moos- und Blumenteppich zwischen den großen Eichen den Bühnenbildzauber der königlichen Forste von Versailles und Saint-Germain. Die Straße war die D 98, eine Straße zweiter Ordnung, die dem Ortsverkehr der Gegend von Saint-Germain diente, und der Motorradfahrer war soeben unter der Autoroute Paris–Mantes durchgefahren, auf der bereits der Vorortsverkehr nach Paris dahindonnerte. Er fuhr in nördlicher Richtung nach Saint-Germain, und es war in beiden Richtungen niemand sonst in Sicht, außer etwa einen dreiviertel Kilometer vor ihm eine nahezu identische Gestalt – ein zweiter Meldefahrer des Royal Corps. Er war ein jüngerer, schlankerer Mann, der bequem zurückgelehnt auf seiner Maschine saß, den schönen Morgen genoß und seine Geschwindigkeit bei fünfundsechzig hielt. Er hatte reichlich Zeit, um rechtzeitig hinzukommen, und es war ein herrlicher Tag. Er überlegte, ob er sich Spiegeleier oder Rührei zum Frühstück bestellen solle, wenn er gegen acht Uhr zurück ins Hauptquartier kam.

Fünfhundert Meter, vierhundert, dreihundert, zweihundert, hundert. Der Mann, der hinter ihm herankam, ging auf achtzig herunter. Er hob den rechten Handschuh an die Zähne und zog ihn ab. Er stopfte den Handschuh zwischen die Knöpfe seiner Uniformjacke, griff nach unten und nahm die Pistole aus der Halteklammer.

Inzwischen mußte er im Rückspiegel des jungen Mannes vor ihm groß und deutlich aufgetaucht sein, denn der junge Mann ruckte plötzlich den Kopf herum, überrascht und erstaunt, einen zweiten Meldefahrer auf seiner Dienststrecke zu dieser Morgenstunde anzutreffen. Er nahm an, es sei wahrscheinlich amerikanische oder vielleicht französische Militärpolizei. Es konnte irgendein Angehöriger der acht Nato-Staaten sein, aus denen sich das Shape-Personal zusammensetzte. Aber als er die Uniform seines eigenen Corps erkannte, war er zugleich erstaunt und hocherfreut. Wer konnte das nur gleich sein? Er reckte als Zeichen des Erkennens vergnügt den Daumen hoch und ging mit der Geschwindigkeit auf fünfundvierzig herunter, um den anderen längsseits herankommen zu lassen. Während er ein Auge auf die Straße vor ihm, das andere auf die herannahende Silhouette im Spiegel geheftet hielt, ging er im Geist rasch die Namen der britischen Fahrer in der Special-Service-Transporteinheit beim Hauptquartier-Oberkommando durch. Albert, Sid, Wally – es konnte Wally sein, der Mann hatte dieselbe schwere, untersetzte Figur. Das traf sich tadellos! Jetzt würde er ihn mit der kleinen Franzosenpuppe in der Kantine aufziehen können. Louise, Elise, Lise – wie hieß sie doch noch gleich?

Der Mann mit der Pistole hatte seine Geschwindigkeit verlangsamt. Er war jetzt noch fünfzig Meter entfernt. Sein Gesicht war nicht mehr vom Wind verzerrt und hatte sich zu stumpfen, harten Zügen verfestigt, denen vielleicht etwas Slawisches anhaftete. Ein roter Funke brannte hinter den schwarzen gezielten Laufmündungen seiner Augen. Vor dem jungen Meldefahrer flog eine vereinzelte Elster aus dem Wald heraus. Sie flog unbeholfen quer über die Straße ins Gebüsch hinter einem Michelin-Straßenschild, das besagte, die Entfernung nach Saint-Germain betrage noch einen Kilometer. Der junge Mann grinste und hob einen ironischen Finger zum Gruß und Selbstschutz: Eine Elster bedeutet Kummer.

Zwanzig Meter hinter ihm nahm der Mann mit der

Pistole jetzt beide Hände von den Griffen der Lenkstange, hob die Luger an, legte sie sorgfältig auf seinem linken Unterarm an und gab einen Schuß ab.

Die Hände des jungen Mannes flogen von den Lenkgriffen und trafen sich in der Mitte seines zurückgebogenen Rückgrats. Seine Maschine drehte quer über die Straße ab, sprang über einen schmalen Graben und pflügte sich in einen Flecken Gras und Maiglöckchen. Hier bäumte sie sich auf ihrem kreischenden Hinterrad hoch und krachte dann langsam rückwärts auf ihren toten Fahrer. Die BSA hustete und strampelte und zerrte an den Kleidern des jungen Mannes und an den Blumen und blieb dann still liegen.

Der Mörder wendete scharf und hielt auf der anderen Straßenseite, so daß die Maschine in die Fahrtrichtung wies, aus der er gekommen war. Er trat den Radständer herunter, zog die Maschine hoch, so daß sie feststand, und ging hinunter zu den Feldblumen unter den Bäumen. Er kniete neben dem Toten nieder und schob ihm mit einem brüsken Griff ein Augenlid zurück. Dann riß er ebenso brutal der Leiche die schwarzlederne Depeschentasche vom Leib und fetzte ihr die Knöpfe der Jacke auf und nahm eine zerbeulte lederne Brieftasche heraus. Er zerrte dem Toten eine billige Armbanduhr mit einem so heftigen Ruck vom linken Handgelenk, daß das dehnbare Chromarmband platzte. Er stand auf und hängte sich die Depeschentasche über die Schulter. Während er die Brieftasche und die Uhr in seiner Jackentasche verstaute, lauschte er aufmerksam. Es war nichts zu hören außer den Geräuschen des Waldes und dem langsamen Ticken des erhitzten Metalls der gestürzten BSA.

Der Mörder ging zur Straße zurück. Er ging langsam,

wobei er mit den Füßen Blätter über die Reifenspuren in der weichen Erde und dem Moos scharrte. Er machte sich besondere Mühe, die tief eingefurchten Narben in dem Graben und auf dem Grasrand zuzudecken, und stand schließlich wieder neben seinem Motorrad und warf einen Blick zurück auf den Flecken Maiglöckchen. Nicht schlecht! Wahrscheinlich würden nur die Polizeihunde bis dorthin vordringen, und da sie fünfzehn Kilometer Straße abzusuchen hatten, würden sie Stunden, vielleicht Tage dazu brauchen – mehr als genug Zeit. Die Hauptsache bei diesen Vorhaben war, daß man eine ausreichende Sicherheitsspanne hatte. Er hätte den Mann auch auf vierzig Meter Entfernung erschießen können, aber er hatte es vorgezogen, lieber bis auf zwanzig heranzukommen. Und ihm die Uhr und die Brieftasche abzunehmen, war eine hübsche Spezialnote gewesen – eine Profi-Note.

Erfreut und mit sich zufrieden, ruckte der Mann das Motorrad vom Halteständer herunter, schwang sich forsch in den Sattel und trat scharf den Anlasser herunter. Er fuhr langsam an, um keine Schleuderspuren zu verursachen, rollte die Straße zurück, die er gekommen war, gab Gas und fuhr eine oder zwei Minuten später wieder hundertzehn, und der Wind hatte ihm wieder das leere Grinsen quer über das Rübengesicht gemalt.

Rings um die Mordstelle begann der Wald, der während der Tat den Atem angehalten hatte, langsam wieder zu atmen.

James Bond genehmigte sich den ersten Drink des Abends bei Fouquet. Es war kein solider Drink, der es in sich hatte. Man kann in französischen Cafés nicht wirklich ernsthaft trinken. Draußen im Freien, auf einem Gehsteig in der Sonne, ist nicht der richtige Ort für Wodka oder Whisky oder Gin. Eine fine à l'eau ist zwar einigermaßen seriös, aber sie berauscht einen, ohne dabei besonders gut zu schmecken. Ein quart de champagne oder ein champagne à l'orange ist in Ordnung vor dem Mittagessen, aber am Abend führt ein quart zum nächsten, und eine Flasche mittelmäßigen Champagners ist eine schlechte Grundlage für den Abend und die Nacht. Pernod ist möglich, aber man sollte ihn in Gesellschaft trinken, und außerdem mochte Bond das Zeug sowieso nicht, weil sein Lakritzengeschmack ihn an seine Kindheit erinnerte. Nein, in den Cafés mußte man den am wenigsten abscheulichen der Operetten-Drinks nehmen, die dort nun einmal hingehörten, und Bond bestellte immer das gleiche, einen Americano – bitteren Campari, Cinzano, ein großes Stück Zitronenschale und Sodawasser. Das Sodawasser hatte Perrier zu sein, denn nach seiner Auffassung war teures Mineralwasser die billigste Art, um einen schlechten Drink zu verbessern.

Wenn Bond in Paris war, hielt er sich stets an die gleichen Adressen. Er wohnte im Terminus Nord, weil er Bahnhofshotels gern hatte und weil dieses von allen Bahnhofshotels das anonymste und am wenigsten protzige war. Er aß zu Mittag im Café de la Paix, der Rotonde oder dem Dôme, weil das Essen dort ganz gut war und es ihm Spaß machte, die Menschen zu beobachten. Wenn er einen soliden Drink wollte, ging er in Harrys Bar, erstens, weil die Drinks dort solid waren, und zweitens, weil er bei seinem ersten ahnungslosen Paris-Besuch im Alter von neunzehn Jahren das getan hatte, wozu Harrys Annonce in der ›Continental Daily Mail‹ ihn aufgefordert hatte; er hatte zum Taxichauffeur gesagt: »Sank Roo Doe Noo« –

Cinq Rue Daunou. Damit hatte einer der denkwürdigen Abende seines Lebens begonnen, der seinen Höhepunkt mit dem beinahe gleichzeitigen Verlust seiner Unschuld und seiner Brieftasche erreichte. Zum Abendessen ging Bond in eines der großen Restaurants – zu Véfour, ins Caneton, zu Lucas-Carton oder ins Cochon d'Or. Diese Lokale hatten, was immer der Michelin-Führer über die Tour d'Argent, Maxim und dergleichen sagen mochte, nach Bonds Ansicht die Beschmuddelung durch das Spesenkonto und den Dollar irgendwie vermieden. Auf jeden Fall zog er ihre Küche vor. Nach dem Abendessen ging er für gewöhnlich zur Place Pigalle, um zu sehen, was ihm dort über den Weg lief. Wenn ihm wie gewöhnlich nichts über den Weg lief, ging er zu Fuß durch Paris zurück zur Gare du Nord und zu Bett.

Heute abend beschloß Bond, dieses verstaubte Adreßbuch auf sich beruhen zu lassen und auf altmodische Art eine kleine Freundin zu vernaschen. Er befand sich auf der Durchreise in Paris nach einem schauerlich mißlungenen Auftrag an der österreichisch-ungarischen Grenze. Es hatte sich darum gehandelt, einen gewissen Ungarn herauszuholen. Bond war direkt aus London hingeschickt worden, um das Unternehmen über den Kopf der Station W. hinweg zu leiten. Dies hatte ihn bei der Station Wien nicht gerade beliebt gemacht. Es war zu Mißverständnissen gekommen – absichtlichen Mißverständnissen. Der Mann war im Minenfeld an der Grenze ums Leben gekommen. Es würde ein Untersuchungsverfahren eingeleitet werden müssen. Bond hatte am nächsten Tag in seiner Zentrale in London zurück zu sein, um seinen Bericht zu erstatten, und der Gedanke an diese Geschichte bedrückte ihn. Der heutige Tag war so schön gewesen –

einer jener Tage, an denen man beinahe glauben konnte, daß Paris schön und fröhlich sei –, und Bond hatte beschlossen, der Stadt noch eine letzte Chance zu geben.

Er würde irgendwie ein Mädchen auftreiben, das ein wirkliches Mädchen war, und sie in eines der Restaurants im Bois, die die Illusion der großen Welt vortäuschten, wie das Arménonville, zum Abendessen ausführen. Um ihr den Geld-Blick aus den Augen zu wischen – denn den hatte sie ganz bestimmt –, würde er ihr so rasch wie möglich fünfzigtausend Francs geben. Er würde zu ihr sagen: ›Hör zu, mein Kind. Ich werde dich Donatienne oder vielleicht auch Solange nennen, weil diese Namen zu meiner Stimmung und zu dem Abend passen. Wir kennen uns von früher, und du hast mir dieses Geld geliehen, weil ich in einer Klemme war. Hier hast du es zurück, und jetzt werden wir einander erzählen, was wir getrieben haben, seit wir uns zuletzt vor einem Jahr in Saint-Tropez gesehen haben. Inzwischen ist hier die Speisekarte und die Weinkarte, und du sollst dir etwas aussuchen, was dich glücklich und dick macht.‹ Sie würde ein erleichtertes Gesicht machen, weil schon alles erledigt war und sie sich keine Mühe mehr zu geben brauchte, und lachen und sagen: ›Aber James, ich will doch nicht dick werden.‹ Und damit würden sie mitten drin sein in der Phantasiewelt ›Paris im Frühling‹, und Bond würde nüchtern bleiben und sich für sie und alles, was sie sagte, angelegentlich interessieren. Und bei Gott, am Ende dieses Abends würde es nicht seine Schuld sein, wenn es nachher hieß, daß an dem altehrwürdigen Ammenmärchen ›In Paris gut amüsiert‹ in Wahrheit nicht das Allermindeste dran sei.

Bond mußte, während er so bei Fouquet saß und auf seinen Americano wartete, über sein eigenes Ungestüm lächeln. Er wußte ganz genau, daß er mit dem Phantasiegebilde nur herumspielte, um sich die Genugtuung zu verschaffen, dieser Stadt, die ihm seit dem Krieg von Herzen zuwider war, einen letzten Fußtritt zu versetzen. Seit 1945 hatte er nicht einen glücklichen Tag mehr in Paris verbracht. Es lag nicht daran, daß die Stadt ihren Körper verkauft hatte. Viele Städte hatten das getan. Ihr Herz war dahin – an die Touristen verpfändet, bei den Russen und Rumänen und Bulgaren versetzt, auf die Pfandleihe getragen beim Abschaum der Welt, der allmählich die Stadt an sich gerissen hatte. Und natürlich an die Deutschen verpfändet. Man konnte es in den Augen der Menschen sehen – mürrisch, verdrossen, neidisch, beschämt. Architektur? Bond warf einen Blick über den Gehsteig hinweg auf die blankgeputzten schwarzen Ketten von Automobilen, von denen das Sonnenlicht schmerzhaft zurückblitzte. Es war überall dasselbe wie auf den Champs-Elysées. Es gab nur zwei Stunden, an denen man die Stadt überhaupt sehen konnte – zwischen fünf und sieben Uhr morgens. Nach sieben versank sie in einen dröhnenden Strom schwarzen Metalls, gegen den keine schönen Gebäude, keine geräumigen, baumgesäumten Boulevards sich mehr behaupten konnten.

Der Kellner setzte sein Tablett klappernd auf der Marmortischplatte ab. Mit einem raschen, geschickten einhändigen Ruck, den Bond, sooft er es auch versuchte, nie zuwege brachte, riß sein Flaschenöffner die Metallkappe von dem Perrier ab. Der Mann schob den Rechnungszettel unter den Eiskühler, gab ein mechanisches ›Voilà, M'sieur‹ von sich und schoß davon. Bond tat etwas Eis in seinen Drink, füllte das Glas bis an den

Rand mit Mineralwasser und trank einen langen Schluck. Er lehnte sich zurück und zündete eine Laurens jaune an.

Natürlich würde der Abend eine Katastrophe werden. Selbst angenommen, er fand das Mädchen im Lauf der nächsten Stunde, würde der Inhalt nicht der Verpackung entsprechen. Bei genauerem Hinsehen würde sich herausstellen, daß sie die schwere, feucht-dumpfige, großporige Haut der bourgeoisen Französinnen hatte. Das blonde Haar unter der kecken Samtkappe würde an den Wurzeln braun und so grob und hart wie Klaviersaiten sein. Der Pfefferminzatem würde den Knoblauch des Mittagessens nicht zudecken. Die verführerische Figur würde in einem komplizierten Baugerüst aus Draht und Gummi stecken. Sie würde aus Lille sein und ihn fragen, ob er Amerikaner sei. Und – Bond mußte sich selbst zulächeln – sie oder ihr maquereau würde wahrscheinlich seine Brieftasche stehlen. Karussell! Er würde wieder genau da stehen, wo er hereingekommen war. Mehr oder weniger jedenfalls. Ach, der Teufel sollte es holen!

Aus dem mittleren Verkehrsstrom scherte ein zerbeulter schwarzer Peugeot 403 aus, schnitt quer durch die innere Fahrbahn und fuhr vor dem Café vor, wo er neben der bereits geparkten Reihe von Wagen stehenblieb. Das übliche Gekreisch von Bremsen, Hupen und wütenden Rufen ertönte von allen Seiten. Völlig unberührt von dem Aufruhr, den sie verursacht hatte, stieg ein Mädchen aus dem Wagen und schritt, indem sie es seelenruhig dem Verkehr überließ, sich wieder in Ordnung zu bringen, zielstrebig über das Trottoir. Bond setzte sich auf. Das Mädchen hatte alles, absolut alles, was zu seinem Phantasiegebilde gehörte. Sie war hochgewachsen, und obwohl ihre Figur unter einem hellen Regenmantel verborgen war, verhießen ihre Haltung und die Art, wie sie sich bewegte, daß sie schön gewachsen war. Das Gesicht hatte den fröhlichen, draufgängerischen Schwung, der zu ihrem Autofahren paßte, aber auf ihren zusammengepreßten Lippen saß Ungeduld, und ihre Augen blickten nervös und ärgerlich, während sie sich schräg durch die sich langsam vorwärts schiebende Menschenmenge auf dem Trottoir durchzwängte.

Bond beobachtete sie genau, als sie schließlich die äußere Reihe der Tische erreichte und den Zwischengang heraufkam. Es war natürlich völlig aussichtslos. Sie kam, um sich mit jemand zu treffen – ihrem Liebhaber. Sie war die Art Frau, die immer schon jemand anderem gehörte. Sie hatte sich verspätet. Deshalb hatte sie es so eilig. Was für ein verdammtes Pech – bis hinab zu dem langen blonden Haar unter der kecken Baskenkappe! Und sie blickte sogar genau auf ihn. Sie lächelte . . .!

Noch ehe Bond sich zusammenreißen konnte, war das Mädchen bereits an seinen Tisch getreten, hatte einen Stuhl herangezogen und sich hingesetzt.

Sie lächelte ihm eher angespannt in die überraschten Augen. »Tut mir leid, daß ich so spät komme, und wir müssen uns leider auch sofort aufmachen. Sie werden im Büro verlangt.« Sie fügte halblaut hinzu: »Sturztauchen.«

Bond riß sich zurück in die Wirklichkeit. Wer immer sie war, gehörte sie mal bestimmt zur ›Firma‹. Das Stichwort ›Sturztauchen‹ war ein Slang-Ausdruck, den der Geheimdienst von der U-Boot-Flotte entlehnt hatte. Er bedeutete: schlechte Nachrichten – das Schlimmste. Bond griff in die Tasche und legte einige Geldmünzen auf den Rechnungszettel. Er sagte: »Gut, gehen wir«, stand auf und folgte ihr zwischen den Tischen hindurch und hinüber zu ihrem Wagen. Der Wagen behinderte noch immer den Verkehr auf der inneren Fahrbahn. Jeden Augenblick mußte jetzt ein Polizist auftauchen. Wütende Gesichter starrten sie an, als sie einstiegen. Das Mädchen hatte den Motor laufen gelassen. Sie schaltete krachend den zweiten Gang ein und glitt hinaus in den Verkehrsstrom.

Bond sah sie von der Seite an. Die blasse Haut war Samt. Das blonde Haar war Seide – bis zu den Wurzeln. Er sagte: »Wo kommen Sie her, und was hat das Ganze zu bedeuten?«

Sie antwortete, während sie sich auf den Verkehr konzentrierte: »Von der Station. Stufe-Zwei-Assistentin. Nummer 765 im Dienst, außerdienstlich Mary Ann Russell. Ich habe keine Ahnung, worum es sich handelt. Ich habe nur die Signalmeldung aus der Zentrale gesehen – persönlich von M an Chef der Station. Dringend. Sofort und alles das. Er soll Sie suchen und sofort herbeischaffen und wenn nötig das Deuxième zur Hilfe einschalten. Chef von F sagte, Sie gingen immer in dieselben Lokale, wenn Sie in Paris seien, und gab mir und noch einem anderen Mädchen eine Liste.« Sie lächelte. »Ich hatte vorher nur Harrys Bar versucht, und nach Fouquet wollte ich mir die Restaurants vornehmen. Wunderbar, daß ich Sie gleich so leicht gefunden habe.« Sie warf ihm einen raschen Blick zu. »Ich hoffe, ich habe mich nicht allzu ungeschickt benommen.«

Bond sagte: »Sie waren tadellos. Wie hätten Sie es angefangen, wenn ich ein Mädchen bei mir gehabt hätte?« Sie lachte. »Ich hätte ziemlich genau das gleiche getan, außer daß ich Sie mit ›Sir‹ angeredet hätte. Ich machte mir nur Sorgen darüber, wie Sie das Mädchen loswerden würden. Wenn sie angefangen hätte, eine Szene zu machen, hätte ich mich erboten, sie in meinem Wagen nach Hause zu bringen, und Sie hätten ein Taxi genommen.«

»Sie kommen mir ziemlich findig und einfallsreich vor. Wie lange sind Sie schon bei der Firma?«

»Fünf Jahre. Das hier ist meine erste Auslandsstation.«

»Wie gefällt es Ihnen?«

»Die Arbeit macht mir schon Spaß. Nur die Abende und die freien Tage sind ein bißchen öde. Es ist in Paris nicht einfach, Freunde zu finden, ohne« – sie zog ironisch die Mundwinkel herab – »ohne alles übrige. Ich meine«, fügte sie hastig hinzu, »ich bin durchaus nicht prüde und all das Zeug, aber die Franzosen machen die ganze Geschichte auf eine so lästige Weise. Ich hab's einfach aufgeben müssen, mit der Métro oder dem Autobus zu fahren. Ganz gleich um welche Tageszeit, man hat zum Schluß immer den ganzen Allerwertesten voll grüner und blauer Flecke.« Sie lachte. »Ganz abgesehen davon, daß es langweilig und lästig ist und man nicht weiß, was man dem Mann sagen soll, tut das Gezwicke manchmal wirklich weh. Es ist wirklich allerhand. Deshalb habe ich mir zum Herumfahren diesen Wagen billig gekauft, und die anderen Wagen gehen mir anscheinend aus dem Weg. Solange man den anderen Fahrer nicht direkt ansieht, kann man es mit dem gemeinsten von ihnen aufnehmen. Sie haben Angst, man hätte sie vielleicht nicht gesehen. Und der Wagen sieht zu zerbeult aus – da sehen sie sich lieber vor und machen einen großen Bogen um einen.«

Sie waren zum Rond Point gelangt. Als wolle sie ihre Theorie veranschaulichen, raste sie um ihn herum und direkt auf den Verkehrsstrom zu, der von der Place de la Concorde heraufkam. Wie von einem Zauberstab berührt, teilte er sich und ließ sie in die Avenue Martignon durch.

Bond sagte: »Ganz hübsch. Aber machen Sie es sich nicht zur Gewohnheit. Es könnten ja auch ein paar französische Mary Anns herumfahren.«

Sie lachte, bog in die Avenue Gabrielle ein und hielt vor dem Hauptbüro des Geheimdienstes. »Ich lasse mich auf solche Manöver nur ein, wenn ich im Dienst bin.«

Bond stieg aus und kam auf ihre Seite herum. Er sagte: »Also, schönsten Dank, daß Sie mich geholt haben. Wenn dieser Wirbel vorbei ist, kann ich Sie dann mal irgendwo abholen? Mich zwickt zwar niemand, aber ich langweile mich in Paris genauso wie Sie.«

Ihre Augen waren blau und standen weit auseinander. Sie sahen prüfend in die seinen. Dann sagte sie ganz ernst: »Gern. Das wäre nett. Die Telefonzentrale hier weiß immer, wo ich bin.«

Bond griff durchs Wagenfenster und drückte die Hand am Steuer. »Gut«, sagte er, drehte sich um und ging raschen Schrittes durch den Torbogen hinein.

Luftwaffen-Oberstleutnant Rattray, Chef der Station F, war ein eher dicklicher Mann mit rosa Wangen und glatt zurückgebürstetem blondem Haar. Er kleidete sich auf eine gewisse manirierte Art: zurückgestülpte Ärmelaufschläge, Doppelschlitze im Jackett, Schmetterlingsbinder und buntfarbige Phantasiewesten. Er machte den Eindruck, als lege er auf gutes Leben Wert und sei ein Feinschmecker und Weinkenner, und nur die langsamen, listigen und verschlagenen blauen Augen paßten zu diesem Eindruck nicht. Er war Kettenraucher, zündete eine Gauloise an der anderen an, und sein Büro stank nach ihnen. Er begrüßte Bond mit unverhohlener Erleichterung. »Wer hat Sie gefunden?«

»Russell. Bei Fouquet. Ist sie neu?«

»Halbes Jahr. Sie ist gut. Aber nehmen Sie Platz. Es ist eine höllische Aufregung los, und ich habe Sie einzuweisen und in Trab zu bringen.« Er beugte sich zum Wechselsprecher hinab und drückte einen Schalter herunter. »Signal an M, bitte. Persönlich von Chef Station. ›Haben 007 gefunden weisen augenblicklich ein.‹ In Ordnung?« Er ließ den Schalter zurückschnappen.

Bond zog einen Stuhl zum offenen Fenster hinüber, um dem Gauloise-Qualm zu entgehen. Der Verkehr auf den Champs-Elysées war zu einem leisen Brummen im Hintergrund geworden. Noch vor einer halben Stunde hatte er Paris satt gehabt und war froh gewesen, abreisen zu können. Jetzt hoffte er, daß er bleiben werde.

Chef-F sagte: »Jemand hat gestern morgen unseren Frühmeldefahrer von Shape nach der Station Saint-Germain umgelegt. Die wöchentliche Zustellungsfahrt von der Nachrichten-Abteilung bei Shape mit den zusammengefaßten Wochenübersichten, den Abwehrakten, Eiser-ner-Vorhang-Kampfgliederung – das ganze streng geheime Nachrichtenmaterial. Einen Schuß in den Rücken. Hat ihm die Depeschentasche und seine Uhr und Brieftasche abgenommen.«

»Böse Sache«, sagte Bond. »Keine Möglichkeit, daß es vielleicht ein gewöhnlicher Straßenüberfall war? Oder hält man die Brieftasche und die Uhr für Tarnung und absichtliche Irreführung?«

»Das Shape-Sicherheitsamt ist sich nicht klar darüber. Im Ganzen halten sie es doch wohl für Tarnung. Sieben Uhr früh ist eine ausgefallene Zeit für einen Straßenüberfall. Aber darüber können Sie sich mit den Leuten selbst unterhalten, wenn Sie hinkommen. M schickt Sie als seinen persönlichen Vertreter hin. Er macht sich gewaltige Sorgen. Abgesehen von dem Verlust des Nachrichtenmaterials haben die Nachrichtenleute bei Shape es von jeher nicht gern gesehen, daß eine von unseren Stationen sich sozusagen außerhalb der Reservation befindet. Sie bemühen sich seit Jahren darum, daß die Einheit in Saint-Germain in die Shape-Nachrichten-Organisation einbezogen wird. Aber Sie wissen ja, wie M ist, auf seine Unabhängigkeit versessen wie sonst was. Die NATO-Abwehrsicherung war ihm nie geheuer. Und wenn man es bedenkt, in der Shape-Nachrichtenabteilung sitzen nicht nur zwei Franzosen und ein Italiener, sondern der Chef der Abwehr- und Sicherheitsabteilung ist außerdem noch ein Deutscher!«

Bond pfiff durch die Zähne.

»Das Dumme ist, daß diese verdammte Sache Shape wie gerufen kommt, um M gefügig zu machen. Jedenfalls sagt er, Sie sollen sofort hinfahren. Ich habe Ihnen schon die Zulassung und die nötigen Passierscheine und Ausweise besorgt. Sie melden sich bei Oberst Schreiber, Hauptquartier-Kommando, Sicherheitsamt. Amerikaner. Tüchtiger Mann. Er hat die Sache von Anfang an in der Hand gehabt. Soweit ich weiß, hat er bereits so ungefähr alles getan, was sich tun ließ.«

»Was hat er getan? Was hat sich denn genaugenommen abgespielt?«

Chef-F nahm eine Karte von seinem Schreibtisch und kam mit ihr zum Fenster herüber. Es war die Michelin-Karte Environs de Paris im großen Maßstab. Er zeigte mit dem Bleistift: »Hier ist Versailles, und hier, knapp nördlich des Parks, ist der große Straßenknotenpunkt, wo die Versailler Autoroute sich mit der Autoroute Paris–Mantes vereinigt. Ungefähr zweihundert Meter nördlich davon, an der N 184, liegt Shape. Jeden Mittwoch um sieben Uhr morgens fährt ein Meldefahrer der Special Services mit dem wöchentlichen Nachrichtenmaterial, das ich schon erwähnt habe, von Shape ab. Er hat zu dem kleinen Dorf hier, Fourqueux, knapp außerhalb Saint-Germain, zu fahren, sein Zeug beim Offizier vom Dienst in unserem Hauptquartier abzugeben und sich um sieben Uhr dreißig in Shape zurückzumelden. Aus Sicherheitsgründen hat er Befehl, nicht durch diese ganze dichtbebaute Gegend zu fahren, sondern die N 307 hier nach Saint-Nom zu nehmen, dann rechts auf die D 98 einzubiegen und unter der Autoroute-Überführung und durch den Wald von Saint-Germain zu fahren. Die Entfernung beträgt ungefähr zwölf Kilometer, und wenn er gemütlich fährt, macht er die Fahrt in einer knappen Viertelstunde. Gestern nun war der Meldefahrer ein Feldwebel vom Signal-Corps, ein guter, zuverlässiger Mann namens Bates, und als er sich um sieben Uhr fünfundvierzig bei Shape noch nicht zurückgemeldet hatte, haben sie einen zweiten Meldefahrer ausgeschickt, um ihn zu suchen. Keine Spur von ihm, und in unserem Hauptquartier hatte er sich auch nicht gemeldet. Um acht Uhr fünfzehn nahm die Sicherheitsabteilung die Sache in die Hand, und um neun Uhr standen überall die Straßensperren. Die Polizei und das Deuxième wurden verständigt, und Suchtrupps zogen los. Die Hunde fanden ihn schließlich, aber erst gegen sechs Uhr abends, und wenn sich auf der Straße irgendwelche Spuren oder Hinweise befunden hatten, dann waren sie inzwischen vom Verkehr natürlich ausgelöscht worden.«

Chef-F gab Bond die Karte und ging zurück zu seinem Schreibtisch. »Und das wär's so ungefähr, außer natürlich, daß alle üblichen Maßnahmen getroffen worden sind – Grenzen, Häfen, Flugplätze und so weiter. Aber das wird kaum etwas nützen. Wenn hinter der Sache ein Mann vom Fach steckt, dann hat er das Zeug schon bis Mittag aus dem Land geschafft oder binnen einer Stunde in eine Botschaft in Paris.«

»Eben! Genau!« sagte Bond. »Und was zum Kuckuck glaubt M wohl, daß ich jetzt noch tun kann? Dem Shape-Sicherheitsamt sagen, sie sollen die ganze Sache noch einmal machen, nur diesmal besser? Diese ganze Angelegenheit ist nicht meine Branche. Blöde Zeitverschwendung, weiter nichts.«

Chef-F lächelte verständnisvoll. »Ehrlich gesagt, ich habe M über den Verwürfler so ziemlich das gleiche gesagt. Taktvoll natürlich. Der Alte war soweit ganz vernünftig. Sagte, er wolle Shape zeigen, daß er die Sache genauso ernst nimmt wie sie. Sie wären zufällig greifbar und mehr oder weniger an Ort und Stelle, sagte er, und Sie hätten die Art Verstand, die vielleicht den unsichtbaren Faktor entdecken würde. Ich fragte ihn, was er damit meine, und er sagte, in allen streng bewachten Hauptquartieren und Zentralen gibt es immer unweigerlich einen unsichtbaren Mann, einen Mann, der allen so selbstverständlich ist, daß man ihn überhaupt nicht bemerkt – Gärtner, Fensterputzer, Briefträger. Ich sagte ihm, Shape wäre darauf auch schon gekommen, und all diese Arbeiten würden von Soldaten besorgt. Darauf sagt M mir, ich soll nicht alles so wörtlich verstehen, und hängt auf.«

Bond lachte. Er sah M vor sich, wie er die Stirn runzelte, und konnte seine kratzbürstige Stimme hören. Er sagte:

»Also gut. Ich werde sehen, was ich tun kann. Wohin melde ich zurück?«

»Hierher. M wünscht nicht, daß die Einheit in Saint-Germain hineingezogen wird. Ich gebe alles, was Sie zu melden haben, direkt von hier über den Fernschreiber nach London. Aber es kann natürlich sein, daß ich gerade nicht da bin, wenn Sie anrufen. Ich werde irgend jemand zum Sonderwachdienst für Sie abstellen, den Sie jederzeit, die ganzen vierundzwanzig Stunden, erreichen können. Russell kann das machen. Sie hat Sie aufgetrieben. Sie kann Sie schließlich auch weiter betreuen. Ist Ihnen das recht?«

»Ja«, sagte Bond. »Das ist in Ordnung.«

Der von Rattray zeitweilig beschlagnahmte, zerbeulte Peugeot roch nach ihr. Fetzchen und Reste von ihr lagen im Handschuhfach – eine halbe Tafel Suchard-Milchschokolade, ein Stück zusammengerolltes Papier, in dem sich Haarklemmen befanden, ein Roman von John O'Hara in einer Paperback-Ausgabe, ein einzelner schwarzer Wildlederhandschuh. Bond dachte bis zum Etoile über sie nach, verbannte sie dann aus seinen Gedanken und brauste in raschem Tempo durch den Bois. Rattray hatte gesagt, bei achtzig Kilometern Geschwindigkeit werde er etwa fünfzehn Minuten brauchen. Bond hatte geantwortet, er solle die Geschwindigkeit halbieren und die Zeit verdoppeln und Oberst Schreiber sagen, er werde um neun Uhr dreißig bei ihm sein. Nach der Porte de Saint-Cloud kam nur noch wenig Verkehr, und Bond fuhr gleichmäßig hundert auf der Autoroute, bis rechts von ihm die zweite Ausfahrt herankam und der rote Shape-Pfeil auftauchte. Bond bog ein, fuhr die Steigung hinauf und auf die N 184. Zweihundert Meter weiter stand in der Mitte der Straße der Verkehrspolizist, von dem man ihm gesagt hatte. Der Polizist winkte ihn auf der linken Seite hinein, und Bond hielt bei der ersten Kontrollsperre.

Ein grau uniformierter amerikanischer Polizist lehnte sich aus seiner Kabine heraus und warf einen Blick auf seinen Passierschein. Er sagte ihm, er solle hereinfahren und warten. Jetzt nahm ein französischer Polizist seinen Passierschein, notierte die Einzelheiten auf einem Formular, das auf ein Brett festgeklammert war, gab ihm eine große Windschutzscheiben-Nummer aus Plastik und winkte ihn weiter. Als Bond auf den Parkplatz einrollte, flammten mit bühnenartiger Plötzlichkeit hundert Bogenlampen auf und erleuchteten das etwa einen Morgen große Gelände mit den niedrigen barackenähnlichen Gebäuden vor ihm, als sei es heller Tag. Bond kam sich ganz nackt vor, als er über den Kiesschotter unter den Flaggen der NATO-Staaten einherschritt und die vier flachen Stufen zu den Glastüren hinauflief, durch die man das Oberste Hauptquartier der Alliierten Streitkräfte in Europa betrat. Hier befand sich die Hauptsicherheitskontrolle. Amerikanische und französische Militärpolizei prüfte abermals seinen Passierschein und notierte die Einzelheiten. Er wurde einem rotbemützten britischen Militärpolizisten übergeben, der ihn den Hauptkorridor, vorbei an endlosen Bürotüren, hinabführte. An den Türen standen keine Namen, sondern nur das übliche Buchstaben-Kauderwelsch aller Hauptquartiere. Auf einer Tür stand ›Comstrikfltlant and saclant liaison to saceur‹. Bond fragte, was das bedeute. Der Militärpolizist, der es entweder nicht wußte oder, was wahrscheinlicher war, auf Sicherheit bedacht war, antwortete gleichgültig: »Könnte ich eigentlich nicht sagen, Sir.«

Hinter einer Tür mit der Aufschrift ›Oberst G. A. Schreiber, Chef des Sicherheitsamtes, Hauptquartier‹, befand sich ein kerzengerade dastehender Amerikaner in mittleren Jahren mit ergrauendem Haar und dem höflich-ablehnenden Gehabe eines Bankfilialleiters. Auf seinem Schreibtisch standen mehrere Familienfotografien in Silberrahmen und eine Vase mit einer einzigen weißen Rose. In dem Zimmer war kein Hauch von Tabakrauch zu spüren. Nach einigen vorsichtig-liebenswürdigen Einleitungsworten beglückwünschte Bond den Oberst zu seinen Sicherheitsvorkehrungen. Er sagte: »All diese Kontrollen und doppelten Kontrollen machen es dem Gegner nicht leicht. Ist Ihnen bisher schon einmal etwas abhanden gekommen oder haben Sie je irgendwelche Anzeichen eines ernstlichen Versuchs zu einem Coup entdeckt?«

»Auf beide Fragen – nein, Commander. Was das Hauptquartier betrifft, bin ich mir völlig sicher. Sorge machen mir nur die außerhalb liegenden Einheiten. Abgesehen von dieser Abteilung Ihres Geheimdienstes, haben wir noch verschiedene abgesonderte Signal- und Nachrichteneinheiten. Und dann sind da natürlich noch die Innenministerien von vierzehn verschiedenen Staaten. Für das, was dort eventuell durchsickert, kann ich keine Verantwortung übernehmen.«

»Keine einfache Aufgabe«, pflichtete Bond bei. »Nun also, was diese scheußliche Sache betrifft. Ist noch etwas Neues dazugekommen, seit Oberstleutnant Rattray zuletzt mit Ihnen gesprochen hat?«

»Wir haben die Kugel. Luger. Hat die Wirbelsäule durchschlagen. Dürfte aus etwa dreißig Meter Entfernung abgefeuert worden sein, vielleicht zehn Meter mehr oder auch weniger. Angenommen, unser Mann ist schnurgerade gefahren, muß die Kugel direkt von rückwärts auf waagerechter Schußbahn abgefeuert worden sein. Da es kein auf der Straße stehender Mann gewesen sein kann, muß der Mörder in oder auf irgendeinem Fahrzeug gefahren sein.«

»Ihr Mann hätte ihn also in seinem Rückspiegel gesehen?«

»Höchstwahrscheinlich.«

»Wenn Ihre Fahrer bemerken, daß ihnen jemand folgt, haben sie für einen solchen Fall irgendwelche Weisungen, wie sie sich zu verhalten haben?«

Der Oberst lächelte schwach. »Gewiß doch. Sie haben Gas zu geben, was das Zeug hält.«

»Bei welcher Geschwindigkeit ist Ihr Mann gestürzt?«

»Nicht sehr schnell, meinen meine Leute. Zwischen dreißig und sechzig. Worauf wollen Sie hinaus, Commander?«

»Ich überlegte nur, ob Sie sich schlüssig sind, daß die Sache von einem Fachmann oder von einem Amateur gemacht wurde. Wenn Ihr Mann nicht versucht hat, dem Verfolger zu entkommen, und angenommen, er hat den Mörder in seinem Spiegel gesehen – ich gebe zu, das ist nur eine Wahrscheinlichkeit –, dann legt das den Gedanken nahe, daß er den Mann hinter sich eher für einen Freund als für einen Feind gehalten hat. Und das würde irgendeine Art von Verkleidung bedeuten, die zu Ihrer Organisation hier gehört oder paßt – irgend etwas, was Ihrem Mann sogar in dieser frühen Morgenstunde geläufig wäre und ihn nicht wundern würde.«

Auf Oberst Schreibers glatter Stirn hatte sich eine kleine Verdüsterung zusammengezogen. »Commander« – seine Stimme hatte eine kaum spürbare Schärfe – »wir haben selbstverständlich jeden Aspekt dieses Falles sorgfältig erwogen, auch die von Ihnen erwähnte Möglichkeit. Der kommandierende General hat gestern mittag in dieser Sache Ausnahmezustand verfügt, ständige Sicherheits- und Sicherheitsoperationsausschüsse sind eingesetzt worden, und von diesem Augenblick ist jeder Seite der Sache, jedem Gesichtspunkt, jeder Andeutung eines Hinweises systematisch nachgegangen worden. Und ich kann Ihnen sagen, Commander« – der Oberst hob eine sorgfältig manikürte Hand und ließ sie mit sanftem Nachdruck auf das Löschpapier seiner Schreibunterlage sinken – »wer jetzt noch mit einer auch nur andeutungsweise originellen Idee zu diesem Fall kommt, der muß ein ganz naher Verwandter von Einstein sein. Wir haben in diesem Fall nichts, ich wiederhole, absolut nichts, woran wir uns halten könnten.«

Bond lächelte teilnahmsvoll. Er erhob sich. »In diesem Fall, Herr Oberst, will ich heute abend nicht weiter Ihre Zeit vergeuden. Wenn ich nur die Protokolle der verschiedenen Sitzungen haben könnte, um mich aufs laufende zu bringen, und wenn einer Ihrer Leute mir zeigen würde, wie ich zur Kantine und zu meinem Quartier komme . . .«

»Selbstverständlich. Selbstverständlich.« Der Oberst drückte auf einen Klingelknopf. Ein junger Adjutant mit Bürstenhaarschnitt trat ein. »Proctor, bitte zeigen Sie dem Commander sein Zimmer im VIP-Flügel, und führen Sie ihn dann zur Bar und zur Kantine.« Er wandte sich zu Bond. »Ich werde die Akten für Sie bereitliegen haben, nachdem Sie gegessen haben. Sie werden hier in meinem Büro sein. Sie können sie natürlich nicht mitnehmen, aber nebenan wird alles zur Hand sein, was Sie brauchen, und

Proctor kann Ihnen über alles, was eventuell fehlt, Auskunft geben.« Er streckte ihm die Hand hin. »Okay? Dann sprechen wir uns wieder morgen früh.«

Bond verabschiedete sich mit einem ›Guten Abend‹ und folgte dem Adjutanten hinaus. Während er die neutralgestrichenen, neutral-riechenden Korridore entlangging, mußte er denken, daß dies wohl der aussichtsloseste Auftrag war, der ihm je übergeben worden war. Wenn die obersten Sicherheitsfachleute von vierzehn Staaten nicht weiter wußten, welche Aussichten hatte dann er? Als er schließlich im spartanischen Luxus des Übernachtungsquartiers für Besucher in seinem Bett lag, hatte er bei sich beschlossen, der Sache noch zwei Tage zu geben – hauptsächlich, um so lange wie möglich mit Mary Ann Russell in Verbindung zu bleiben – und sie dann hinzuschmeißen. Auf diesen Entschluß hin fiel er sofort in tiefen und ungestörten Schlaf.

Nicht zwei, sondern vier Tage später, als über dem Wald von Saint-Germain gerade die Morgendämmerung heraufkam, lag James Bond der Länge nach ausgestreckt auf dem dicken Ast einer Eiche und spähte wachsam in eine kleine leere Lichtung hinab, die tief drinnen zwischen den Bäumen entlang der D 98, der Mordstraße, lag.

Er war von Kopf bis Fuß in Fallschirmjäger-Tarnung gekleidet – grün, braun und schwarz. Sogar seine Hände waren von dem Zeug bedeckt, und auf dem Kopf trug er eine Kapuze mit Schlitzen für Augen und Mund. Es war eine gute Tarnung, die sich noch verbessern würde, sobald die Sonne höher stand und die Schatten schwärzer wurden, und vom Erdboden aus konnte man ihn nirgends sehen, nicht einmal, wenn man direkt unter dem hohen Ast stand.

Dazu war es folgendermaßen gekommen. Die beiden ersten Tage in Shape waren, wie erwartet, die reine Zeitverschwendung gewesen. Bond hatte nichts zuwege gebracht, außer daß er sich mit der Hartnäckigkeit seiner Doppelkontrollfragen leicht unbeliebt gemacht hatte. Am Morgen des dritten Tages war er gerade im Begriff, hinauszugehen und sich zu verabschieden, als er einen Telefonanruf von Oberst Schreiber erhielt. »Ach, Commander, ich wollte Sie nur verständigen, daß die letzte Koppel Polizeihunde gestern spätabends zurückgekommen ist. – Ihre Idee, daß es sich vielleicht lohnen würde, den ganzen Wald abzusuchen. Tut mir leid« – die Stimme klang gar nicht so, als ob es ihr leid täte – »aber Resultat negativ, absolut negativ.«

»Ach. Meine Schuld, diese Zeitverschwendung.« Und mehr, um den Oberst zu ärgern, als aus irgendeinem anderen Grund, fügte Bond hinzu: »Hätten Sie etwas dagegen, wenn ich mit dem Abrichter der Hunde spreche?«

»Aber bitte, bitte. Was immer Sie wollen. Übrigens, Commander, wie lange hatten Sie beabsichtigt zu bleiben? Von uns aus sind Sie willkommen, solange Sie wollen. Aber es handelt sich um Ihr Zimmer. Wir bekommen anscheinend in den nächsten Tagen eine große Gesellschaft aus Holland herein. Generalstabskursus oder so etwas Ähnliches, und die Verwaltung sagt, sie sind mit dem Platz sehr knapp.«

Bond hatte nicht erwartet, daß er mit Oberst Schreiber gut auskommen werde, und sich in dieser Annahme nicht getäuscht. Er antwortete liebenswürdig: »Ich werde meinen Chef fragen, was er meint, und Sie wieder anrufen.«

»Ja, bitte, wenn Sie das tun wollten.« Die Stimme des

Obersten war nicht weniger höflich, aber beide Männer näherten sich dem Ende ihrer Wohlerzogenheit, und die beiden Hörer wurden mit einem gleichzeitigen Knacken aufgelegt.

Der Abrichter der Polizeihunde war ein Franzose aus den Landes. Er hatte die durchtriebenen Augen und den geschwinden Blick eines Wilddiebs. Bond traf ihn am Hundezwinger, aber die Schäferhunde waren, solange der Abrichter in der Nähe war, so aufgeregt und machten einen solchen Lärm, daß der Mann Bond in seinen Dienstraum führte, ein winziges Büro, in dem Ferngläser von Haken an der Wand herabhingen und Regenhäute, Wasserstiefel, Hundegeschirre und andere Ausrüstungsgegenstände aufgestapelt lagen. In dem Raum standen zwei grob gezimmerte Holzstühle und ein Tisch, auf dem eine Karte des Waldes von Saint-Germain in großem Maßstab ausgebreitet war. Die Karte war mit Bleistift in Planquadrate eingeteilt. Der Abrichter fuhr mit einer Handbewegung über sie hin. »Unsere Hunde haben das Ganze abgesucht, Monsieur. Es ist nichts da.«

»Soll das heißen, sie haben nicht ein einziges Mal gestutzt und geschnuppert?«

Der Abrichter kratzte sich den Kopf. »Wir hatten ein bißchen Ärger mit dem Wild. Ein paar Hasen. Ein oder zwei Fuchsbaue. Und dann hatten wir ziemliche Mühe, die Hunde aus einer Lichtung beim Carrefour Royal wegzukriegen. Wahrscheinlich haben sie noch die Zigeuner gerochen.«

»So?« Bond war nur mäßig interessiert. »Zeigen Sie mir die Stelle. Wer waren denn diese Zigeuner?«

Der Abrichter wies mit einem schmuddligen kleinen Finger auf die Stelle. »Das sind noch die alten Namen von früher. Hier ist die Etoile Parfaite, und hier, wo der Mord stattgefunden hat, ist der Carrefour des Curieux. Und hier, sozusagen die Basis des Dreiecks, ist der Carrefour Royal. Er bildet«, fügte er dramatisch hinzu, »ein Kreuz mit der Todesstraße.« Er nahm einen Bleistift aus der Tasche und zeichnete knapp neben der Straßenkreuzung einen Punkt ein. »Und hier ist die Lichtung, Monsieur. Dort hielt sich fast den ganzen Winter ein Zigeunerwagen auf. Vorigen Monat sind sie weggezogen. Haben alles tadellos sauber zurückgelassen, aber für die Hunde hängt der Geruch noch monatelang in der Luft.«

Bond dankte ihm, bewunderte noch pflichtgemäß seine schönen Hunde und wechselte ein paar gleichgültige Worte über seinen Abrichterberuf; dann stieg er in den Peugeot und fuhr zur Gendarmerie nach Saint-Germain. Ja, gewiß, die Zigeuner waren ihnen bekannt. Richtige, echte Zigeunerburschen. Sprachen kaum ein Wort Französisch, benahmen sich aber sehr anständig. Es hatte keine Klagen gegeben. Sechs Männer und zwei Frauen. Nein, niemand sah sie abziehen. Eines Morgens waren sie ganz einfach nicht mehr da. Konnten schon seit einer Woche weg sein, wer weiß. Sie hatten sich eine abgelegene Stelle ausgesucht.

Bond nahm die D 98 durch den Wald. Als einen halben Kilometer vor ihm die große Straßenbrücke der Autoroute auftauchte, gab er kräftig Gas, stellte den Motor ab und rollte lautlos weiter, bis er zum Carrefour Royal kam. Er hielt, stieg geräuschlos aus dem Wagen und ging mit größter Umsicht in die Richtung, in der sich die Lichtung befinden mußte. Zwanzig Meter tief im Wald stieß er auf sie. Er blieb am Rand zwischen den Bäumen und dem Gebüsch stehen und sah sich die Lichtung sorgfältig an.

Dann schritt er hinein und suchte sie von einem Ende zum anderen ab.

Die Lichtung hatte etwa die Größe von zwei Tennisplätzen und war von einem dicken Gras- und Moosteppich bedeckt. Auf ihm stand ein großer Flecken Maiglöckchen, und unter den Bäumen am Rand blühten verstreute Glockenblumen. Auf der einen Seite der Lichtung befand sich ein niedriger Erdhügel, möglicherweise ein Tumulus oder Grabhügel aus der Vorzeit, der von Brombeersträuchern und wilden Rosen, die jetzt in voller, dichter Blüte standen, vollständig umringt und bedeckt war. Bond ging um den Erdhügel herum und spähte zu den Wurzeln hinab, aber es war nichts zu sehen, außer eben diesem Erdhügel.

Bond blickte sich noch ein letztes Mal um und ging dann zu der Ecke der Lichtung, die der Straße am nächsten lag. Hier bestand müheloser Zugang durch die Bäume. Waren irgendwelche Spuren eines eingetretenen Pfades, geknickte Gräser, niedergetretene Blätter zu sehen? Nicht mehr als das, was die Zigeuner oder die Ausflügler des letzten Jahres zurückgelassen haben konnten. Dicht am Straßenrand war ein enger Durchgang zwischen zwei Bäumen. Bond bückte sich im Vorbeigehen, um sich die Stämme anzusehen. Er stutzte und ließ sich auf die Knie nieder. Dann kratzte er mit dem Fingernagel ganz behutsam einen schmalen Brocken hartgedörrten Schlammes ab. Darunter kam ein tiefer Kratzer in dem Baumstamm zum Vorschein. Bond fing die Krümel des hartgebackenen Schlammes mit der freien Hand auf, feuchtete sie mit Speichel an und klebte sie sorgfältig wieder in die Schramme hinein. An dem einen Baum befanden sich drei solcher Schrammen und an dem anderen vier. Bond schritt rasch aus den

Bäumen heraus und hinaus auf die Straße. Er hatte den Wagen auf der Höhe einer leichten Steigung stehengelassen, die hinunter zur Straßenbrücke der Autoroute führte. Obwohl der dröhnende Verkehr auf der Autoroute ihm einen gewissen Schutz bot, schob Bond den Wagen trotzdem an, sprang hinein, ließ ihn die abfallende Straße hinabrollen und schaltete den Gang erst ein, als er tief unter der Brücke war.

Und jetzt befand sich Bond abermals in der Lichtung, genaugenommen über ihr, und wußte noch immer nicht, ob er mit seiner Ahnung recht gehabt hatte. Es war M.s Leitspruch gewesen, der ihn auf die Fährte gebracht hatte – wenn es eine Fährte war –, und die Erwähnung der Zigeuner. »Die Hunde haben die Zigeuner gerochen ... Fast den ganzen Winter ... vorigen Monat sind sie weggezogen. Keine Klagen ... Eines Morgens waren sie einfach nicht mehr da.« Der unsichtbare Faktor. Der unsichtbare Mann. Die Leute, die so zur allgemeinen Hintergrundkulisse gehören, daß man überhaupt nicht merkt, ob sie da sind oder nicht. Sechs Männer und zwei Frauen, und sie sprachen kaum ein Wort Französisch. Gute Tarnung – Zigeuner. Man konnte Ausländer sein und war doch kein Ausländer, weil man ja nur ein Zigeuner war. Einige von ihnen waren in ihrem Zigeunerwagen auf und davon. Waren einige zurückgeblieben, hatten sich während des Winters ein Versteck gebaut, einen geheimen Unterstand, von dem aus sie als ersten Ausfall den Raub der Geheimen Kommandodepeschen durchgeführt hatten?

Bond hatte das alles für Phantasiegebilde gehalten, bis er die Schrammen, die sorgfältig getarnten Kratzer an den beiden Baumstämmen, entdeckt hatte. Sie befanden sich genau in der Höhe, in der, wenn man irgendeine Art von Fahrrad zwischen den Bäumen durchtrug, die Pedale gegen die Rinde schürfen würden. Das Ganze konnte ein reines Hirngespinst sein, aber Bond genügte es. Die einzige Frage für ihn war, ob diese Leute nur einen einmaligen Coup durchgeführt hatten oder ob sie sich in ihrem Versteck so sicher fühlten, daß sie ihn wiederholen würden. Er zog nur die Station F ins Vertrauen. Mary Ann Russell sagte ihm, er solle vorsichtig sein. Chef-F half ihm auf konstruktivere Weise, indem er seiner Einheit in Saint-Germain Weisung gab, mit Bond zusammenzuarbeiten. Bond verabschiedete sich von Oberst Schreiber und zog auf ein Feldbett in der Dienststelle der Einheit um – ein nichtssagendes Haus in einer nichtssagenden Dorfstraße. Die Einheit hatte ihm die Tarnungs-Ausrüstung zur Verfügung gestellt, und die vier Geheimdienstleute, die die Einheit unter sich hatten, hatten sich bereitwilligst Bonds Befehl unterstellt. Ihnen war genauso klar wie Bond selbst: wenn es Bond gelang, die ganze Sicherheitsmaschine von Shape auszustechen, dann hatte der Geheimdienst gegenüber dem Shape-Oberkommando einen unersetzlich wertvollen Pluspunkt gewonnen, und M brauchte sich über die Selbständigkeit seiner Einheit nie mehr die geringsten Sorgen zu machen.

Bond lag ausgestreckt auf seinem Eichenast und lächelte. Privatarmeen, Privatkriege. Wieviel Energie sie der gemeinsamen Sache doch abzapften, wieviel Feuer sie vom gemeinsamen Feind weglenkten!

Sechs Uhr dreißig. Frühstückszeit. Bonds rechte Hand fummelte vorsichtig in seiner Kleidung und schob sich dann zum Mundschlitz hinauf. Er lutschte das Traubenzucker-Bonbon so langsam wie möglich und nahm dann noch ein zweites. Seine Augen blieben fest auf die Lichtung geheftet. Das rote Eichhörnchen, das beim ersten Morgenlicht aufgetaucht war und seither beharrlich an den jungen Buchenschößlingen genagt hatte, lief jetzt ein Stück näher an die Rosenbüsche auf dem Erdhügel heran, las irgend etwas auf, drehte es zwischen den Pfoten und begann daran herumzuknabbern. Zwei Holztauben, die einander im dichten Gras lärmend den Hof gemacht hatten, gaben sich jetzt mit ungeschicktem Geflatter dem Liebesakt hin. Ein Pärchen Heckenbraunellen sammelte geschäftig weiter alle möglichen Stückchen und Fetzchen für das Nest ein, das es in einem Dornenbusch baute. Eine dicke Drossel stöberte endlich nach langem Suchen ihren Wurm auf und begann breitbeinig an ihm zu zerren. Die Bienen saßen in dichten Schwärmen in den Rosen auf dem Erdhügel, und Bond konnte sogar aus zwanzig Meter Entfernung und hoch über dem Hügel noch ihr sommerliches Summen hören. Es war ein Bild wie aus einem Märchen – die Rosen, die Maiglöckchen, die Vögel, die Sonnenstrahlen, die durch die hohen Bäume wie Pfeile in das Becken aus leuchtendem Grün hinabschossen. Bond war um vier Uhr morgens in sein Versteck hinaufgeklettert und hatte noch nie den Übergang von der Nacht zum strahlenden Tag so aus der Nähe und so anhaltend lange Zeit in jeder Einzelheit beobachtet. Auf einmal kam er sich ziemlich töricht und albern vor. Jeden Augenblick konnte sich irgendein verdammter Vogel auf seinem Kopf niederlassen!

Es waren die Tauben, die als erste Alarm schlugen. Sie flogen mit lautem Flügelgeknatter auf und schossen davon in die Bäume. Sämtliche Vögel folgten ihnen und dann das Eichhörnchen. Jetzt lag die Lichtung völlig still; nur das leise Summen der Bienen war noch zu hören. Was hatte den Alarm verursacht? Bonds Herz begann heftig zu klopfen. Seine Augen suchten die ganze Lichtung systematisch nach einem Anhaltspunkt ab. Zwischen den Rosen bewegte sich etwas. Es war eine ganz winzige Bewegung, aber eine höchst merkwürdige. Langsam, Zoll um Zoll stieg ein einzelner dorniger Stengel, ein unnatürlich gerade gewachsener und eher dicker Stengel aus den oberen Zweigen des Rosengebüschs hoch. Er stieg und stieg, bis er gute dreißig Zentimeter über den Busch hinausragte. Dann hielt er inne. An seiner Spitze saß eine einzige rote Rose. So aus dem Busch herausgelöst, sah sie irgendwie unnatürlich aus, aber nur, wenn man den ganzen Vorgang mit angesehen hatte; sah man nur zufällig und flüchtig hin, so war es ein vereinzelter hochgeschossener Stengel und sonst nichts. Jetzt schienen die Blütenblätter der Rose sich lautlos zu öffnen und zu dehnen, die gelben Stempel wichen zur Seite, und die Sonne glitzerte auf einer geschliffenen Glaslinse von der Größe eines Shillingstücks. Die Linse schien geradewegs auf Bond zu blicken; dann jedoch begann das Rosenauge sich langsam, ganz langsam auf seinem Stengel zu drehen; es drehte sich völlig im Kreis herum, bis es wieder auf Bond blickte und die ganze Lichtung abgesucht hatte. Dann, als sei es von dem Ergebnis befriedigt, schlossen die Blütenblätter sich wieder behutsam über dem Auge zusammen, und die vereinzelte Rose sank ganz langsam wieder herab in den Busch zu den anderen.

Der mühsam angehaltene Atem schoß Bond aus der Lunge. Er schloß kurz die Augen, um sie auszuruhen. Zigeuner! Diese Maschinerie bewies, daß sich im Inneren des Erdhügels, tief unten in der Erde, die fachmännischste zurückgelassene Spionage-Einheit befand, die jemals ausgeklügelt worden war, unvergleichlich viel raffinierter als alles, was England seinerzeit für den Fall einer erfolgreichen deutschen Invasion vorbereitet hatte, wesentlich besser als das, was die Deutschen selbst in den Ardennen zurückgelassen hatten. Ein Schauer der Erregung und der Vorahnung – beinahe der Angst – lief Bond den Rücken hinunter. Er hatte also recht gehabt! Aber worin bestand der nächste Akt?

Aus der Richtung des Erdhügels ertönte jetzt ein dünnes, hohes Wimmern, der Laut eines Elektromotors, der auf sehr hohen Touren lief. Der Rosenbusch erbebte leise. Die Bienen flogen hoch, schwebten einen Augenblick über dem Busch, ließen sich wieder nieder. In der Mitte des großen Busches bildete sich langsam ein gezackter Riß, der sich stetig verbreiterte. Jetzt öffneten sich die beiden Hälften des Busches wie eine Flügeltür. Die dunkle Öffnung wurde immer breiter, bis Bond auf beiden Seiten der sich öffnenden Tür die Wurzeln des Busches ins Erdreich hinabreichen sah. Das Geräusch der Maschinerie wurde lauter, und an den Rändern der gebogenen Türen blitzte etwas Metallisches auf. Es war, als klappe ein Osterei auf Scharnieren auf. Einen Augenblick später standen die beiden Segmente völlig auseinander, und die beiden Hälften des Rosenbuschs, auf denen noch immer die Bienen schwärmten, waren aufgespalten und lagen offen. Das Sonnenlicht fiel ins Innere des Metall-Caissons, auf dem das Erdreich und die Wurzeln des Busches ruhten. Aus der dunklen Öffnung zwischen den gebogenen Türen leuchtete ein schwacher elektrischer Lichtschein heraus. Das Geräusch des Motors hatte aufgehört. Ein Kopf und zwei Schultern tauchten auf und dann der übrige Mann. Er kletterte lautlos heraus, duckte sich und sah sich scharf in der Lichtung um. In der Hand hatte er eine Pistole – eine Luger. Offenbar beruhigt, daß alles in Ordnung war, winkte er in den Schacht hinab. Kopf und Schultern eines zweiten Mannes erschienen. Er reichte etwas heraus, das wie drei Paar Schneeteller aussah, und duckte sich wieder hinab. Der erste Mann wählte ein Paar aus, kniete nieder und schnallte sie sich über die Stiefel. Jetzt bewegte er sich freier und weniger vorsichtig, da er keine Fußspuren hinterließ, denn das Gras wurde von den weitmaschigen Schneetellern nur auf einen kurzen Augenblick herabgedrückt und richtete sich langsam wieder auf. Bond lächelte. Schlaue Hunde!

Der zweite Mann kam heraus. Ihm folgte ein dritter. Gemeinsam hoben sie ein Motorrad aus dem Schacht heraus, das sie zwischen sich an Gurten aufgehängt hielten, während der erste Mann, der offensichtlich der Anführer war, ihnen die Schneeteller anschnallte. Dann gingen sie im Gänsemarsch durch die Bäume in Richtung auf die Straße davon. Es war etwas ganz besonders Unheimliches an der Art, wie sie lautlos und vorsichtig einen Tellerfuß hochzogen und ihn behutsam vor den anderen setzten und sich staksend zwischen den Schatten fortbewegten.

Bond stieß einen langen Seufzer der Entspannung aus und legte den Kopf auf den Zweig, um die schmerzenden Nackenmuskeln etwas auszuruhen. Das war es also! Jetzt konnte sogar das letzte kleine Detail in den Akt eingefügt werden. Während die beiden Gehilfen in graue Arbeitsanzüge gekleidet waren, trug der Anführer die Uniform des Royal Corps of Signals, und sein Motorrad war eine olivgrüne BSA M 20 mit einer britischen Armee-Nummer auf dem Benzintank. Kein Wunder, daß der Shape-Meldefahrer ihn so nahe hatte herankommen lassen. Und was machten die Leute mit dem erbeuteten Geheimmaterial? Wahrscheinlich funkten sie das Wichtigste und Interessanteste während der Nacht hinaus. Statt des Sehrohrs kam vermutlich eine Antenne in Gestalt eines Rosenstiels aus dem Busch heraus, der Generator mit Pedalantrieb wurde tief unter der Erde in Gang gesetzt, und schon gingen die Schnellsender-Chiffregruppen hinaus. Chiffren? Da unten in dem Schacht mußten sich viele gute Geheimnisse des Feindes befinden, falls es Bond gelang, die ganze Einheit hoppzunehmen, wenn sie sich außerhalb ihres Verstecks befand. Und was für eine Chance, die GRU, den sowjetischen Militärnachrichtenapparat, dem diese Einheit vermutlich unterstand, mit falschem und irreführendem Nachrichtenmaterial zu füttern! Bonds Gedanken überstürzten sich in ihrem rasenden Lauf.

Die zwei Gehilfen kamen zurück. Sie stiegen zurück in den Schacht, und der Rosenbusch schloß sich über ihnen. Der Anführer wartete jetzt vermutlich im Gebüsch am Straßenrand. Bond sah auf die Uhr. Sechs Uhr fünfundfünfzig. Natürlich! Er wartete ab, ob ein Meldefahrer des Weges kam. Entweder wußte er nicht, daß die Meldefahrer, von denen er einen getötet hatte, die Strecke nur einmal in der Woche fuhren, was unwahrscheinlich war, oder er nahm an, daß Shape jetzt, um die Sicherheit zu erhöhen, den Zeitplan ändern würde. Diese Leute arbeiten genau und umsichtig. Wahrscheinlich hatten sie Weisung, soviel wie möglich hereinzuholen, ehe der Sommer anbrach und sich im Wald zu viele Ausflügler herumtrieben. Dann wurde die Einheit möglicherweise abgezogen und im Winter wieder neu eingesetzt. Wer konnte wissen, worin die langfristigen Pläne bestanden? Jetzt genügte es, daß der Anführer sich für einen neuerlichen Abschuß bereithielt.

Die Minuten tickten dahin. Um sieben Uhr zehn tauchte der Anführer wieder auf. Er stand im Schatten eines großen Baums am Rand der Lichtung und stieß einen einzigen, kurzen, hohen, vogelähnlichen Pfiff aus. Der Rosenbusch öffnete sich unverzüglich, und die beiden Gehilfen kamen heraus und folgten dem Anführer zurück zwischen die Bäume. Zwei Minuten später tauchten sie mit dem zwischen sich aufgehängten Motorrad wieder auf. Der Anführer sah sich sorgfältig um, ob sie auch keine Spuren zurückgelassen hatten, und folgte ihnen dann in den Schacht, und die beiden Hälften des Rosenbuschs schlossen sich rasch hinter ihm.

Eine halbe Stunde später war das Leben in der Lichtung wieder erwacht. Noch eine Stunde später, als die hochstehende Sonne tiefdunkle Schatten warf, schob sich James Bond lautlos auf seinem Ast zurück, ließ sich sanft auf einen Moosteppich hinter einem Brombeerbusch herabfallen und verlor sich unsichtbar im Wald.

Bonds üblicher vereinbarter Telefonanruf bei Mary Ann Russell nahm an diesem Abend einen stürmischen Verlauf. Sie sagte: »Sie sind verrückt. Ich lasse nicht zu, daß Sie das machen. Ich werde Chef-F veranlassen, daß er Oberst Schreiber anruft und ihm die ganze Geschichte erzählt. Das ist Shapes Sache. Nicht Ihre.«

Bond antwortete scharf: »Sie werden nichts dergleichen tun. Oberst Schreiber sagt, er hat nichts dagegen, daß ich morgen früh statt des üblichen Meldefahrers eine leere Blindfahrt mache. Das ist alles, was er im gegenwärtigen

Stadium zu wissen braucht. Rekonstruktion des Verbrechens am Tatort und so weiter. Ihm ist es völlig egal. Er hat die ganze Sache praktisch bereits zu den Akten gelegt. Und jetzt seien Sie ein braves Mädchen, und tun Sie, was man Ihnen sagt. Schicken Sie nur einfach meinen Bericht über den Fernschreiber an M. Er wird sofort erfassen, warum es darauf ankommt, daß ich die Sache hier abserviere. Er wird keine Einwendungen machen.«

»Ach zum Teufel mit M! Zum Teufel mit Ihnen! Zum Teufel mit dem ganzen albernen Laden!« Zornestränen erstickten ihre Stimme. »Ihr seid eine Bande von kleinen Jungens, die Indianer spielen. Sich diese Leute selbst vorzunehmen. Das ist – das ist die reine Protzerei. Weiter nichts. Großtuerei.«

Bond begann ärgerlich zu werden. Er sagte: »Das reicht, Mary Ann. Stecken Sie den Bericht in den Fernschreiber. Tut mir leid, aber das ist ein Befehl.«

Ihre Stimme klang resigniert. »Also gut. Sie brauchen nicht mit dem Vorgesetzten aufzutrumpfen. Aber passen Sie auf, daß Sie sich nicht weh tun. Wenigstens haben Sie die Jungens von der Station draußen, damit jemand die traurigen Reste einsammelt. Viel Glück.«

»Danke, Mary Ann. Und wollen Sie morgen mit mir zu Abend essen? Vielleicht im Arménonville? Roten Sekt und Zigeunermusik. Die Paris-im-Frühling-Tour.«

»Ja«, sagte sie ernst. »Das würde ich gern. Aber dann seien Sie bitte doppelt vorsichtig, ja? Bitte!«

»Werde ich, natürlich. Sorgen Sie sich nicht. Gute Nacht.«

»– Nacht.«

Bond verbrachte den restlichen Abend damit, seine

Pläne auf Hochglanz zu polieren und den vier Leuten von der Station die endgültigen Anweisungen zu geben.

Es war wieder ein schöner Tag. Bond saß bequem im Sattel der startbereit laufenden BSA und wartete auf die Abfahrt und konnte nicht recht glauben, daß jetzt tatsächlich kurz hinter dem Carrefour Royal ein Überfall aus dem Hinterhalt auf ihn wartete. Der Feldwebel des Signal Corps, der ihm seine leere Depeschentasche reichte und im Begriff war, ihm das Abfahrtszeichen zu geben, sagte: »Sie sehen aus, als wären Sie Ihr ganzes Leben schon im Signal Corps, Sir. Vielleicht bald mal Haareschneiden, würde ich sagen, aber die Uniform sitzt prima. Wie gefällt Ihnen der Roller, Sir?«

»Läuft wie ein Gedicht. Ich hatte ganz vergessen, was für einen Spaß diese verdammten Dinger machen.«

»Mir wäre ein netter kleiner AUSTIN A 40 lieber, Sir. Da würde ich jederzeit tauschen.« Der Feldwebel sah auf seine Uhr. »Gleich sieben Uhr.« Er reckte den Daumen hoch. »Okay.«

Bond schob sich die Schutzbrille über die Augen, winkte dem Feldwebel kurz zu, schaltete den Gang ein und rollte über den Kies und zum Haupttor hinaus.

Von der 184 herunter und auf die 307, durch Bailly und Noisy-le-Roi, und da war schon Saint-Nom. Hier hatte er scharf rechts auf die D 98 einzubiegen – die route de la mort, wie der Abrichter sie genannt hatte. Bond hielt auf der Grasnarbe an und sah noch einmal kurz nach dem .45 Colt-Revolver mit dem langen Lauf. Er schob die warme Waffe zurück auf den Leib und ließ den Knopf der Jacke offen. Achtung. Fertig. Los . . .!

Bond nahm die scharfe Ecke und ging auf achtzig

hinauf. Die Straßenüberführung der Autoroute nach Paris tauchte vor ihm auf. Die schwarze Öffnung des Tunnels sog ihn ein und verschluckte ihn. Der Auspuff machte einen Höllenkrach, und einen Augenblick lang roch es nach der typischen Tunnelkälte und Feuchtigkeit. Dann war er wieder draußen im Sonnenlicht und gleich darauf über den Carrefour Royal hinüber. Vor ihm glitzerte die ölige Straßendecke drei schnurgerade Kilometer lang durch den Wald, und es duftete betörend nach Blättern und frischem Tau. Bond ging auf sechzig herunter. Der Rückspiegel zu seiner Linken zitterte leicht bei dieser Geschwindigkeit. Es war nichts in ihm zu sehen außer einer langen, sich aufrollenden leeren Straße zwischen Reihen von Bäumen, die sich hinter ihm wie ein grünes Kielwasser davonkräuselten. Von einem Mörder nichts zu sehen. Hatte er vielleicht Angst bekommen? Hatte irgend etwas nicht geklappt? Aber dann tauchte in der Mitte des gewölbten Glases ein winziger schwarzer Fleck auf – eine Mücke, die zur Fliege wurde und dann zu einer Biene und dann zu einem Käfer. Jetzt war es ein Sturzhelm, der sich zwischen zwei großen schwarzen Tatzen tief über die Lenkstange beugte. Mein Gott, kam der schnell näher! Bonds Augen flitzten blitzschnell vom Spiegel auf die vor ihm liegende Straße und zurück zum Spiegel. Wenn die rechte Hand des Mörders nach der Waffe griff . . .!

Bond verlangsamte sein Tempo – fünfzig, fünfundvierzig, dreißig. Die Straßendecke vor ihm war glatt wie Metall. Einen letzten raschen Blick in den Spiegel. Die rechte Hand hatte die Lenkstange losgelassen. Das Sonnenlicht auf der Schutzbrille des Mannes leuchtete wie riesige feurige Augen unter dem Rand des Sturzhelms. Jetzt! Bond bremste mit aller Macht und schleuderte die

BSA um fünfundvierzig Grad herum, wobei der Motor abstarb. Er hatte nicht ganz schnell genug reagiert. Die Waffe des Mörders flammte zweimal auf, und eine Kugel krachte an Bonds Hüfte vorbei in die Sattelfedern. Aber inzwischen hat der Colt bereits sein einziges Wort gesprochen, und der Mörder und seine BSA schossen, wie von einem Lasso aus dem Wald gezogen, mit einem verrückten Satz von der Straße herunter, sprangen über den Graben und krachten mit dem Kopf zuerst gegen den Stamm einer Buche. Einen Augenblick lang klebte das Durcheinander von Mann und Maschine an dem breiten Baumstamm und fiel dann mit einem metallischen Todesröcheln rückwärts ins Gras.

Bond stieg von seiner Maschine ab und ging hinüber zu dem scheußlichen Gewirr von Khaki und rauchendem Stahl. Es bestand keine Notwendigkeit, nach dem Puls zu fühlen. Wo immer die Kugel auch getroffen hatte, der Sturzhelm war wie eine Eierschale zerplatzt. Bond wandte sich ab und schob seine Waffe wieder vorn in die Uniformjacke. Er hatte Glück gehabt. Es war besser, das Glück nicht zu überfordern. Er schwang sich auf seine BSA, gab Gas und fuhr die Straße zurück.

Er lehnte die BSA gegen einen der zerschrammten Baumstämme knapp innerhalb des Waldeingangs und ging leise durch den Wald zum Rand der Lichtung. Er stellte sich im Schatten der großen Buche auf. Er feuchtete die Lippen an und gab, so annähernd genau wie er konnte, das Vogelpfeifsignal des Mörders. Er wartete. Hatte er vielleicht den Pfiff nicht richtig wiedergegeben? Aber dann erbebte der Busch, und das hohe, dünne Wimmern setzte ein. Bond hakte den rechten Daumen einen Zollbreit vom Pistolengriff in den Gürtel ein. Er hoffte, er würde niemand mehr umbringen müssen. Die beiden Gehilfen schienen nicht bewaffnet gewesen zu sein. Wenn er Glück hatte, kamen sie still und ruhig mit.

Jetzt standen die gebogenen Türen offen. Bond konnte von der Stelle aus, an der er stand, nicht in den Schacht hinabsehen, aber wenige Sekunden später war der erste Mann schon draußen und schnallte sich die Schneeteller an, und der zweite folgte. Die Schneeteller! Bonds Herzschlag setzte aus. Er hatte sie vergessen! Sie mußten irgendwo rückwärts in den Büschen versteckt sein. Verdammter Trottel, der er war! Ob sie es bemerken würden?

Die beiden Männer kamen, indem sie behutsam die Füße aufsetzten, langsam auf ihn zu. Als der erste Mann etwa sieben Meter entfernt war, sagte er leise etwas, das wie Russisch klang. Als Bond nicht antwortete, blieben beide wie angewurzelt stehen. Sie starrten ihn verwundert an und warteten vielleicht auf die Antwort, auf eine Parole. Bond spürte, daß die Sache nicht glattgehen werde. Er riß seine Waffe heraus und rückte gebückt gegen sie vor. »Hände hoch!« Er schwenkte den Revolverlauf hoch. Der vordere Mann brüllte einen Befehl und warf sich nach vorn. Der zweite Mann rannte gleichzeitig mit großen Sätzen zum Versteck zurück. Ein Gewehrschuß knallte aus den Bäumen hervor, und das rechte Bein des Mannes knackte unter ihm zusammen. Die Leute von der Station verließen ihre Deckung und kamen herbeigerannt.

Bond ging auf ein Knie herunter und schlug mit dem Pistolenlauf nach oben gegen den anstürmenden Körper. Er traf ihn mit einem Schlag, aber im nächsten Augenblick war der Mann auf ihm drauf. Bond sah Fingernägel, die auf seine Augen zublitzten, duckte sich und erwischte dabei einen Kinnhaken. Jetzt hatte eine Hand sein rechtes Handgelenk gepackt und drehte seine Waffe langsam gegen ihn. Er hatte niemand töten wollen und hatte deshalb die Waffe nicht entsichert. Er versuchte, den Daumen an die Sicherung heranzuschieben. Ein Stiefel trat ihn seitlich gegen den Kopf; er ließ die Waffe los und fiel nach rückwärts. Durch einen roten Nebeldunst sah er die Mündung der Waffe, die auf sein Gesicht gerichtet war. Blitzartig durchfuhr ihn der Gedanke, daß er sterben werde – sterben, weil er Gnade hatte walten lassen!

Plötzlich war die Mündung des Pistolenlaufs weg, und das Gewicht des Mannes drückte nicht mehr auf ihn. Bond hob sich auf die Knie und dann auf die Füße. Der mit gespreizten Armen und Beinen flach auf dem Gesicht neben ihm im Gras liegende Mann gab ein letztes Zucken von sich. Der Rücken seines Arbeitsanzugs war blutig und zerfetzt. Bond sah sich um. Die vier Leute von der Station standen in einer Gruppe. Bond löste den Riemen seines Sturzhelms und rieb sich die Kopfseite. Er sagte: »Besten Dank auch. Wer von euch war's denn?«

Niemand antwortete. Die Männer machten verlegene Gesichter.

Bond ging auf sie zu. »Was ist denn?« fragte er verwundert.

Plötzlich sah Bond, wie sich hinter den Männern etwas bewegte. Ein Bein wurde sichtbar, das nicht dazu gehörte – ein Frauenbein. Die Männer grinsten linkisch und blickten hinter sich. Mary Ann Russell, in braunem Hemd und schwarzen Niethosen, kam mit erhobenen Händen hinter ihnen hervor. In der einen Hand hielt sie etwas, das wie eine .22 Scheibenschießpistole aussah. Sie senkte die

Arme und steckte die Pistole in den Bund ihrer Hose. Sie kam auf Bond zu und sagte besorgt: »Bitte machen Sie niemand einen Vorwurf meinetwegen, nein? Ich konnte sie einfach heute früh nicht allein losziehen lassen; ich habe darauf bestanden mitzukommen.« Ihre Augen blickten ihn flehentlich an. »War sogar eher ein Glück, daß ich mitgekommen bin. Ich meine, ich kam zufällig zuerst an Sie heran. Niemand wollte schießen aus Angst, Sie zu treffen.«

Bond lächelte ihr in die Augen. Er sagte: »Wenn Sie nicht gekommen wären, wäre aus unserer Verabredung zum Abendessen nichts geworden.« Er wandte sich zu den Männern um; seine Stimme hatte einen sachlichen Dienstton: »Alsdann. Einer von euch setzt sich auf das Motorrad und meldet Oberst Schreiber in kurzen Zügen, was sich hier abgespielt hat. Sagt ihm, wir warten auf seine Leute, ehe wir uns das Versteck ansehen. Und er möchte bitte zwei Anti-Sabotage-Leute mitschicken. Zum Entschärfen. Der Schacht könnte Sprengfallen haben. In Ordnung?«

Bond nahm das Mädchen beim Arm. Er sagte: »Komm mit hier herüber. Ich möchte dir ein Vogelnest zeigen.«

»Ist das ein Befehl?«

»Ja.«

## Michael Gilbert
### *Das Echo*

*Michael Gilberts beträchtlicher Ruf als Verfasser von Detektivromanen sollte nicht die Tatsache verdecken, daß er in den letzten Jahren auch einige vorzügliche Spionagegeschichten geschrieben hat. Sie sind besonders interessant dadurch, daß sie einen urbanen, geradezu höflich-verbindlichen Stil und Vortrag mit einem Stoff verbinden, der so hart und brutal zuschlägt wie nur irgendeiner in der pseudo-realistischen Schule der Fleming-Nachfolge.*

*Wären Untertitel heute noch in Mode, so könnte man mit Ian Flemings Erlaubnis diese Probe von Michael Gilberts Arbeit auch ›Die Rekrutierung des Agenten 008‹ nennen.*

»Der junge Mann von heute«, sagte Mr. Behrens, »ist körperlich kräftiger und leistungsfähiger als sein Vater. Er läuft die Meilenstrecke schneller –«

»Eine nützliche Fertigkeit«, pflichtete Mr. Calder bei.

»Er wirft die Kugel weiter, er springt höher, und er wird wahrscheinlich länger leben.«

»Nicht so lange wie die junge Dame von heute«, meinte Calder. »Sie sieht mir ganz schauerlich langlebig aus.«

»Nichtsdestoweniger«, sagte Behrens – Calder und er waren sehr alte Freunde, und sie antworteten einander weniger, als daß sie sich gegenseitig über den Mund fuhren, und häufig sprachen sie beide gleichzeitig – »nichtsdestoweniger ist er in einer wichtigen Hinsicht der älteren Generation unterlegen. Er ist geistig schwächlicher –«

»Auch moralisch.«

»Diese beiden Dinge gehen Hand in Hand. Er hat die Schwächen, die zu seiner Stärke gehören. Er ist tolerant – aber er ist schlaff. Er ist intelligent – aber zaghaft und ängstlich. Er ist aus Gußeisen, nicht aus Stahl.«

»Hören Sie auf mit den allgemeinen Redensarten«, sagte Calder. »Was macht Ihnen denn Sorge?«

»Die Zukunft unseres Abwehrdienstes«, sagte Behrens.

Calder sann hierüber nach, während er gleichzeitig Rasselas, seinem schottischen Hirschhund, der neben seinem Sessel auf dem Teppich lag, sanft den Kopf kraulte.

Mr. Behrens, der unten im Tal wohnte, war wie stets am Dienstagnachmittag heraufgekommen, um bei Mr. Calder in seinem Häuschen auf der Anhöhe Tee zu trinken.

»Sie haben nicht sehr oft recht«, sagte Calder endlich.

»Besten Dank.«

»Aber diesmal könnten Sie recht haben. Ich habe gestern mit Fortescue gesprochen.«

»Ja«, sagte Behrens. »Er hat mir erzählt, daß Sie ihn aufgesucht haben. Ich wollte Sie schon deswegen fragen. Was wollte er denn?«

»Es handelt sich um eine Frau. Sie muß umgebracht werden.«

Rasselas zuckte mit dem rechten Ohr, um eine aufdringliche Fliege abzuwehren; als dies nichts half, knurrte er leise und schüttelte den Kopf.

»Irgend jemand, den ich kenne?« fragte Behrens.

»Das glaube ich kaum. Im Augenblick führt sie den Namen Lipper – Maria Lipper. Sie wohnt in Woking und ist dort als Mrs. Lipper bekannt, obwohl sie, glaube ich, nie wirklich verheiratet war. Sie arbeitet im Luftfahrtministerium als Stenotypistin und in der Registratur seit – na, jedenfalls seit lange vor dem letzten Krieg.«

Behrens und Calder sprachen beide vom ›letzten Krieg‹ stets mit leichter Geringschätzung. Er war nicht *ihr* Krieg gewesen.

»Und wie lange arbeitet sie schon für Sie?«

»Bestimmt seit zehn Jahren, möglicherweise länger. Das Sicherheitsamt ist schließlich durch selektive, fallweise Verschlüsselung auf sie gekommen, und das ist, wie Sie wissen, ein sehr langsames Verfahren.«

»Und kein Verfahren, das eine Geschworenenbank verstehen oder akzeptieren würde.«

»Oh, ganz bestimmt nicht«, sagte Calder. »Ganz bestimmt nicht. Ein Gerichtsverfahren kommt in diesem Fall überhaupt nicht in Betracht. Maria ist keine Pendlerin, sie fährt mit Dauerfahrkarte.«

Womit Calder sagen wollte, daß Maria Lipper eine Agentin war, die alle Informationen, die ihres Weges kamen, Stück für Stück sammelte und sie in langen Zeitabständen von Monaten oder gar Jahren weitergab. Es kamen keine Boten zu ihr. Wenn sie genügend beisammen hatte, was ihre Auftraggeber interessierte, brachte sie das Material zu einer Abholstelle und ließ es dort zurück. Gelegentliche Geldbeträge wurden ihr durch die Post zugestellt.

»Es ist ein ewiger Jammer«, fügte Calder hinzu, »daß man nicht schon ein bißchen früher auf sie gekommen ist –

als das Unternehmen Entfesselter Prometheus noch auf dem Reißbrett war.«

»Glauben Sie, sie weiß darüber Bescheid?«

»Ich fürchte, ja«, sagte Calder. »Ich hatte nicht direkt damit zu tun. Buchanan hatte die Sache unter sich. Aber die Prometheus-Maschinenschriften wurden in ihrer Abteilung hergestellt, und als er herausbekam, daß sie um einen eiligen Kontakt ersucht hatte, machte er sich, glaube ich, wirklich mit vollem Recht Sorgen.«

»Was gedenkt er nun zu unternehmen?«

»Den Verbindungsmann haben wir mit Kurzschluß ausgeschaltet. Ich trete an seine Stelle. Mrs. Lipper fährt in zwei Tagen auf einen kurzen Urlaub hinunter nach Portsmouth. Sie beabsichtigt, ganz früh am Morgen von Woking wegzufahren – sie hat gern leere Straßen – und wird um sechs Uhr über die Salisbury-Ebene kommen. Kurz vor Upavon zweigt sie von der Hauptverkehrsstraße ab. Der Treffpunkt ist eine Scheune oben auf der Anhöhe, wo der Feldweg endet. Sie hat eine Bezahlung von fünfhundert Pfund in Ein-Pfund-Noten verlangt. Übrigens hat sie bisher nie mehr als fünfzig bekommen.«

»Sie hat bestimmt recht«, sagte Behrens. »Ich nehme an, ich soll Sie hier abschirmen. Glücklicherweise befindet sich meine Tante gerade in Harrogate zur Kur.«

»Wenn Sie so freundlich wären.«

»Die gleiche Vereinbarung wie üblich.«

»Der Schlüssel liegt auf dem Sims über der Tür des Holzschuppens.«

»Und verständigen Sie lieber Rasselas, daß ich komme. Letztes Mal hat er sich eingebildet, ich sei ein Einbrecher.«

Der Hund hob bei der Erwähnung seines Namens den

Kopf und zeigte grinsend die langen weißen Schneidezähne.

»Sie brauchen sich wegen Rasselas keine Sorgen zu machen«, sagte Calder. »Ich nehme ihn mit. Er hat solche Ausflüge gern. Aber es wirft doch wirklich ein trauriges Licht auf die jüngere Generation, daß ein Mann in meinem Alter zu einem solchen Unternehmen ausgeschickt werden muß.«

»Genau, was ich vorhin sagte. Wo haben Sie denn das Halmabrett hingetan?«

Mr. Calder verließ sein Landhäuschen am folgenden Abend bei Einbruch der Dunkelheit. Er fuhr in Richtung Gravesend, nahm die Fähre über den Fluß, fuhr im Halbkreis außen um London herum und setzte bei Reading wieder zurück über die Themse. Er fuhr seinen unauffälligen Wagen sachgemäß und mühelos. Rasselas lag auf dem Rücksitz zwischen einem Schlafsack und einem Handkoffer. Er war an Autofahrten gewöhnt und schlief fast die ganze Zeit.

Um Mitternacht rollte der Wagen die breite Hauptstraße des Städtchens Marlborough entlang und auf der anderen Seite hinaus auf die Straße nach Pewsey. Das weiche goldene Mondlicht schien sich über die Scheinwerfer geradezu lustig zu machen.

Etwa zwei Kilometer vor Upavon blieb Calder am Straßenrand stehen und studierte die Schießübungs-Landkarte, Maßstab 1:25 000, die man ihm mitgegeben hatte. Der Fahrweg, der zu der Scheune führte, war deutlich eingezeichnet. Er hatte sich jedoch eine andere Zufahrt markiert, auf der man auf einem Umweg zu dem Ort des Stelldicheins gelangen konnte. Er mußte bei der nächsten

Abzweigung rechts einbiegen, diese Straße etwa einen halben Kilometer entlangfahren und dann einen Feldweg finden – er war sogar auf dieser Karte im großen Maßstab nur als punktierte Linie eingezeichnet –, der ihn einen kleinen einspringenden Winkel hinaufführte. Der Feldweg schien kurz vor der kreisrunden Kontur aufzuhören, mit der auf der Karte die Höhe des Hügels eingezeichnet war. Quer durch die Kreislinie lief, wie Calder beim Studium der Karte gesehen hatte, in ausgezogener Frakturschrift die Bezeichnung ›Slay Down‹ – der Name der Anhöhe.

Die Zufahrt zu dem Feldweg war durch ein Gatter versperrt und von der Einfahrt zu einem Feld oder Acker nicht zu unterscheiden. Das Gatter war zudem noch mit einem Vorlegeschloß versehen, aber damit wurde Calder fertig, indem er das Gatter einfach aus den Angeln hob. Das Gattertor war schwer, aber er schob es ohne sichtbare Mühe beiseite. Sein untersetzter, rundlicher Körper, seine dicken Arme und pummeligen Hände besaßen überraschende Kraftreserven.

Nach einem Monat schönen, sonnigen Wetters war der Feldweg zwar von Radspuren durchfurcht, aber steinhart. Calder fuhr hinauf, bis die Böschungen auf beiden Seiten sich abflachten, und er schätzte, daß er sich der Spitze der Anhöhe näherte. Hier fuhr er den Wagen rückwärts in ein Dickicht aus Büschen und Sträuchern. Während des letzten Teils der Fahrt hatte er die Scheinwerfer abgestellt.

Jetzt schaltete er den Motor ab, öffnete die Wagentür und saß still und lauschte.

Zuerst schien die Stille vollständig. Dann, als das Singen des Motors allmählich in seinen Ohren verklang, drangen die Geräusche der Nacht wieder durch. Eine Nachtschwalbe kreischte, eine Eule tutete. Die Lebewesen der Dunkelheit, die durch das Eintreffen dieses großen, bebenden Tieres aus Stahl und Glas vorübergehend zu Reglosigkeit erstarrt waren, begannen sich wieder zu rühren. Zwei Kilometer entfernt, jenseits der Talmulde, wo Gehöfte standen und Menschen wohnten, bellte ein Hund.

Calder nahm seinen Schlafsack aus dem Wagen und entrollte ihn. Er zog Jacke und Schuhe aus, lockerte seine Krawatte und schlängelte sich in den Schlafsack hinein. Auch Rasselas legte sich nieder, mit der Nase dicht bei Calders Kopf.

Fünf Minuten später war der Mann eingeschlafen. Als er unvermittelt erwachte, wußte er sofort, was ihn geweckt hatte. Rassellas hatte leise geknurrt; es war ein ganz schwaches, brummelndes kleines Geräusch gewesen, das bedeutete, daß irgend etwas ihn beunruhigte. Es war nicht das laute Knurren unmittelbar drohender Gefahr. Es war eine Vorwarnung für alle Fälle.

Calder hob den Kopf. Während der Zeit, in der er geschlafen hatte, war der Wind ein wenig kräftiger geworden und trieb dunkle Wolken zusammen, die er über das Antlitz des Mondes jagte; die Schatten auf der kahlen Hügelkuppe waren Reiter, Krieger mit gehörnten Helmen, die auf Pferden mit flatternden Mähnen und Schweifen dahinfegten. Rasselas hatte den Kopf gespannt hochgereckt und folgte ihnen mit dem Blick. Es war, als könne er hinter dem Pfeifen des Windes, in einer Tonlage, die für das menschliche Ohr zu hoch war, den schrillen Laut einer Trompete vernehmen.

»Das sind Gespenster«, sagte Calder ruhig. »Die tun uns nichts.« Er legte sich wieder nieder und war bald wieder eingeschlafen.

Es war fünf Uhr, als er erwachte, und der Himmel begann hell zu werden. Er brauchte fünf Minuten, um sich anzuziehen und seinen Schlafsack zusammenzurollen. Er schien keine Eile zu haben, aber er vergeudete auch keine Zeit.

Er holte aus dem Rücksitz des Wagens ein Greener-Gewehr, Kaliber .25, hervor, entnahm einem Lederfutteral ein Zielfernrohr und setzte es auf. Dann schob er eine Handvoll Patronen mit Nickelstahlkapseln in die Rocktasche, nahm das Gewehr unter den Arm und ging vorsichtig auf die Hügelkuppe zu. Von der Kuppe der Anhöhe führte eine lange, dünn ausgezogene und von Gesträuch umwachsene Reihe von Bäumen hinab zu einer Scheune, deren rotbraunes Dach jetzt über dem gewölbten Hügelabhang gerade knapp sichtbar war.

Calder fand das Arrangement vorzüglich. »Nach Maß geschneidert«, war der Ausdruck, den er verwendete. Das Unterholzgestrüpp stand am dichtesten rund um den letzten Baum des Windbrechers; hier ließ er das Gewehr angelehnt stehen und ging die restliche Strecke bis zur Scheunenmauer ab. Er stellte fest, daß die Entfernung dreiunddreißig Meter betrug.

Vor der Scheune verbreiterte sich der Feldweg, der von der Hauptstraße heraufführte, zu einem flachen, freien Platz, der ursprünglich ein Viehhof oder Gehege gewesen war, dem aber jetzt eine Seitenmauer fehlte.

Sie wird da hineinfahren, dachte Calder. Und sie wird den Wagen umdrehen, um rasch wieder wegfahren zu können. Das tun sie immer. Nach einer Weile wird sie aus dem Wagen aussteigen und dastehen und auf mich warten, daß ich die Straße heraufkomme.

Als er sich auf gleicher Höhe mit der Scheune befand,

sah er etwas, das auf der Karte nicht eingezeichnet war. Es war ein zweiter Feldweg oder Pfad, der quer über die Anhöhe lief und erst kürzlich von Militärfahrzeugen der Artillerieschule eingefahren worden war. Herumliegender Abfall, Munitionskästen, Zigarettenschachteln, ein verrostetes Blechgefäß zum Teemachen ließen darauf schließen, daß das Heereskommando die Scheune als Sammelstelle bei Übungen und Manövern verwendete*. Das war eine zusätzliche Tatsache, die es zu vermerken galt. Aber Calder glaubte nicht, daß sie seine Planung beeinträchtigte. Es war höchst unwahrscheinlich, daß ein Zivilfahrzeug, das von der Straße heraufkam, diesen von leichten Panzern und Maschinengewehrträgern gepflügten holprigen Fahrweg benutzen würde.

Calder kehrte zum Ende der Baumreihe zurück und brachte einige Minuten damit zu, ein paar große Steine und einen Holzklotz zu einer kleinen Brustwehr aufzuschichten. Er nahm das Gewehr auf und stellte das Zielfernrohr sorgfältig auf fünfunddreißig Meter ein. Dann setzte er sich nieder, lehnte den Rücken gegen den Baum und zündete sich eine Zigarette an. Rasselas streckte sich neben ihm aus.

Mrs. Lipper traf um zehn Minuten vor sechs ein.

Sie fuhr den Feldweg von der Hauptstraße herauf, und Calder stellte mit Interesse fest, daß sie sich genauso verhielt, wie er vorhergesehen hatte. Sie fuhr ihren Wagen in den Hof vor der Scheune, stellte den Motor ab und blieb

* Salisbury Plain (Die Ebene von Salisbury), ein weites, offenes Hügelgelände in der südwestenglischen Grafschaft Wiltshire, ist ein traditionelles Exerziergelände der britischen Armee und wird hauptsächlich für Artillerie-Schießübungen und die Ausbildung von Panzertruppen und Bewegungsmanöver größeren Umfangs verwendet. In seiner Nähe befinden sich zahlreiche militärische Einrichtungen und Schulungslager. (Anm. d. Übers.)

einige Minuten lang im Wagen sitzen. Dann öffnete sie die Wagentür und stieg aus.

Calder rückte sich hinter seiner Brustwehr zurecht, schob das Gewehr ein wenig vor und legte genau auf Mrs. Lippers linke Brust an.

In diesem Augenblick hörte er den Lastkraftwagen kommen. Er schätzte ihn auf einen Dreivierteltonnen-Laster. Er kam ganz langsam den holprigen Fahrweg auf die Scheune zugerollt.

Calder legte das Gewehr nieder und hockte sich auf die Knie. Das Motorengeräusch des Lastkraftwagens hatte aufgehört. Von seinem Beobachtungsposten aus konnte er – nicht aber Mrs. Lipper – sehen, daß eine Gestalt in Felddienstuniform aus dem Lastwagen stieg. Der Mann kam ihm wie ein Offizier vor. Er trug ein leichtes Gewehr, und es war offenkundig, daß er auf Kaninchenjagd aus war. Während Calder ihn noch beobachtete, hob der junge Mann sein Gewehr an und senkte es dann wieder.

Es entging Calder trotz seines beträchtlichen Ärgers nicht, daß der Offizier auf ein Dickicht angelegt hatte, das sich auf nahezu der gleichen Schußlinie wie die Scheune befand.

Drei Minuten verstrichen in lautloser Stille. Mrs. Lipper sah zweimal auf ihre Uhr. Calder legte sich wieder in Schießstellung nieder. Er hatte beschlossen zu warten. Es war ein Entschluß auf Haaresbreite, aber Calder war es gewöhnt, solche Entschlüsse zu fassen, und er hatte das sichere Gefühl, daß dieser hier richtig war.

Das verborgene Gewehr feuerte, und Calder zog den Hahn seines eigenen ab. Er reagierte so rasch, daß es wie ein Schuß und sein Echo klang. Mrs. Lipper klappte vor seinen Augen auf dem Boden zusammen. Sie fiel nicht und stürzte nicht. Es war eine völlig andere Bewegung. Es war, als habe ein Marionettenspieler die bisher straff gehaltenen Fäden nachgelassen, und die Marionette war mit reglos schlaffen Gliedmaßen zu Boden gepurzelt.

Einen Augenblick später feuerte das verborgene Gewehr abermals. Calder lächelte sich selbst zu. Genauer, meinte er, hätte er den richtigen Zeitpunkt gar nicht abpassen können. Er packte still und ruhig sein Zielfernrohr weg, riß die kleine Brustwehr, die er errichtet hatte, wieder ab und tilgte alle Anzeichen seiner Anwesenheit aus. Fünf Minuten später war er wieder in seinem Wagen. Er hatte ihn so stehengelassen, daß er in Fahrtrichtung bergabwärts stand, und er brauchte nur die Handbremse zu lösen und den Feldweg hinunterzurollen. Dies war der schwierigste, riskanteste Augenblick der ganzen Unternehmung. Er brauchte drei Minuten, um das Gatter auszuhängen, den Wagen durchzufahren und das Tor wieder zu schließen. Während dieser ganzen Zeit tauchte auf der Straße niemand auf, weder in der einen noch in der anderen Richtung.

»Und das«, sagte Mr. Calder drei Tage später zu Mr. Fortescue, »war das.« Mr. Fortescue war ein vierschrötiger, scharfsinnig aussehender Mann und Leiter der Westminster-Zweigstelle der ›London and Home Counties Bank‹. Niemand, der Mr. Fortescue sah, hätte ihn für etwas anderes als einen Bankfilialleiter halten können, obwohl er in Wahrheit noch gewisse andere, sehr wichtige Obliegenheiten hatte.

»In gewisser Hinsicht tat es mir leid, dem Jungen die Sache aufzuhalsen, aber ich hatte keine Wahl.«

»Er hat Ihren Schuß für das Echo des seinen gehalten?«

»Anscheinend. Jedenfalls hat er weitergeschossen.«

»Sie nahmen an, daß er die Leiche finden werde – entweder gleich oder später?«

»Gewiß.«

»Und daß er annehmen werde, er sei daran schuld – durch einen unglücklichen Zufall natürlich?«

»Ich glaube, er wird auf ziemlich viel Sympathie und Verständnis stoßen. Er war völlig in seinem Recht, auf Kaninchenjagd zu gehen. Das Feldjagdrevier gehört zur Artillerieschule. Die Frau befand sich ohne Erlaubnis auf einem Gelände, das dem Kriegsministerium gehört. Der Polizei wird es einigermaßen schwerfallen, anzugeben, was sie überhaupt dort zu suchen hatte.«

»Das würde es wohl«, antwortete Fortescue, »wenn ihre Leiche entdeckt worden wäre.«

Calder sah ihn an.

»Wollen Sie damit sagen«, fragte er schließlich, »daß in den letzten vier Tagen niemand in der Nähe der Scheune gewesen ist?«

»Im Gegenteil. Einer der Züge des Siebzehnten Feldartillerie-Regiments, zu dem Ihr Eindringling gehört, war zwei Tage später dort. Es war seine Batteriestellung. Die Scheune selbst war der Gefechtsstand des Zuges.«

»Entweder«, sagte Calder, »waren das Soldaten, die keine Augen im Kopf hatten, oder aber man ist zur Schlußfolgerung genötigt, daß die Leiche fortgeschafft worden war.«

»Ich war in der Lage«, sagte Fortescue, »auf Grund meiner Beziehungen zum Heereskommando der Schießübung als zusätzlicher Schiedsrichter in Uniform beizuwohnen. Ich hatte viel freie Zeit und konnte das ganze Gebiet sehr gründlich absuchen.«

»Ich verstehe«, sagte Calder. »Aha. Da lassen sich ja nun interessante Spekulationen anstellen, finden Sie nicht?«

»Sehr interessante«, sagte Fortescue. »In einer – oder zwei – verschiedenen Richtungen.«

»Haben Sie den Namen des Offiziers herausbekommen, der an dem Morgen draußen auf Jagd war?«

»Er ist ein junger Militärdienstpflichtiger, kein Berufsoffizier. Ein gewisser Leutnant Blaikie. Er ist zeitweiliger Führer des dritten Zuges der Batterie A – normalerweise wäre das ein Hauptmann, aber sie sind knapp an Offizieren. Sein Oberst hält sehr große Stücke auf ihn. Er sagt, er sei ein Junge mit viel Initiative.«

»Darin bin ich ganz Ihrer Meinung«, sagte Calder. »Glauben Sie, die Armee könnte vielleicht auch für *mich* eine Uniform auftreiben?«

»Ich stelle Sie mir als Major vor«, sagte Fortescue. »Mit einer Victory Medal von 1918 und einer Defence Medal von 1939 . . .«

»Den Africa Star, wenn ich bitten darf«, antwortete Calder bestimmt.

Etwa eine Woche später ging Mr. Calder in einer Felddienstmütze, die ihm eine halbe Nummer zu groß war, und einer Uniformbluse, die sich nur mit einiger Mühe um seinen Leib schloß, den Weg hinauf, der zu der Scheune führte. Es war zehn Uhr abends, die Dämmerung war eingebrochen, und rings um das Gehöft herrschte beträchtliche Geschäftigkeit, während der dritte Zug der Batterie A des Siebzehnten Feldartillerieregimentes sich auf die Nachtruhe einrichtete.

Es befanden sich vier Geschütze in Stellung, zwei vor der Scheune und zwei dahinter. Die Geschützmannschaften hoben Deckungsgräben aus. In der Scheune hingen zwei Sturmlaternen. Ein Posten auf dem Feldweg grüßte Calder, der sich erkundigte, wo er den Zugführer antreffen könne.

»Er hat seinen Unterstand dort oben«, sagte der Posten.

Calder spähte durch das Dämmerlicht und gewahrte einen Lastkraftwagen, der auf einem flachen Stück Boden jenseits der Scheune und eingeschlossen von Büschen und Sträuchern geparkt war. Am rückwärtigen Ende des Lastkraftwagens war eine Zeltbahn befestigt, die in den Erdboden eingepflockt war und eine Art Zelt bildete. Er ging vorsichtig um den Platz herum.

Er schien ihm gerade in der richtigen Entfernung von der Scheune zu liegen und die richtige Deckung zu haben. Er selbst hätte sich den gleichen Platz ausgesucht.

Er näherte sich vorsichtig der Zeltöffnung und spähte hinein. Ein junger Leutnant saß auf seinem zusammengerollten Schlafsack und studierte eine Karte. Sein Uniformgurtzeug hing an einem Haken am Rückende des Lastautos.

Calder bückte sich und trat ein. Der junge Mann runzelte die Stirn und zog die dichten Augenbrauen zusammen; dann sah er, wer Calder war, und lächelte.

»Sie sind einer von unseren Schiedsrichtern, nehme ich an, Sir«, sagte er. »Bitte kommen Sie herein.«

»Danke sehr«, sagte Calder. »Darf ich mich auf die Rolle hocken?«

»Sie haben sich wahrscheinlich unsere Geschützstellungen angesehen, Sir. Ich muß gestehen, ich war mir nicht ganz sicher mit der Luftabwehr. Ich habe den Posten auf der Hügelkuppe aufgestellt. Dort ist er ein bißchen weit weg.«

»Ich muß meinerseits gestehen«, sagte Calder, »daß ich Ihre Aufstellungen nicht nachgeprüft habe. Ich wollte gern über etwas – etwas eher Persönliches einen Augenblick mit Ihnen sprechen.«

»Jawohl, Sir.«

»Als Sie sie begruben« – Calder scharrte mit dem Stiefelabsatz an der Grasnabe – »wie tief haben Sie sie eingebuddelt?«

Es herrschte Schweigen in dem winzigen Zelt, das nur durch eine einzige Glühbirne am Armaturenbrett des Lastwagens beleuchtet wurde. Die beiden Männer hätten völlig allein auf einem Floß in der Mitte des Ozeans sitzen können.

Calder war nicht überrascht von dem, was als nächstes geschah. Leutnant Blaikies rechte Hand machte eine geringe, kaum merkbare Greifbewegung, hielt inne und fiel wieder zurück.

»Einen Meter dreißig, in den Kalkboden«, sagte er.

»Wie lange haben Sie dazu gebraucht?«

»Zwei Stunden.«

»Rasche Arbeit«, sagte Calder. »Sie müssen einen Schrecken bekommen haben, als die Nachtübung genau hier an dieser Stelle befohlen wurde, mit besonderer Weisung, daß Deckungsgräben und Geschützstellungen auszuheben sind.«

»Ich hätte mir größere Sorgen gemacht, wenn ich nicht das Kommando bei der Übung gehabt hätte«, antwortete Leutnant Blaikie. »Ich rechnete, wenn ich mein Zelt genau hier an dieser Stelle aufschlug, würde niemand in dem Zelt einen Deckungsgraben oder ein Geschützloch ausschachten. Übrigens – wer sind Sie eigentlich?«

Er sagte ihm, wer er war, und machte ihm einen Vorschlag.

»Er hat nur noch zwei Monate Militärdienstpflicht abzudienen, bis er aus dem Heer entlassen wird«, sagte Mr. Calder zu Mr. Behrens, als dieser ihn zu einer Partie Halma aufsuchte. »Fortescue hat ihn sich angesehen und fand ihn sehr vielversprechend. Mir gefiel sein Verhalten im Zelt an diesem Abend. Als ich ihn damit überrumpelte, war seine erste Reaktion, nach dem Revolver in seiner Gurtzeughalfter zu greifen. Er hing an der Rückseite seines Lastwagens. Er begriff, daß er ihn nicht rechtzeitig würde herausziehen können, und beschloß, die Karten auf den Tisch zu legen. Ich finde, das zeugt für rasche Entschlußkraft und Fassung, meinen Sie nicht?«

»Entschlußkraft und Fassung sind äußerst wichtig«, pflichtete Mr. Behrens bei. »Sie sind am Zug.«

## *Nachweise*

Für die Abdruckgenehmigungen danken wir:

John Buchan, *Die Dame Reinmar:* Mit freundlicher Genehmigung The Trustees of the Late Lord Tweedsmuir, c/o A. P. Watt & Son, entnommen aus *The Runagates Club.*

Somerset Maugham, *Giulia Lazzari:* Mit freundlicher Genehmigung des Autors, c/o A. P. Watt & Son, entnommen aus *Ashenden.*

Compton Mackenzie, *Der erste Kurier:* Mit freundlicher Genehmigung des Autors, c/o Joyce Weiner Associates, entnommen aus *The Three Couriers.*

Eric Ambler, *Belgrad 1926:* Mit freundlicher Genehmigung des Autors, c/o Peter Janson-Smith Ltd, entnommen aus *The Mask of Dimitrios.*

Ian Fleming, *Der Meldefahrer:* Mit freundlicher Genehmigung des Autors, c/o Peter Janson-Smith Ltd, entnommen aus *For Your Eyes Only,* © 1960 by Glidrose Productions Ltd. Gesamtdeutsche Rechte: Scherz Verlag, Bern.

Michael Gilbert, *Das Echo:* Mit freundlicher Genehmigung des Autors, c/o Curtis Brown Ltd, © 1962 by Michael Gilbert.

# *Eric Ambler im Diogenes Verlag*

*Der dunkle Grenzbezirk*
Roman. Deutsch von Walter Hertenstein und Ute Haffmans. detebe 20602

*Ungewöhnliche Gefahr*
Roman. Deutsch von Walter Hertenstein und Werner Morlang. detebe 20603

*Nachruf auf einen Spion*
Roman. Deutsch von Peter Fischer
detebe 20605

*Anlaß zur Unruhe*
Roman. Deutsch von Franz Cavigelli
detebe 20604

*Die Maske des Dimitrios*
Roman. Deutsch von Mary Brand und Walter Hertenstein. detebe 20137

*Die Angst reist mit*
Roman. Deutsch von Walter Hertenstein
detebe 20181

*Der Fall Deltschev*
Roman. Deutsch von Mary Brand und Walter Hertenstein. detebe 20178

*Schirmers Erbschaft*
Roman. Deutsch von Harry Reuß-Löwenstein, Th. A. Knust und Rudolf Barmettler.
detebe 20180

*Besuch bei Nacht*
Roman. Deutsch von Wulf Teichmann
detebe 20539

*Waffenschmuggel*
Roman. Deutsch von Tom Knoth
detebe 20364

*Topkapi*
Roman. Deutsch von Elsbeth Herlin
detebe 20536

*Eine Art von Zorn*
Roman. Deutsch von Susanne Feigl und Walter Hertenstein. detebe 20179

*Schmutzige Geschichte*
Roman. Deutsch von Günter Eichel
detebe 20537

*Das Intercom-Komplott*
Roman. Deutsch von Dietrich Stössel
detebe 20538

*Der Levantiner*
Roman. Deutsch von Tom Knoth
detebe 20223

*Doktor Frigo*
Roman. Deutsch von Tom Knoth und Judith Claassen
detebe 20606

*Bitte keine Rosen mehr*
Roman. Deutsch von Tom Knoth
detebe 20887

*Mit der Zeit*
Roman. Aus dem Englischen von Hans Hermann. detebe 21054

Als Ergänzungsband liegt vor:

*Über Eric Ambler*
Aufsätze von Alfred Hitchcock bis Helmut Heißenbüttel. Chronik und Bibliographie.
Herausgegeben von Gerd Haffmans
detebe 20607

# *John Buchan im Diogenes Verlag*

*Die neununddreißig Stufen*
Roman. Aus dem Englischen von Marta Hackel
Mit Zeichnungen von Edward Gorey
detebe 20210

*Grünmantel*
Roman. Deutsch von Marta Hackel
Mit Zeichnungen von Topor
detebe 20771

*Mr. Standfast oder Im Westen was Neues*
Roman. Deutsch von Marta Hackel
Mit Zeichnungen von Topor
detebe 20772

*Die drei Geiseln*
Roman. Deutsch von Marta Hackel
Mit Zeichnungen von Tatjana Hauptmann
detebe 20773

*Der verhaßte Gegner*
In *Das Diogenes Lesebuch englischer Erzähler*
detebe 20272

*Basilissa*
Roman. Deutsch von Otto Bayer
detebe 21249

# W. Somerset Maugham
# Werkausgabe
# in Diogenes Taschenbüchern

*Die besten Geschichten von W. Somerset Maugham*
Ausgewählt von Gerd Haffmans
Diogenes Evergreens

*Gesammelte Erzählungen in zehn Bänden*
Aus dem Englischen von Felix Gasbarra, Marta Hackel, Ilse Krämer, Claudia und Wolfgang Mertz, Wulf Teichmann, Friedrich Torberg, Kurt Wagenseil, Mimi Zoff u.a.

*Regen*
Gesammelte Erzählungen I. detebe 21372

*Das glückliche Paar*
Gesammelte Erzählungen II. detebe 20332

*Vor der Party*
Gesammelte Erzählungen III. detebe 20333

*Die Macht der Umstände*
Gesammelte Erzählungen IV. detebe 20334

*Lord Mountdrago*
Gesammelte Erzählungen V. detebe 20335

*Das ewig Menschliche*
Gesammelte Erzählungen VI. detebe 21365

*Ashenden oder Der britische Geheimagent*
Gesammelte Erzählungen VII. detebe 20337

*Entlegene Welten*
Gesammelte Erzählungen VIII. detebe 20338

*Winter-Kreuzfahrt*
Gesammelte Erzählungen IX. detebe 20339

*Fata Morgana*
Gesammelte Erzählungen X. detebe 20340

*Das gesammelte Romanwerk in bisher elf Bänden*

*Rosie und die Künstler*
Roman. Deutsch von Hans Kauders und Claudia Schmölders. detebe 20086

*Silbermond und Kupfermünze*
Roman. Deutsch von Susanne Feigl
detebe 20087

*Auf Messers Schneide*
Roman. Deutsch von N. O. Scarpi
detebe 20088

*Theater*
Ein Schauspielerroman. Deutsch von Renate Seiller und Ute Haffmans. detebe 20163

*Damals und heute*
Ein Machiavelli-Roman. Deutsch von Hans Flesch und Ann Mottier. detebe 20164

*Der Magier*
Roman. Deutsch von Melanie Steinmetz und Ute Haffmans. detebe 20165

*Oben in der Villa*
Roman. Deutsch von William G. Frank und Ann Mottier. detebe 20166

*Mrs. Craddock*
Ein Liebesroman. Deutsch von Elisabeth Schnack. detebe 20167

*Der Menschen Hörigkeit*
Roman. Deutsch von Mimi Zoff und Susanne Feigl. detebe 20298, 2 Bände in Kassette

*Südsee-Romanze*
Roman. Deutsch von Mimi Zoff
detebe 21003

*Liza von Lambeth*
Ein Liebesroman. Deutsch von Irene Muehlon
detebe 21307

# *detebe-Anthologien*

*Chinesisches Novellenbuch*
Herausgegeben von Jan Tschichold. Mit einer literarischen Notiz und Anmerkungen von Eduard Grisebach sowie einem Nachwort von Jan Tschichold. Deutsch von Eduard Grisebach. detebe 21177

*Das Diogenes Lesebuch klassischer deutscher Erzähler*
Erzählungen von den Brüdern Grimm, Georg Büchner, Wilhelm Busch, Joseph von Eichendorff, Friedrich de la Motte Fouqué, Johann Wolfgang von Goethe, Jeremias Gotthelf, Wilhelm Hauff, Friedrich Hebbel, Johann Peter Hebel, Heinrich Heine, E.T.A. Hoffmann, Gottfried Keller, Heinrich von Kleist, Conrad Ferdinand Meyer, Eduard Mörike, Jean Paul und Christoph Martin Wieland. 3 Bände. Herausgegeben von Christian Strich und Gerd Haffmans
detebe 20727, 20728, 20669

*Das Diogenes Lesebuch moderner deutscher Erzähler*
Erzählungen von Alfred Andersch, Gottfried Benn, Rainer Brambach, Bertolt Brecht, Heinrich Böll, Manfred von Conta, Hugo Dittberner, Friedrich Dürrenmatt, Herbert Eisenreich, Hans Jürgen Fröhlich, Heidi Frommann, Franz Fühmann, Hermann Hesse, Wolfgang Hildesheimer, Otto Jägersberg, Franz Kafka, Erich Kästner, Hermann Kinder, Jürgen Lodemann, Heinrich Mann, Thomas Mann, Fanny Morweiser, Robert Musil, Walter E. Richartz, Herbert Rosendorfer, Joseph Roth, Arno Schmidt, Hermann Harry Schmitz, Arthur Schnitzler, Ludwig Thoma, B. Traven, Kurt Tucholsky, Walter Vogt, Martin Walser, Robert Walser, Frank Wedekind, Urs Widmer, Hans Wollschläger und Stefan Zweig. 2 Bände. Herausgegeben von Christian Strich und Gerd Haffmans. detebe 20782 und 20776

*Das Diogenes Lesebuch amerikanischer Erzähler*
Erzählungen von Sherwood Anderson, Ambrose Bierce, Ray Bradbury, Harold Brodkey, Erskine Caldwell, Raymond Chandler, Stephen Crane, William Faulkner, F. Scott Fitzgerald, Dashiell Hammett, Bret Harte, Nathaniel Hawthorne, Ernest Hemingway, O. Henry, Patricia Highsmith, Washington Irving, Ring Lardner, Jack London, Carson McCullers, Herman Melville, Dorothy Parker, Edgar A. Poe, K. A. Porter und Mark Twain. Herausgegeben von Gerd Haffmans. detebe 20271

*Das Diogenes Lesebuch englischer Erzähler*
Erzählungen von John Buchan, G. K. Chesterton, Agatha Christie, Wilkie Collins, Joseph Conrad, Rudyard Kipling, D. H. Lawrence, Doris Lessing, Katherine Mansfield, Walter de la Mare, W. S. Maugham, George Orwell, William Plomer, Saki, Alan Sillitoe, Muriel Spark, R. L. Stevenson und H. G. Wells. Herausgegeben von Gerd Haffmans. detebe 20272

*Das Diogenes Lesebuch irischer Erzähler*
Erzählungen von Lord Dunsany, Brian Friel, James Joyce, J. S. Le Fanu, John Montague, George Moore, Edna O'Brien, Sean O'Casey, Frank O'Connor, Sean O'Faolain, Liam O'Flaherty und Oscar Wilde. Herausgegeben von Gerd Haffmans. detebe 20273

*Das Diogenes Lesebuch französischer Erzähler*
Erzählungen von Stendhal, Honoré de Balzac, Prosper Mérimée, Charles Baudelaire, Gustave Flaubert, Jules Verne, Villiers de l'Isle-Adam, Emile Zola, Guy de Maupassant, Charles Ferdinand Ramuz, Marcel Aymé und Georges Simenon. Herausgegeben von Anne Schmucke und Gerda Lheureux. detebe 20304

*Gespenster*
Die besten Gespenstergeschichten aus England von Daniel Defoe, Edward Bulwer-Lytton, Wilkie Collins, W.W. Jacobs, E.F. Benson, Richard Middleton, W.F. Harvey, Enid Bagnold, A.J. Alan, Mary Hottinger, Elizabeth Bowen, Algernon Blackwood, Daphne du Maurier und M.R. James. Herausgegeben von Mary Hottinger
detebe 20497

*Mehr Gespenster*
Die besten Gespenstergeschichten aus England, Schottland und Irland von George Mackay Brown, H.G. Wells, Rudyard Kipling, William F. Harvey, Sheridan Le Fanu, Ambrose Bierce, Saki, Andrew Lang, Forbes

Bramble, James Allan Ford, Angus Wolfe Murray, Iain Crichton Smith, Fred Urquhart, John McGahern, Brian Moore, Terence de Vere White. Herausgegeben von Mary Hottinger. detebe 21027

*Noch mehr Gespenster*
Die besten Gespenstergeschichten aus aller Welt von Heinrich Heine, Washington Irving, Alexander Puschkin, Heinrich von Kleist, Honoré de Balzac, Edgar Allan Poe, Nikolai Gogol, Pu Ssung-Ling, Yakumo Koizumi, Gottfried Keller, Iwan Turgenjew, Ambrose Bierce, O. Henry, Guy de Maupassant, Amadou Hampate Ba, Anton Čechov, Tania Blixen und Walter De la Mare. Herausgegeben von Dolly Dolittle. detebe 21310

*Die schönsten Hundegeschichten*
von Anton Čechov, B.W. Chandler, Friedrich Dürrenmatt, Marie von Ebner-Eschenbach, Hans Fallada, John Galsworthy, Théophile Gautier, Jaroslav Hašek, Johann Peter Hebel, O. Henry, Wolfgang Hildesheimer, Richard Katz, Rudyard Kipling, Andreas Kissling, Jack London, Thomas Mann, Guy de Maupassant, C.F. Ramuz, Mary Roberts Rinehart, Joseph Roth, James Thurber, B. Traven, Kurt Tucholsky, Iwan Turgenjew, Mark Twain, Robert Walser, P.G. Wodehouse, Stefan Zweig. Mit Zeichnungen von Aubrey Beardsley, Pierre Bonnard, Bob van den Born, Bosc, Chaval, Max Ernst, Paul Flora, Gavarni, Edward Gorey, Grandville, George Grosz, Paul Klee, Alfred Kubin, Loriot, Frans Masereel, Roy McKie, Pablo Picasso, Schaefer-Ast, Maurice Sendak, Sempé, Roland Topor
detebe 21353

*Die schönsten Katzengeschichten*
von Alfred Andersch, Charles Baudelaire, Hilaire Belloc, Karel Čapek, Colette, Albert Ehrenstein, Johann Wolfgang Goethe, Maxim Gorki, Brüder Grimm, Ernest Hemingway, Patricia Highsmith, Johannes V. Jensen, James Joyce, Gottfried Keller, Rudyard Kipling, La Fontaine, Guy de Maupassant, Edgar Allan Poe, Alfred Polgar, Herbert Rosendorfer, Saki, Gustav Schwab, M. Mackenzie Scott, Bram Stoker, Kurt Tucholsky, Mark Twain, Roy Vickers, Robert Walser, P.G. Wodehouse, Emile Zola. Mit Illustrationen von Aubrey Beardsley, Pierre Bonnard, Gustave Doré, Hans Fischer, Paul Flora, Edward Gorey, Grandville, Olaf Gulbransson, Ernst Ludwig Kirchner, Paul Klee, Alfred Kubin, Edouard Manet, Frans Masereel, Pablo Picasso, Schaefer-Ast, Karl Schmidt-Rottluff, Maurice Sendak, Siné, Alexandre T. Steinlen, Roland Topor, Tomi Ungerer, Félix Vallotton
detebe 21352

*Die schönsten Pferdegeschichten*
von Marcel Aymé, Isaak Babel, Ambrose Bierce, Gottfried August Bürger, Conan Doyle, Lord Dunsany, Brüder Grimm, Häuptling Büffelkind Lange Lanze, Rudyard Kipling, Klabund, D.H. Lawrence, Guy de Maupassant, Liam O'Flaherty, Edgar Allan Poe, Saki, William Saroyan, John Steinbeck, Robert Louis Stevenson, Leo Tolstoi, Iwan Turgenjew, Mark Twain, Robert Walser, Ernst Weiss, Clement Wood. Mit Illustrationen von Aubrey Beardsley, Pierre Bonnard, Chaval, Gustave Doré, Raoul Dufy, Paul Flora, André François, Grandville, Ernst Ludwig Kirchner, Paul Klee, Oskar Kokoschka, Alfred Kubin, Loriot, Emil Nolde, Pablo Picasso, Schaefer-Ast, Maurice Sendak, Roland Topor, Henri Toulouse-Lautrec, Tomi Ungerer
detebe 21354

*Russische Kriminalgeschichten*
von Michail Lermontow, Iwan Turgenjew, Pawel Melnikow, Fjodor Dostojewskij, Nikolaj Lesskow, Michail Saltykow-Stschedrin, Anton Tschechow, Michail Kusmin, Valerij Brjussow und Wenjamin Kawerin. Auswahl, Übersetzung und Nachwort von Johannes von Guenther. detebe 21127

*Moderne deutsche Liebesgedichte*
von Alfred Andersch, Ingeborg Bachmann, Konrad Bayer, Hans Bender, Gottfried Benn, Rainer Brambach, Bertolt Brecht, Paul Celan, Hans Magnus Enzensberger, Stefan George, Günter Grass, Georg Heym, Walter Höllerer, Hugo von Hofmannsthal, Erich Kästner, Karl Krolow, Michael Krüger, Reiner Kunze, Else Lasker-Schüler, Christian Morgenstern, Heinz Piontek, Rainer Maria Rilke, Joachim Ringelnatz, Peter Rühmkorf, Georg Trakl, Robert Walser und vielen anderen Dichtern der Gegenwart. Herausgegeben von Rainer Brambach
detebe 20777

*Liebesgeschichten aus Amerika*
von Edgar Allan Poe, Mark Twain, Ambrose Bierce, O. Henry, Stephen Crane, Jack London, Sherwood Anderson, Ring Lardner, Raymond Chandler, Dorothy Parker, Katherine Anne Porter, F. Scott Fitzgerald, William Faulkner, Ernest Hemingway, Erskine Caldwell, Carson McCullers, Patricia Highsmith, Harold Brodkey. Ausgewählt von John Machaffy. detebe 21239

*Liebesgeschichten aus Deutschland*
von Christoph Martin Wieland, Goethe, Johann Peter Hebel, E. T. A. Hoffmann, Heinrich von Kleist, Joseph von Eichendorff, Heinrich Heine, Frank Wedekind, Heinrich Mann, Thomas Mann, Hermann Hesse, Bertolt Brecht, Arno Schmidt, Alfred Andersch, Heinrich Böll, W. E. Richartz, Otto Jägersberg u.v.a. Herausgegeben von Christian Strich und Fritz Eicken. detebe 21122

*Liebesgeschichten aus England*
von R.L. Stevenson, Oscar Wilde, Joseph Conrad, Rudyard Kipling, William Somerset Maugham, Virginia Woolf, D.H. Lawrence, Clemence Dane, Katherine Mansfield, Muriel Spark und Alan Silitoe. Herausgegeben von William Matheson. detebe 21204

*Liebesgeschichten aus Frankreich*
von Marquis de Sade, Stendhal, Honoré de Balzac, Prosper Mérimée, Jules-Amédée Barbey d'Aurevilly, Alfred de Musset, Charles Baudelaire, Gustave Flaubert, Jules Verne, Philippe-Auguste de Villiers de l'Isle-Adam, Emile Zola, Guy de Maupassant, Marcel Schwob, Marcel Aymé, Georges Simenon. Herausgegeben von Anne Schmucke und Gerda Lheureux. detebe 21251

*Liebesgeschichten aus Irland*
von G. B. Shaw, George Moore, Lord Dunsany, Liam O'Flaherty, Frank O'Connor, Sean O'Faolain, Elizabeth Bowen, Bryan MacMahon, Edna O'Brien, Brian Friel, John Montague u.v.a. Herausgegeben und übersetzt von Elisabeth Schnack. detebe 20629

*Liebesgeschichten aus Italien*
von Giovanni Boccaccio, Matteo Bandello, Francesco Maria Molza, Giustiniano Nelli, Liberale Motense, Pietro Fortini, Giovanni Battista Giraldi, Giambattista Basile, Giovanni Verga, Edmondo de Amicis, Giovanni Pascoli, Italo Svevo, Gabriele d'Annunzio, Luigi Pirandello, Giuseppe Tomasi di Lampedusa, Mario Soldati, Alberto Moravia, Cesare Pavese, Italo Calvino. Herausgegeben von William Matheson
detebe 21202

*Jüdische Liebesgeschichten*
von Heinrich Heine, Karl Emil Franzos, Jizchak Lejb Perez, Scholem Alejchem, Alfred Polgar, Isaak Babel, Joseph Roth, Gertrud Kolmar, Anna Seghers, Isaac Bashevis Singer, Jehoschua Bar-Josef, Bernard Malamud, Zwi Eisenmann, Anne Frank, Philip Roth. Herausgegeben von Manfred und Julia Papst. detebe 21240

*Liebesgeschichten aus Lateinamerika*
von Machado de Assis, Carlos Reyles, Enrique López Albújar, Alcides Arguedas, Jorge Luis Borges, Miguel Angel Asturias, Oscar Cerruto, Juan Carlos Onetti, José María Arguedas, Yolanda Oreamuno, Murilo Rubião, Juan Rulfo, Marta Jara, Ramón H. Jurado, Sebastián Salazar Bondy, Dalton Trevisan, Angel Rama, Gabriel García Márquez. Herausgegeben von William Matheson
detebe 21252

*Liebesgeschichten aus Österreich*
von Adalbert Stifter, Marie von Ebner-Eschenbach, Arthur Schnitzler, Hugo von Hofmannsthal, Stefan Zweig, Hermann Broch, Albert Paris Gütersloh, Franz Werfel, Joseph Roth, Heimito von Doderer u.v.a. Herausgegeben von Maria und Herbert Eisenreich. detebe 21123

*Liebesgeschichten aus Rußland*
von Alexander Puschkin, Nikolai Gogol, Michail Lermontow, Iwan Turgenjew, Fjodor Dostojewskij, Nikolai Lesskow, Anton Tschechow, Iwan Bunin, Konstantin Paustowskij u.v.a. Herausgegeben und übersetzt von Johannes von Guenther. detebe 21013

*Liebesgeschichten aus der Schweiz*
von Jeremias Gotthelf, Rodolphe Töpffer, Gottfried Keller, C. F. Meyer, Heinrich Zschokke, C. F. Ramuz, Maurice Sandoz, Robert Walser, Friedrich Dürrenmatt, Max Frisch, Rainer Brambach, Urs Widmer u.v.a. Herausgegeben von Christian Strich und Tobias Inderbitzin. detebe 21124

*Liebesgeschichten aus Spanien*
von Miguel de Cervantes Saavedra, Pedro A. de Alarcón, Clarín, Miguel de Unamuno, Ramón Pérez de Ayala, Juan Antonio de Zunzunegui, Francisco Ayala, Medardo Fraile, Ana Maria Matute. Herausgegeben von Christine Haffmans. detebe 21203

*Ein Panorama europäischen Geistes*
Texte aus drei Jahrtausenden, ausgewählt und vorgestellt von Ludwig Marcuse. Mit einem Vorwort von Gerhard Szczesny
I. Von Diogenes bis Plotin
II. Von Augustinus bis Hegel
III. Von Karl Marx bis Thomas Mann
detebe 21168

*Science-Fiction-Geschichten des Golden Age*
von Poul Anderson, Isaac Asimov, James Blish, Ray Bradbury, John Christopher, Arthur C. Clarke, Robert A. Heinlein, J. T. McIntosh, Walter M. Miller, Alan E. Nourse, Clifford D. Simak. Herausgegeben von Peter Naujack. detebe 21048

*Klassische Science-Fiction-Geschichten*
von Ambrose Bierce, Arthur Conan Doyle, Francis Scott Fitzgerald, E. M. Forster, Egon Friedell, Nathaniel Hawthorne, E. T. A. Hoffmann, Washington Irving, Kurd Laßwitz, Lukian, André Maurois, Edgar Allan Poe, Maurice Renard, J. H. Rosny Aîné, Paul Scheerbart, Hermann Harry Schmitz, Jules Verne, Voltaire, H. G. Wells. Herausgegeben von William Matheson. detebe 21049

*Weltuntergangsgeschichten*
von Alfred Andersch, Ray Bradbury, Fredric Brown, Friedrich Dürrenmatt, David Ely, Edgar A. Poe, Jules Verne, Robert Walser, H. G. Wells. Mit Zeichnungen von Gustave Doré, Albrecht Dürer, Férat/Barbant, Paul Flora, Edward Gorey, Horst Hussel, Alfred Kubin, Roland Topor. Kompiliert vom Diogenes-Katastrophen-Kollektiv. detebe 20806

# *Klassische Polit-Thriller im Diogenes Verlag*

● **Eric Ambler**

*Der Fall Deltschev*
Roman. Aus dem Englischen von Mary Brand und Walter Hertenstein. detebe 20178

*Der Levantiner*
Roman. Deutsch von Tom Knoth
detebe 20223

*Anlaß zur Unruhe*
Roman. Deutsch von Franz Cavigelli
detebe 20604

*Mit der Zeit*
Roman. Deutsch von Hans Hermann
detebe 21054

● **John Buchan**

*Die neununddreißig Stufen*
Roman. Aus dem Englischen von Marta Hackel. Mit Zeichnungen von Edward Gorey. detebe 20210

*Grünmantel*
Roman. Deutsch von Marta Hackel
Mit Zeichnungen von Roland Topor
detebe 20771

*Mr. Standfast oder im Westen was Neues*
Roman. Deutsch von Marta Hackel
Mit Zeichnungen von Roland Topor
detebe 20772

*Die drei Geiseln*
Roman. Deutsch von Marta Hackel
Mit Zeichnungen von Tatjana Hauptmann
detebe 20773

● **Erskine Childers**

*Das Rätsel der Sandbank*
Ein Bericht des Geheimdienstes. Roman
Aus dem Englischen von Hubert Deymann
Diogenes Evergreens. Auch als detebe 20211

● **Joseph Conrad**

*Der Geheimagent*
Roman. Aus dem Englischen von G. Danehl
detebe 20212

● **A.E.W. Mason**

*Die vier Federn*
Roman. Aus dem Englischen von Thomas Schlück. detebe 21167

● **Somerset Maugham**

*Ashenden oder Der britische Geheimagent*
Geschichten. detebe 20337

● **Georges Simenon**

*Der Schnee war schmutzig*
Roman. Aus dem Französischen von Willi A. Koch. detebe 20372

*Der Präsident*
Roman. Deutsch von Renate Nickel
detebe 20675

● **Spionagegeschichten**

-fälle und -affären von Goethe bis Ambler. Herausgegeben von Graham Greene, Hugh Greene und Martin Beheim-Schwarzbach. Mit Zeichnungen von Paul Flora. Diogenes Evergreens. Auch als detebe 20699

● **Mehr Spionagegeschichten**

Von John Buchan bis Ian Fleming. Herausgegeben von Eric Ambler. Deutsch von Peter de Mendelssohn. Diogenes Evergreens